육신의 건강 속에 바른 지혜를 찾기 위한 생활 체험수기

바른 삶을 위한 몸과 마음의 치유

박경기 지음

한누리미디어

이 글을 시작하면서

인생 50 고개에 들어섰다고 생각하니 날이 갈수록 그 도를 달리하는 오랜 직장 생활에서 얻어지는 월급쟁이의 비애감 또는 회의감(懷疑感)에 사로잡혀 일그러진 자화상(自畵像)을 예전보다는 더 자주 그려보게 된다.

앞으로 인간 퇴물이 되어 뒷전에 나앉기까지 10여 년간은 더 움직일 수 있다고 볼 때, 아직도 못 다한 식솔들의 뒷바라지며 노후 준비를 위한 실질적 보장책을 위한 활동을 비롯해 그래도 사람으로 태어난 이상 나름의 자기완성을 위한 보람을 얻으려면 지금부터가 매우 중요한 시기로서 헤픈 생활로 하릴없이 어벌쩡할 때가 아니니다. 이러한 모든 목표에 다다르기 위해서는 보다 실질적이고 효과적인 내 인생의 후반기를 위한 단속(채비)과 새로운 방향 전환이 요구되지 않을 수 없는 처지이다.

뒤늦게사 직장 이동 또는 자영사업(自營事業) 문제 등을 포함한 갈등으로 무엇에 뒤쫓기듯 초조해지고 번민과 고뇌의 늪 속에 깊숙이 빠져드는 시간이 많을수록 인간 소외나 인간 분실의 비릿한 메스꺼움을 느낀다.

10년을 주기로 인생항로(人生航路)의 변화를 모색해 가려고 했던 것이 내 나름의 꿈 많던 시절부터 작정한 바였었지만, 나이가 수굿해지니 젊은 날의 용맹스러움은 날개 잃은 매처럼 되고, 고단함을 모르고 실컷 부려온 육신마저도 그동안 수북이 쌓인 갖가지 피로에 못 이겨 바스러지는지 고장도 잦다.

이러한 많은 부대낌 속에서 먼저 깨친 어른들이 남긴 인생의 지침서나 지금 나와 더불어 같은 시간대를 살아가는 인생에 있어서 선후배들의 지당한 말씀들이 푸짐한 약이 되어 주기도 하여 올해 3월은 내게 많은 변화를 안겨 준 달이 되었다.

3월 초, 우리나라 굴지의 대기업에서 사장직에 봉직하고 있는 대학 동기 S님과 자리를 같이하는 기회가 있었다. 한정된 시간이었지만 사업과 인생에 관한 질박한 얘기들로 값진 시간을 보냈는데, 최고의 정상을 달리는 그답게 건강한 육체와 정신에 바탕을 둔 참된 삶이 바른 인생의 길이라는 강변들이 비좁은 내 가슴에 야무지게 와 닿았다.

거기에 더하여 최근에 그가 만났다는 세계적인 명성을 지닌 일본인 컨설턴트도 궁극적으로는 그런 해법으로 인생의 참의미를 새기더라면서 영(靈)의 세계를 포함한 현대인의 고뇌와 인간이 타고난다는 운명론(運命論)에 이르기까지 갖가지 흥미로운 얘깃거리로 시간을 보내면서 겉늙어 버린 내 인생을 다시 한 번 되돌아보는 실마리를 잡은 바 되었다.

그리고 이틀 후, 평소 호형호제(呼兄呼弟)하는 K사장으로부터 전갈을 받고 느닷없이 운명철학(運命哲學)을 보는 자리에 앉게 되었다. 사람이 살다 보면 남보다 수월하게 많이 어울리고 속맛이 통하는 사람이 있게 마련인데, 바로 그가 나의 성정을 가장 잘 알고 최근 내 주변에 일고 있는 풍파의 내막에 대해서 뿐만 아니라 내 인생의 계산서를 가장 잘 훑어볼 수 있는 값진 친구인지라, 그가 일부러 이런 자리를 마련한 것임을 헤아릴 수 있었다.

흔히들 눈뜬 사람 중에는 역술가가 다루는 운명 철학까지도 미신처럼 여기고 귀신 씨나락 까먹는 소리인 양 비아냥거리기 일쑤다. 그러나 요새처럼 괴로움에 부대끼고 사는 처지에서는 반드롬한 친구의 말마따나 설사 그게 찰지게 맞아떨어지는 운명의 길잡이가 못되며, 또한 허무맹랑한 이야기가 될지언정 한 번쯤 물어나 보고 마음에 위안이나 갖자는데, 개뿔 같은 체면이나 점잖스러운 허세가 구겨지고, 자존심에 금 가고 축날 일이 없지 않으냐는 데에 동의해서였다. 이 역술가가 나름대로 영특하게 맞힌다는 소문이 무성한 터였다.

K사장의 경우는 5년 전 새로운 사업을 시작할 때부터 여태껏 그가 골라준 점괘를 따랐더니 운이 붙더라는 후일담을 여러 차례 들어 왔었다. 생년월일로 육갑을 짚어 괘를 뽑더니, 지나간 내 인생의 운명을 조목조목 가려서 깡그리 알아맞히는 것이 일단은 신통스러웠다. 그리고 용케도 지금의 고민과 앞으로 일어날 일들을 간추려 예견해 주었다. 마음을 비우고 살라는 운세였다.

지나간 날의 일들이 얼추 맞았으니 훗날도 대강 맞겠거니 여기며 그동안 갈피를 못 잡던 응어리진 마음새를 간추려 이제부터라도 마음을 비우고 살 각오를 하고 문을 나서니 한결 발걸음이 가볍기까지 했다. 내 팔자소관이 그렇다고 믿어서가 아니라 이제까지 골머리 아파했던 사항들도 하나의 욕심에 불과하다고 생각하니, 고민스럽고 스트레스 받던 일들도 일시에 자연스레 풀려 나가는 것 같아 홀가분한 심정에서 인생무상의 일면을 느끼기도 했다.

그리고 일주일 후였다. 지난해 몸이 찌뿌둥하고 뒷골이 당길 때, 지압사를 찾아가 몇 차례에 걸쳐 물리치료를 받은 바 있었는데, 그 결과가 매우 좋았던 적이 있었다. 그래서 이날도 그런 연유로 지압을 받으러 내 안사람의 뒤를 따라나섰던 것이 이 글을 쓰게 된 동기가 되었다.

이제 이 글을 쓰면서 나는 조용히 생각해 본다, 사람은 태어나면 누구나 어차피 죽게 마련이다.(이는 육신의 죽음을 뜻하는 것이지만….) 살아있는 동안이 문제이지 죽은 후의 저승 일까지 생각할 이유도 겨를도 없는 게 속세인들의 삶 아닌가?

어쩌면 인간은 태어나는 날부터 죽음을 향해 한 발짝씩 걸음마를 시작한다는 표현이 적절하다고 믿어진다. 그러나 설사 어느 날 갑자기 죽음에 임하게 된다고 할지라도 지금 당장 서둘러 죽는 연습을 해 가면서까지 죽음의 언덕배기에 도달할 필요야 없지 않겠는가? 어차피 때가 되면 오지 말라고 해도 가서 닿을 곳이니까….

그런데 이 세상 사람들은 그런 진리를 생판 모르고 있지는 않으련만, 다들 사는 데 바빠서인지 죽음에 이르는 일들일랑은 아예 깡그리 잊고, 고삐 풀린 망아지처럼 내달리기만 한다.

그렇다면 '죽는 연습' 이란 무엇을 뜻하는 것일까?

이제 그 해답을 알기 위해 크게 마음먹고 들여다보는 미지의 세계를 통해 일어날 일련의 갖가지 일들에 대해서 진실로 마음을 비우고 접하련다.

신미년(1991년) 3월

차례

차례

하루

믿음 반 불신 반

천명을 좇는 자는 살고
천명을 거스리는 자는 망하느니라.
-「孔子」 중에서

오늘은 대학의 동문으로 구성된 골프 동아리(Circle)가 있는 날이어서 저녁나절은 매우 피곤했다. TV나 보다가 일찍 잠자리에 들었으면 했는데, 가까운 곳에 물리치료를 잘 하는 데가 있다니 거기로 같이 가 보자는 내 안사람의 성화에 못 이겨 어물쩍 따라나섰다.

핑계사 늘 아내에게 덤터기를 씌우지만, 자신도 그러고 싶은 생각이 앞섰다. 왜냐하면 일 년 전에 경주에 사는 젊은 내외한테 드나들면서 지압을 받고 나서 제법 효험을 보았는지라, 오늘 저녁에도 지압을 통해 물리치료를 받고 나면 잠이라도 편히 자겠거니 하는 은근한 기대감에서였다.

동래 온천장 입구에서 그리 멀지 않은 옛 오시게 골목시장이 있던 뒷골목으로 차를 몰고 들어가다가 전당포 앞에 차를 대어놓고, 초록색 칠을 한 반쪽 대문이 열려 있는 골목집 안으로 들어갔다. 마루로 통하는 쪽문을 열자마자 자욱한 담배 연기와 어울려 제사 때나 맡을 수 있는 향(香)내음이 풍겨왔다. 순간적으로 약간 멋쩍은 분위기를 느끼며 직감으로 '부처님을 모셨구나' 하는 생각이 들었다.

아니나 다를까, 방 안의 제단 위에는 색색의 과일류와 음식들이 차려져 있고, 가느다란 연기의 꼬리를 문 향로(香爐)와 그 곁에 불이 켜진 몇 개의 촛대가 자리를 잡고 있음이 눈에 띄었다. 그리고 제단 제일 위쪽의 상단에는 빨간 연꽃이 보일락 말락 하는 꼬마 전등불을 품속에 감춘 채 중앙의 좌상석불(坐像石佛)을 양편에서 비추고 있는 모습이 눈에 싹 들어왔다.

여느 절간의 법당에서 느끼는 거룩함보다는 샤머니즘(shamanism)의 무속세계에 들어온 것 같아 다소 멋쩍은 생각에 행동이 거북스러웠다. 그러나 앞선 내 안사람을 따라 안으로 걸음을 옮기며 눈여겨 살펴보았다.

보통 크기의 가정 방에다 우리 몸체만한 불상(佛像)을 모셨기에 제단(祭壇)이 3분의 1이나 차지한 비좁은 방바닥에는 갈색 카펫이 깔렸고, 몇 사람의 남녀가 벽에 기대앉아 제 치료받을 시간을 기다리는 앞에서 50대로 보이는 의술사(醫術師)가 환자를 눕혀놓고 지압을 하고 있었다.

또한 두어 평 남짓한 비좁은 마루에는 서너 명의 남자들이 회백색의 비닐 커버가 덮인 긴 의자에 걸터앉아 있었다. 차례가 멀었다 싶어 앉을 곳을 찾다 보니, 비좁은 마루 중앙에 좀 낮게 꾸며진 비어있는 외짝 소파가 있는 거기에 앉으려는 찰나, 엎드려 절하기를 끝마친 내 안사람이 얼른 다가와서는 그 자리는 할배도사 자리라고 하면서 절반이나 걸친 나의 엉덩이를 밀어낸다.

오줌을 싸다 들킨 강아지처럼 좀 안쓰럽기도 한 생각에 머뭇거리고 있으려니까 앞 의자에 앉아 있던 체구가 작은 남자분이 자기는 마룻바닥으로 나앉으면서 내게 걸터앉을 자리를 내어준다.

오줌을 싸다 들킨 강아지처럼 좀 안쓰럽기도 한 생각에 머뭇거리고 있으려니까
앞 의자에 앉아 있던 체구가 작은 남자분이 자기는 마룻바닥으로 나앉으면서
내게 걸터앉을 자리를 내어준다.

금세 그분이 내 안사람의 입을 통해 몇 차례 얘기 들은 바 있는 P은행 L지점장의 친구라는 J사장임을 알 수 있었고, 비좁고 어색한 분위기 속에서 공식적인 인사는 트지 않았지만 그래도 대번에 오랜 지기처럼 친숙한 감이 들었다. 철강재 판매사업을 하다가 잘난 친구 때문에 수억 원을 날리는 통에 스트레스를 받아 돈 잃고 몸까지 불편해져서 여러 곳의 병원 신세를 지다가 별 효과를 얻지 못하자 이곳까지 찾아들게 되었다고 들었다.

들은 바로는 이곳에서 서너 달 치료를 받은 후로 건강도 되찾게 되었고, 전과 다름없이 사업도 제대로 잘 되므로 치료가 끝난 요즘에 와서도 하루도 거르지 않고 고마운 할배(이곳에서는 모신 부처님을 그렇게 부른다)한테 와서 절하고 공부(참선이나 할배도사의 말씀을 듣는 것)하는 것이 일과가 되다시피 변했고, 생활 모습도 예전과 딴판으로 감복하리만큼 달라진 삶을 사는 분이라는 것을 전해 들은 바 있다.

그와 더불어 조용히 몇 마디를 나누다 보니, 자기도 처음 이 집을 찾아올 적에는 나처럼 몸이 무거워 행동거지가 거북했었다면서 치료 효과는 말로는 설명하기가 쉽지 않다고 주석을 단다. 종전부터 그를 아는 사람들은 몰라보게 달라진 자기를 보고 많이들 어리둥절하다고 할 정도라고 한다.

내사 그의 예전 몰골을 본 일이 없기에 시방 그가 얼마나 변했는지 비교할 수는 없지만, 지금 내 앞에 앉은 그를 보면 160cm를 약간 웃돌 정도의 작은 키에 매우 야위어서 힘이 없어 보이면서도 눈빛은 살아 있다. 또한 그가 폼을 잡고 보여주듯이 겹쳐진 바지춤 안의 허리가 손 큰 사람 한 줌도 안 될 정도로 왜소한 체구이다.

그러는 동안에 주인공은 한 사람의 치료를 마치고 방 밖으로 나와 복도에 마련된 자기 자리에 앉아 담배를 태우면서 몇 번씩이나 나를 유심히 건너다본다. 그가 바로 명의(名醫)로 소문난 할배도사다. 키가 훤칠하고 야윈 데다가 새까만 머리털이 귀를 뒤덮은 모습이 흡사 단발머리 스타일이고, 희멀겋다 못해 창백해 보이는 얼굴색과 영채 나는 눈빛이 역시 도사(道士)처럼 느껴진다.

첫인상부터가 어딘지 모르게 보통 사람들을 압도하는 듯한 마력이 느껴지고, 언뜻 보기에 대중을 압도하는 섬칫한 기분이 든다. 이곳에서 치료를 받는 모든 사람은 그를 할배라 호칭한다. 실제로 그가 모시는 부처님을 할배라고 부르는 데서 그것이 그의 대명사로 된 것임을 쉽게 알 수 있었다.

한편 J사장의 말에 의하면 할배도사가 이 방에 들어와 신도(할배도사는 치료를 받으러 온 사람들을 그렇게 부른다)들에게 하는 모든 말씀은 단상에 모신 할배인 돌부처님께서 할배도사의 입을 통해서 하시는 말씀이란다.

여하간 첫인상은 무속의 신당에 들어온 그런 기분이었는데, 시간이 지날수록 그 엄숙한 분위기 속에 휩쓸려 심드렁하던 기분은 죄다 달아나고 머리끝이 쭈뼛 서는 가지런한 마음이 되어갔다. 마치 어떤 여인네가 평소 죄지은 것이 무서워 절에 가질 않는다는 말이 허튼 얘기가 아닌 것처럼 머리칼이 서는 기분이었다.

그러다가 내 차례가 되어 진맥해 본 그의 말에 의하면, 지금까지 나 자신을 지탱하고 있는 내 육신은 이미 죽은 송장이나 다름이 없단다. 서둘러 찾아온 것이 다행이라는데 이것도 나의 운명인 것 같다고 한다.

여하간 첫인상은 무속의 신당에 들어온 그런 기분이었는데,
시간이 지날수록 그 엄숙한 분위기 속에 휩쓸려 심드렁하던 기분은 죄다 달아나고
머리끝이 쭈뼛 서는 가지런한 마음이 되어갔다.

그렇다고 치자. 병을 완전히 고치기 위하여 치료를 완벽하게 받으려면 우선은 환자가 그를 치료해 주는 의사를 전적으로 믿어야 한다고 생각하며 다부진 신념을 마음속에 새기고 있었다. 그나저나 50평생을 살아오면서 여태껏 제 마음 내어 절간에 가서 부처님 앞에 무릎 꿇고 올곧게 절 한 번 한 일이 없었다싶을 정도로 무디게 살았음을 되돌아보니 우습기도 하다. 그래도 오늘은 꼬불쳐둔 5천원짜리 지전을 제단 위에 올려놓고 썩어 빠진 육신을 재생해 줄 것을 기원하는 불쌍한 중생이고 만다.

치료를 끝낸 후에 다시 돌부처를 향해 절 4배를 올려 감사한 마음을 표하고 나서니 심신이 날아갈 것처럼 가볍다. 진실로 몸과 마음을 비우고 살리라.

이틀

백세시대를 향한 주문

육신을 자제하는 것은 착한 일이고 말을 자제하는 것도 착한 일이다.
생각을 자제하는 것은 착한 일이고 모든 것을 자제하는 것 또한 착한 일이다.
-「法句經」 중에서

사람은 태어나는 그 순간부터 죽음으로 향하여 한 발짝씩 다가가고 있노라고 표현한다. 그러나 대부분 사람은 그런 과정을 '살아간다' 라고 표현하며 그게 인간의 필연적인 숙명이라 생각한다.

탄생에서부터 죽음이라는 과정에 이르는 것을 보면, 처음에는 벌거벗은 천사가 되어 누운 채로 바락바락 악만 쓰며 나부대다가 곧 엎치고 뒤척이는가 싶더니만 어느새 기고 서더니, 서툰 걸음마를 시작으로 철이 들고, 그러다가 뛰며 달리고 솟구치기에 한창이면서 사람으로서의 구실을 해 나가기 마련 아닌가?

그렇게 해서 반쯤이나 지난 인생의 고갯마루에 오르게 되면 그제야 제가 걸어온 길을 돌아다보게 되는 것이 인생이거늘, 그때가 되면 이미 허리는 굳어있고, 성정은 속세에 찌들대로 찌들어 병들고, 갈 길은 멀어 초조한데 할 일은 태산같이 남은 양 허둥댄다.

그래도 서둘러 물려주고 맨손으로 떠나야 하는 것이 정해진 인생의 길이 아닌가? 또한 인생이란 유한하여 턱없이 오래 산다 한들 백 살을 넘게 산다

> 오늘 할배도사는 치료를 하면서 나더러 125세까지 같이 벗하며 살자고 제의해 온다.
> 자기는 125세까지 살도록 계시를 받고 있단다.
> 하긴 의술의 발달과 영양체계가 좋아지면서 흔히들 말하는 백세시대가 된 것이 사실이고….

는 것은 가물에 콩 나듯이 드문 일이다.

오늘 할배도사는 치료를 하면서 나더러 125세까지 같이 벗하며 살자고 제의해 온다. 자기는 125세까지 살도록 계시를 받고 있단다. 하긴 의술의 발달과 영양체계가 좋아지면서 흔히들 말하는 백세시대가 된 것이 사실이고, 우리나라 사람의 평균수명이 80대를 넘어 90대를 향해 자꾸만 늘어나는 현재의 추세대로라면 불가능한 일이 아니니다.

말이 난 김에 영생(靈生)에 대해 여쭈어보았다. 불교에서 말하는 윤회에 관한 궁금증을 풀고 싶어서였다. 인간은 육체와 영체로 되어 있고 죽음이란 육체가 기능을 다 했을 때 몸속에 깃들어 있던 영체가 몸만 벗고 갈아입는 과정이며, 그래서 사후생(死後生)은 분명히 우리의 다음 생이 되는 것이라며 차차 공부를 하면서 가르쳐 주시겠단다.

사실 우리는 유교사상에 젖어 사후세계나 심령과학에 관한 실체적 진실을 터부시한다. 그러나 내가 아는 바로는 모든 종교는 영계인 사후세계를 부정하지 않는다는 사실과 오랜 서구 문명에서나 현대과학에서는 체계적으로 연구하고 많은 사례를 통해 사실에 접근하고 있음을 보면서 영적 문제에 관심을 갖게 되었다.

그런 책들을 읽어 본 바로는 영(靈)의 세계를 부정한다면 지금 고통 받고 사는 삶이 무슨 의미가 있겠냐는 것이다. 차라리 고통을 당하는 속세의 중생들로서는 당장 죽어 끝내는 짧은 삶이 바람직한 선택이 아니겠는가 하는 주장도 있음을 보았다.

오늘은 치료 대기시간에는 업보(業報)에 대한 말씀이 많았다. 아마도 앞서

질문한 나의 의문점을 풀어주는 느낌이다. 생사를 반복하는 윤회설은 업과는 떼려야 뗄 수 없는 관계로 업이란 행위가 원인이 되어 윤회라는 결과로 나타난다는 것이다. 그것은 큰 뜻에서 우주의 법칙이고 불교에서 말하는 인과설에 따르는 인과응보(因果應報)로 답할 수 있겠다.

아직은 불교 지식이 없는 나로서는 사람은 착하게 살면 죽어서 하늘에 태어나고 나쁜 일을 많이 하면 지옥에 태어난다는 권선징악을 가르치기 위한 수단일 것이라는 지극히 소박한 믿음을 갖고 있었다.

이 세상의 모든 사람이 자기가 하는 일에 대해서는 영락없이 보상이나 벌을 받기 마련이란다. 쉽게는 내가 살아서 심은 종자는 죽을 때 가져가기 마련이고, 다시 태어날 때 지니고 나온다는 것이다. 불행하게도 물질세계에 사는 중생은 항상 부족하다는 근본적인 생각에서 탐심이 지배한다.

그래서 도를 넘는 욕심은 원초적 질서를 파괴하는 업장이 되어 악업이 되어 쌓인다.

몇 가지 예 되는 일을 추슬러 하며, 죄 되고 죄 안 되는 일들을 묻고 답하는 시간이 길었다.

남달리 머리를 깎고 먹물 들인 옷을 걸친 스님들께서 온천장 번화한 음식점에서 술과 고기를 자시는 일을 두고, 우리 눈에는 입으로만 반야(般若)를 말하고 몸은 난야(蘭若)에 있으면서 마음은 시중에 나다니는 모습이 어쩐지 보기 안쓰럽다고 했더니만, 그렇게 하는 것이 설사 좋아 보이지는 않더라도, 그러는 스님들이 벌을 받고 깨달을 일이지 주제넘게끔 입방아질이나 말참견은 하지 말라고 이른다.

이 세상의 모든 사람이 자기가 하는 일에 대해서는 영락없이 보상이나 벌을 받기 마련이란다.
쉽게는 내가 살아서 심은 종자는 죽을 때 가져가기 마련이고,
다시 태어날 때 지니고 나온다는 것이다.

설령 사람들이 많이 붐비는 서면 로터리 한복판에서 미친 여자가 옷을 홀랑 벗어젖힌다 해도, 다른 사람들처럼 입 벌리고 넋이 빠져 구경하는 처지를 벗어나, 제 옷으로 가려주는 참다운 사람이 몇이나 되겠냐고 반문이시다. 결국 벗는 자나 구경하려 드는 자가 낫고 못함이 없이 똑같다는 쉬운 이치를 말씀하신다.

이곳에서 치료를 받은 한 여인의 실화를 예로 들어 가르침을 준다. 노령의 시어머님이 노망이 들어 거동을 못 하게 되니 자연히 옷에 똥을 써 붙이는 지경에 이르렀는데, 그런 일을 당하게 된 당사자로서는 그에 따르는 수고를 하면서도 그 일 자체가 못마땅해서 노망이 든 시어미가 하루라도 빨리 죽어 줬으면 싶어서 궁상거림이 잦아질 수밖에 더 있었겠는가?

그런데 그게 아니란다. 으레 늙으면 병들기 마련이고, 그러는 노인 중에도 더러는 이렇게 하다가 쉽게 돌아가시는 분도 있게 마련이므로 어차피 내게 주어진 업보이거니 생각하고, 훗날 당사자인 당신이나 늙어서 자식들에게 고생시키지 않게 되기를 바라면서, 정성스레 모셔야 하는 것이 인간다운 도리라는 지당한 말씀이시다.

그런데 사람 중에는 어서 죽기를 바라는 일념으로 예사로 말이나 행동을 앞세우게 되는데, 그때부터는 옷가지에 똥을 싸는 것뿐만 아니라, 아예 그 똥오줌을 먹기도 하고 온 벽에 똥칠갑을 해 가며 오래도록 애를 먹이다가 수(壽)를 다하게 되는 법이란다.

그러니 인간의 탈을 쓴 사람이라면 누구나 자기에게 주어진 제 몫의 일에 대해, 늘 군말 없이 주어진 업보인 양 깡그리 제 할 일을 다 하는 것이 도리

이며 죄를 짓지 않는 일이란다.

인간은 결국 다 마찬가지로 엇비슷한 운명을 지니고 태어났는데, 더러는 제 잘난 채 뻐기며 거드름을 피우다가 일생을 그르치는 사람도 많고, 갈피를 못 잡고 자신과 용기가 없어 중도에서 좌절하는 사람도 많다는 말씀이다.

우리 주변에서 일고 지는 인간만사가 다 그렇단다. 언제나 자기가 하는 일에 정성을 들여야 하고, 지금 당장 하는 일만이라도 정성 들여 열중하면 그 일에는 실패가 없고 순조로울 터인데, 한 가지 일을 하면서도 오만 것을 다 헤아리고 있으니, 제대로 되는 일이 없기 마련이라는 말씀이다. 정신병으로 미치는 사람들을 치료하다 보면, 모두 다 일을 난장판으로 떠벌리는 그런 정신의 소유자란다. 정신을 집중하고 차분히 생각하면 만사가 물꼬 트이듯이 풀리지 않을 일이 없고, 헛된 일을 안 하게 된다는 간단한 논리이다.

할배도사가 우리 신도들에게 몸소 그런 공부를 시키는 예로, 오늘 낮에 있었던 일이다. 이 집에서는 그래도 믿음이 가장 깊고 성실한 신도로 알려진 J사장과 D씨 및 K아빠 등 셋을 싸잡아 골탕을 먹인 일이다. 즉 할배도사의 숙제를 풀지 못해 졸지에 어리벙벙한 일을 당했다는데 후에서야 들은 내용은 이렇다.

할배도사랑 같이 앉아서 위에서 말한 내용의 인생 공부를 한참 하다가 "무모한 인생을 살지 말라!"는 주문을 입속으로 서너 번 외우시더니, 갑자기 이들 세 사람을 내쫓고 문을 닫아 잠갔는데, 당사자들로서는 아닌 밤중에 홍두깨식으로 어떤 뜻에서 그러는지를 도통 알 수가 없었단다. 쫓겨난

할배도사랑 같이 앉아서 위에서 말한 내용의 인생 공부를 한참 하다가
"무모한 인생을 살지 말라!"는 주문을 입속으로 서너 번 외우시더니,
갑자기 이들 세 사람을 내쫓고 문을 닫아 잠갔는데…

세 사람이 마당 가운데 오롯이 쭈그리고 앉아서 알량한 방법을 생각해 보았지만, 그러는 진의를 모르니 애초 묘안도 없거니와 문제를 풀어낼 재간이 없더란다.

어떤 수단을 동원해서라도 문을 열고 안으로 들어갈 방도를 찾으라는 것인지, 그냥 그 길로 일터로 가라는 뜻인지를 헤아리기 힘들어 굽도 젖도 못하고 되알지게 생고생을 했단다.

그러는 동안에도 외부에서 환자가 찾아오면, 뒷문을 통해서 부엌문으로 들어가라고 했으면서도, 정작 자신들은 뒷문으로 디밀고 들어갈 줄을 몰랐다니 멋쩍은 얘기이고 만다.

할배도사는 이런 방법으로 사람이 살아가는 데도 쉬운 길이 여러 갈래가 있음이요, 한 가지 일을 하는 데도 깊이 생각하며 침착하게 행동해 갈 것을 강조하고 싶었다는데, 정작 당사자들은 문제를 어렵게 풀고 있더라는 것이다.

인간 만사가 다 그렇다는 결론이었다. 인생을 살아가면서 어떤 일이든 간에 더 넓고 깊게 보려 들고, 평소의 언행에서부터 마음 씀씀이에 이르기까지 옹졸하지 말고 너그럽게 처신하는 지혜를 가지는 것이 세상살이를 잘하는 것이라는 평범한 진리를 일깨워 준다.

사흘

균형이 깨어진 생체

몸에 병이 없기를 바라지 마라.
몸에 병이 없으면 탐욕이 생기기 쉽나니 병고로써 양약을 삼으라.
–「부처님 말씀」 중에서

사흘째 치료를 받은 셈인데 심신이 한결 개운하다. 74.5kg 내지 75kg까지 올랐던 체중이 갑작스레 72kg대로 떨어진다는 것은 과히 놀랄 일이 아닐 수 없다. 더욱더 놀라운 것은 30여 년 동안 잠이 들었다 하면 심하게 코를 골았는데, 치료를 받은 첫날 이후로 그 전처럼 심하게는 코를 골지 않는다는 사실이다.

이 일을 두고 20년 동안 한 이불을 덮고 살아온 내 안사람이 가히 기적이라고 한다. 정말이지 때때로 자신이 고는 콧소리에 잠을 깨는 일이 있었으니, 그 심한 정도는 가히 짐작하고도 남음이 있으리라.

오늘따라 D컨트리클럽에서 공을 치느라 매우 심한 운동을 했다 싶은데도 전연 피로한 감을 느낄 수 없다. 운동을 마치고 샤워장에 들렀을 때, 어느 부위의 살이 가장 많이 빠졌나 보았더니, 역시 배 부위의 지방질인 삼겹살이다.

손등은 다소 쭈글쭈글해졌어도 얼굴 부위는 아직도 변화를 보이는 것 같지는 않다. 여하간 오늘 아침에는 최근에 사서 맨 허리띠의 안쪽에 구멍 하

사실 식생활이 서구화되면서 육식의 과다로 콜레스테롤을 높이고 비만의 원인이 되어
온갖 성인병인 흡연, 당뇨, 높은 고혈압, 심장마비의 위험도
함께 증가시킨다는 것은 이미 상식화된 사실이다.

나를 더 뚫었으니, 공포의 삼겹살이 줄어든 것은 사실이다.

사실 식생활이 서구화되면서 육식의 과다로 콜레스테롤을 높이고 비만의 원인이 되어 온갖 성인병인 흡연, 당뇨, 높은 고혈압, 심장마비의 위험도 함께 증가시킨다는 것은 이미 상식화된 사실이다. 그러나 한편으로는 전신에 존재하는 모든 세포의 막을 형성하는 지질의 한 종류로 생명에 필수적인 물질이다.

콜레스테롤은 체내의 막 표면에 있으면서 막을 보호하고, 혈관 벽이 찢어지는 것을 예방하며 적혈구의 수명을 오래 보전시킨다. 따라서 콜레스테롤이 부족한 경우 적혈구의 수명이 짧아져 빈혈이 생기기 쉽고, 출혈성 질환의 위험도 증가할 수 있어 저당한 섭취라는 양면성을 가진 물질이다.

할배도사가 어느 정도까지 몸무게를 줄이겠느냐고 물었을 때, 10Kg 정도는 줄였으면 좋겠다고 하니, 그렇게 해 보자고 명쾌한 답을 주었으므로 목표 달성은 무난하리라 기대해 본다. 정말 나이를 더해 가며 살찌는 것은 좋을 게 하나도 없다고 여겨온 터요, 비만은 만병의 근원이 된다는 것이 입에 발린 말이 아님을 몸소 느끼고 있는지라 체중이 준다는 사실에 춤이라도 추고 싶다.

치료하느라 바쁜 손놀림을 하면서 이렇게 설명하신다. 비만한 자들이 살을 억지로 빼겠다고 애가 달아서 헬스클럽에 나가 에어로빅이나 기계체조 등의 심한 운동을 갑작스레 하노라면, 그것이 바로 순간적으로 죽음에 이르는 첩경이라서 말리고 싶단다.

살이 찜으로써 모든 혈관이 콜레스테롤에 의해 막히는가 하면, 몸의 구석

구석에까지 핏줄이 뻗어나지 못하게 되고, 그로 인해 새로운 피의 공급이 되지 않기 마련이다.

또한 살밑 뼈 부위까지 혈관과 신경이 닿아 뿌리를 내림으로써 정상적인 인체의 균형(均衡)이 잡히는 법인데, 비계 덩이가 끼면 그러지 못하게 방해하여 붕 떠 있는 상태가 됨으로써 내밀한 신체의 미세한 부위까지 에너지의 공급이 잘 안 되게 되므로 정교하기 이를 데 없는 인간 생체에 이상이 생기게 마련이란다.

그런 의미에서 볼 때, 때때로 두통을 느끼게 됨도 그런 이치냐고 물었더니, 머리뼈를 둘러싸고 있는 살이 엷을수록 좋다는 데 동의하신다. 그런 얘기를 듣고 내 안사람과 함께 내 두상을 손으로 만져 보았더니 진짜로 비곗살 투성이처럼 물컹거리고 두껍게 느껴졌다.

지금 지압으로 치료하는 것은 마치 토담집을 짓고 흙을 바를 때, 흙을 많이 이겨 야무지게 바르는 것이 튼튼한 벽을 쌓게 되는 경우와 마찬가지 원리란다. 지금 내가 지닌 몸뚱이의 형국은 마치 부실한 공사로 지어놓은 토담집과 같아서, 속 빈 강정처럼 아주 손쉽게 이지러질 판이라니 그럴싸한 표현으로 받아들여진다.

그런 현상은 아랫배의 부분도 마찬가지라서 사람의 내장 부분이 제 자리에 붙어서 제 기능을 해야 하는 것이 마땅한 원리인데, 살이 찌게 되면 모든 내장의 기관들이 공포의 삼겹살에 밀려나 제 위치를 고수하지 못하게 되어 원활한 에너지 공급이 안 되고 부분적으로 탈이 생기면서 갖가지 병을 유발하는 원인이 된단다. 그렇듯 살찐 사람들 대부분이 육류를 좋아하고 식사량

머리뼈를 둘러싸고 있는 살이 엷을수록 좋다는 데 동의하신다.
그런 얘기를 듣고 내 안사람과 함께 내 두상을 손으로 만져 보았더니
진짜로 비곗살 투성이처럼 물컹거리고 두껍게 느껴졌다.

이 많은 사람으로 피조차 맑지 못하다는 것은 평소에 책을 읽고 귀로 들어서 잘 아는 사실이다.

할배도사에게서 일단의 지압 치료를 마치고 나면, 바늘로 스무 개의 손발가락 모두를 찔러 몇 방울씩의 피를 빼어낸다. 그럴 때 보면 아닌 게 아니라 내 몸에서는 검붉은 죽은 피가 뿜어 나온다. 사실 이곳에서 오래도록 치료를 받은 분들의 손발에서는 그야말로 맑고 빨간 선지피가 나오는 게 사실이고 보면, 내 몸 안에 흐르는 질이 나쁜 피(血) 때문에 스스로 놀라지 않을 수 없다.

지금 받는 치료 방법은 육류의 섭취를 줄여서 콜레스테롤의 양을 줄이고, 지압을 통해 신경이나 핏줄이 제 자리를 찾게 하고, 신체 각 부위에 충격을 주어 세세한 곳까지 피가 통하게 하여 혈액순환을 원만하게 함으로써, 인체의 각 부위가 제 기능을 갖게끔 해 주는 물리적 치료인 셈이다.

그와 동시에 부처님의 올바른 삶에 대한 가르침을 통한 종교적 수양으로 나약한 인간들을 믿음에 들게 함으로써 정신적으로 올바른 생활 습성과 건전한 생활을 영위하도록 해 주는 치료법을 병행하여 신념을 가지고 그런 고통에서 이겨 나가게 해 준다고 보면 옳을 것 같다.

할배도사는 현대의술을 부분적으로 금기(禁忌)시한다. 그 나름대로 이치에 합당함도 있다. 오늘날 아무리 첨단과학이 발달하였다 하더라도, 이 세상 사람들이 고안해서 만들어낸 첨단과학 설비라 할지라도, 우리 인체만큼 정밀하고 잘 짜인 시스템(組職體系)이 있겠는가?

그런 데다 함부로 칼질해대고 아무렇게나 꿰매어 놓은 후, 그것이 그렇게

하기 이전처럼 정상 작동을 해 주기를 바란다는 것은 심히 기대하기 어렵다는 말씀이다. 근본적인 발병의 원인이 무엇에서 시작된 이상현상(異常現象)인가를 밝혀 보다 근본적이고 순리적인 해결책을 찾은 뒤에 그 원인을 찾아 제거해 주는 것이 일반 관리 공학에서의 유지보수(補修工事, Maintenance)의 원칙인데, 무조건 현대적인 공구를 사용해서 쪼아 붙이거나 무리하게 절단해서 새것으로 갈아 치운다고 해서 종전처럼 제 기능을 다 할 수 없다는 논리이다.

그런 측면에서 지난날을 되돌아보니 가히 수긍이 가는 일이다. 어디가 아프기만 하면 각종 약을 사서 먹는 등 나 자신이 반의사가 되어 자가치료를 해 왔었는데, 그것이 때로는 고통을 덜어주는 계기가 되기도 했겠지만, 탈의 원인도 되었으리라. 그러다가 통증이 심하다고 여겨지면 어쩔 수 없이 병원신세를 지기도 했었는데, 그동안 내가 자주 드나들던 병원에는 치료한 내용을 적어둔 처방전이 아예 한 권의 책으로 묶어진 병원도 있을 성싶다.

다행스럽게도 아직은 할배도사가 가장 어려워하고 싫어하는 일인, 몸에 칼을 대어 배를 짼 정도의 큰 수술을 한 바는 없다. 할배도사의 견해에 의하면 약을 먹는 것도 일시적으로 아픈 진통의 마취에 불가한지라, 나의 경우는 수십 종의 약에 찌들어 완전히 부분적으로 기능이 중지된 데가 많을 뿐 아니라, 이미 내 몸은 그런 행위에 익숙해져서 아픈 부위가 마취된 상태로 길들어 가고 있으며, 그런 연유로 인해 온갖 병이 밀려 들어와 축적되고 있어서 몸은 부분적으로 죽어가고 있을 따름이란다.

입이 열 개라도 아무런 변명이 있을 수 없다.

나흘

살기 위해 먹으라

신발이 발에 꼭 맞으면 발의 존재를 잊는다.
허리띠가 꼭 맞을 때는 허리의 존재를 잊는다.
마음이 옳으면 모든 옳고 그름의 판단을 잊는다.
-「莊子」 중에서

사람이란 참으로 간사하다는 것을 평소에도 많이 보고 느끼는 일이다. 좀 좋으면 꼴까닥 넘어가는 시늉을 하거나 너스레를 떨고, 조금 부족하거나 아니꼬우면 속보이게 서둘러 넌덜머리를 내거나 돼지 주둥아리를 닮아 볼멘 채로 앙주거리기 마련이다. 그러다 보면 아예 잡친 기분으로 일들을 그르치려 든다. 막상 일들을 당하면 대개가 다 그런 '보통 사람' 이고 만다.

이곳을 드나드는 사람 중에 아픈 데의 치유가 호전되고 있다고 느끼거나, 어쩐지 집안일이 잘 풀려 덕을 보고 있다고 생각되면, 할배나 할배도사께 진실로 감사하는 뜻에서 적이나 하면 유무형의 조그마한 성의라도 베풀어 고마움을 표하고 싶은 심정들인가 보다.

며칠 되지 않은 나 역시도 그들처럼 의당 그러고 싶어질 때가 한두 번이 아니었는데, 제법 오랫동안 치료를 받아 득을 본 사람들이야 오죽하겠는가? 하루가 다르게 좋아지는 변화를 보면서 치료비 명목으로 내는 시주 돈이라도 남이 오천 원을 내어놓으면 나는 만 원을 올려놓고 싶어지는 경우가 그 예다.

이유야 고사하고 내가 치료를 받아 좋아진 건강만큼 돈으로 쳐서 불쌍한 사람들의 구제를 위한 수단이 될 수 있고, 그것이 공덕을 베푸는 일이라면 지금 나의 심정으로서는 아까울 게 없다 싶은 생각에서다.

그런데 할배도사는 그런 것을 원치 않는다. 특히 물질적인 면에서의 베품에 대해서는 그 도가 분수에 지나치면 도리어 야멸치게 벌까지 준단다. 그건 할배도사가 환자를 치유한 대가로 그들이 얹어놓고 간 저 제단 위의 시주 돈들은 할배도사도 할배의 명에 따르지 않고서는 단돈 한 푼이라도 못쓴다는 얘기에서 잘 알 수 있다.

신도들이 치료비 명목으로 시주한 돈들은 그 쓰일 곳을 할배가 가르쳐주는 곳에 가져다줘야 하고, 자기네 식구는 꼭두새벽에 오시게 시장통에서 쓰레기를 치우고 청소한 대가로 살아간다는 설명이다. 본인에게는 물어보지는 않았지만 남들이 잠에서 깨어나기 전에 쓰레기 치우고 청소하는 하찮은 일을 할배가 시켜서 하는 것인지 아니면 스스로 하는 일인지 궁금증이 더해 갔다.

부처님께서도 이런 일을 하시면 자기 마음이 깨끗해지고 다른 사람의 마음도 즐겁게 하는 일이며 하늘의 신이 기뻐하고 나의 단정한 습관을 기르게 되며 죽은 뒤 하늘에 태어난다고 한다는 경전을 읽은 바 있다.

작년까지만 해도 할배도사 혼자서 새벽에 청소를 하고 낮에는 신도들의 병을 치료해 왔었는데, 요즘은 새벽으로 하는 청소만은 사모님이 대신해줘서 본인은 환자들 치료하는 데에만 정성을 쏟을 수 있단다. 공돈은 아예 못 받게 하고 하루라도 고단하다는 핑계로 일하지 않으면 모진 벌을 받는다

작년까지만 해도 할배도사 혼자서 새벽에 청소를 하고
낮에는 신도들의 병을 치료해 왔었는데, 요즘은 새벽으로 하는 청소만은
사모님이 대신해 줘서 본인은 환자들 치료하는 데에만 정성을 쏟을 수 있단다.

고 하니 믿기지 않는다. 이런 사연은 중국 당나라 때 조주선사가 만들고 실천했다는 '하루 일하지 않으면 하루를 굶으라(一日不作 一日不食)' 라는 승가의 규칙을 그대로 따르는 듯싶다.

최근 수개월 전, 교통사고를 당해 거동조차 못 해 불편해 하던 어떤 아주머니가 근간에 졸업할 단계(여기서는 치료가 끝나는 것을 졸업이라 함)에 이르자 무엇인가 해 드리고 싶어 안달이더니, 어느 날 할배도사가 사용하는 탁자 위에 얹는 덮개와 때때로 염불을 들려주는 전축 위에 놓는 깔개를 사다가 깔아놓은 그것까지는 좋았는데 이를 본 할배도사는 노발대발이었단다.

1원짜리 동전도 많이 모이면 큰돈이 되고, 물질적으로 베풀지 않아도 정성만 쏟으면 될 일을, 게다가 많이도 없는 주제에 자기의 앞가림도 어려운 판에 묵은장 쓰듯 돈을 헤프게 쓰고 다닌다면서 여러 신도 앞에서 낯이 화끈거릴 정도로 호되게 꾸짖었다는 이야기였다.

그뿐 아니라 일일이 그 값을 묻고 난 후, 제값을 되돌려 주면서 사다 놓아주는 수고한 값이랑은 시주한 셈 치라고 하였다니 신세 진 게 아심찮아서 한 진실한 행위에 본살도 못 찾은 셈이 되고 말았으니 얼마나 서운한 마음이겠는가?

그런데 오늘은 그 여자분의 동생이 비닐 주머니에 무엇인가를 사 들고 들어왔다.

할배도사가 마루에서 담배를 태우다 그것을 눈치를 채고, 그 내용물이 무엇인가를 물었다. 치료할 때 쓰는 침을 꽂는 침집이라고 말하니, 마침 치료

대기 중이던 우리 큰딸 H를 시켜 서랍 속의 자기 지갑 속에서 2,000원을 꺼내게 하여 억지로 안긴다. 생각하기에 따라서는 어쭙잖게 여겨지지만 일련의 이런 가르침을 보면서 느끼는 게 많다.

언젠가는 죽을 고비를 넘긴 사람으로부터 감사의 뜻으로 제법 많은 돈을 받았다가 10여 일을 꼼짝도 못 하고 그 돈을 남기고 간 사람이 아플 때와 꼭 같은 해묵은 아픔을 대신 아파 본 일이 있었노라고 상기하면서 물욕으로 빚어진 그때의 쓰라린 기억을 털어놓으신다.

그렇듯 이곳에서 가장 눈에 뜨이는 것이 있다면 인간다운 행실을 가르치는 것이다. 병이라는 게 재산이나 귀티를 따져가며 사모님이나 아주머니로 구분을 지어가며 찾아드는 것이 아닌지라 병을 고치는 할배 앞에서는 만인이 평등하다.

대체로 가정주부들의 행실을 많이 나무란다. 가족과 남편에 대한 정성 면에서는 가혹하리만큼 호되게 꾸짖는다. 할배도사는 아무리 처음 보는 사람이라 할지라도 한눈에 척 보면 그 사람의 심성을 콩팥 가리듯이 낱낱이 알아보는지라, 모나고 비뚤어진 성격부터 뜯어고쳐 사람부터 만들고 말겠다는 의도로 보인다. 덤벙거리는 여인네는 행동범실을 나무라고, 헤픈 여자는 씀씀이를 탓한다.

언제 어디서나 누구를 가릴 것 없이 대꼬챙이 회초리처럼 서슴없이 아프디 아픈 나무람에 얄팍한 꾀부림이나 반항이 있을 수 없고, 옆에서 보는 사람조차도 절로 그래야겠다는 마음을 갖게 해 준다. 때로는 아무 신도에게나 커피나 차를 타서 달라고 시킨다.

> 가정주부들은 모름지기 온 가족의 영양상태나 건강을 돌볼 책임이 있고,
> 마땅히 주부로서 할 일이 있는데도 허구한 날 이문 없는 일에 쏘다니기나 하고,
> 걸핏하면 전화나 해서 어디에 먹을 것이 있으니 찾아서 먹으라는 식의 살림살이를 해서야…

내가 옆에서 보아도 커피를 타는 일에서부터 잔을 드나수는 일에 이르기까지 정성스럽게 다루는 사람이 있는가 하면, 생김새와는 달리 선머슴애처럼 덜렁거리고 퍼흩는 여인들도 있었다. 그럴 때는 사정없이 호된 꾸지람이 뒤따른다.

정성이 깃들지 않으면 음식일 수 없단다. 맛은 고사하고 먹어서는 안 될 이물질의 혼입으로 인하여 사람 건강을 망칠 수도 있다는 말씀이다. 가정주부들은 모름지기 온 가족의 영양상태나 건강을 돌볼 책임이 있고, 마땅히 주부로서 할 일이 있는데도 허구한 날 이문 없는 일에 쏘다니기나 하고, 걸핏하면 전화나 해서 어디에 먹을 것이 있으니 찾아서 먹으라는 식의 살림살이를 해서야 그 가족이 행복해지고 복 받는 따스한 가정이 되겠느냐는 것이다.

조금 전에 바늘집(침낭)을 사온 여인의 남편은 아마도 가까운 곳에서 사업을 하는가 본데 내일부터는 따뜻한 점심을 해다 나르란다. 그러면 제 남편은 얼마나 당신을 귀여워해 주겠느냐는 일침이시다. 그러고는 그렇게 하겠노라는 다짐을 꼭 받는다.

아마 그래서 그 여인은 병을 고치기 전에 마음의 병부터 고치는 게 아닌가 여겨진다. 진정 그러면 그 댁은 행복하겠네라 옳은 가르침이시다.

닷새

누구를 탓하랴

건강은 가장 큰 이익이고 만족은 가장 큰 재산이다.
믿고 의지함은 가장 귀한 친구며 열반은 최상의 안락이다.
-「法句經」 중에서

치료를 받기 위해서 한 시간 정도 일찍 사무실을 나왔으나, 할배 방에 문이 열려 있지 않아 대문 밖에서 기다리다 보니 우리 집의 세 식구가 다 모인 셈이 되었다.

사장이 먼저 와서 문을 열었고, 조금 늦게사 할배도사가 오셨다. 일본서 온 두 K씨의 접대 때문에 내가 먼저 치료를 받았으면 싶었는데, 우리 큰딸 H가 기(氣)를 너무 많이 앗아가기 때문에 힘이 있을 때 먼저 치료를 해야 한단다.

대학생인데도 모타리(덩치)가 그리 크지 않은 데다가 최근에는 마치 몹쓸 병이 든 것처럼 허약해 보여 한량없이 걱정이었는데, 몸에 진이 다 빠져버려 치료하려 들면 할배도사의 기운마저 죄다 빼앗아가기 때문에 잘못하면 자기가 쓰러지는 변을 당할 수 있을 정도라니 얼마나 허약한가를 짐작할 수 있지 않겠냐는 것이다.

가랑비에 옷 젖는 것을 모르고 그냥 더 두었더라면 아깝게 피다마는 꽃이 될 뻔했다고 진단하는데 귀가 쫑긋해진다. 오늘까지 사나흘 치료를 마치고

> 할배도사의 치료기법의 기본은
> 우리 몸에 기를 불어넣어 조화를 이루는 것으로 기는 생명의 에너지라 한다.
> 사람이 산다는 것은 기의 작용이요, 생명이 곧 기라고 책에서 읽은 바 있다.

나면 내일부터는 다소 기운이 들게 될 것이고, 창백하던 피부 색깔도 차차 붉은 빛으로 돌아들게 될 것이란다.

할배도사의 치료기법의 기본은 우리 몸에 기(氣)를 불어넣어 조화를 이루는 것으로 기는 생명의 에너지라 한다. 사람이 산다는 것은 기의 작용이요, 생명이 곧 기라고 책에서 읽은 바 있다. 그래서 백 가지 병이 기에서 기인한다고 했다. 사람이 노하면 기가 상승하고, 기쁠 때는 이완되며, 슬플 때는 사라지고, 놀랄 때는 흐트러지며, 더울 때는 새어나가고, 일할 때는 소모된다고 했다.

그런 기의 중요로 움을 생각하면서 10여 분 걸어서 저녁 일곱 시쯤 되어 일본 손님들과 약속된 장소인 M갈빗집으로 갔더니 금방 상을 받아서 맥주 한 컵씩을 드시던 참이었다.

치료를 받고 있어서 예전처럼 한 데 어울려서 주거니 받거니, 권커니 자시거니 하지를 못해 죄송하다고 설명해 드린 후, 티 나지 않게 상 위에 푸지게 놓인 푸나물과 거푸집만 주섬거려 먹었을 뿐인데도 배가 부르다.

그렇게 게걸스럽게 먹기를 좋아하던 고기도 흥미롭지 못하고 꼭 먹어야겠다는 마음이 생겨나질 않으니 나 자신이 생각해도 신기할 정도이며, 배고픔과 구미가 당기지 않아 식사를 끝마칠 때까지 고기 두 모타리를 씹다 내뱉은 정도였다.

오늘까지 기초치료를 마친 할배도사의 진단으로는 내가 말고기를 먹고 얹혔다고 했다. 말고기라는 것을 알면서 먹을 턱이 없는지라 설마 그렇겠냐고 반문하니, 고기를 자주 먹다 보면 어느 집에서 말고기를 섞어 팔았는지 알게 뭐냐는 것이다. 하긴 작금의 세상 돌아가는 판국으로 봐서는 얼마든지 있을 수 있는 일이 아닌가? 고기 좋아하던 내 탓이지 남을 탓할 게 있겠는가?

아마도 철이 들고서는 내 의지로 말고기를 먹은 적이 없고, 예닐곱 살 되었을 적에 말고기 통조림을 먹어본 일이 있음을 기억한다. 일본인 K씨도 나와 같은 말(馬)띠라서 그런지 일본의 풍습에도 말띠가 말고기를 먹으면 동티난다는 옛날부터의 구전이 있다고 말해 준다.

하여간 아랫배 왼쪽 부위의 어느 곳을 아프게 만지면서 이곳에 그 말고기가 걸려 있다며 한참 힘들여 치료해 준다. 한결 시원해지겠다면서 내일은 또 체중이 내릴 것이라고 부언한다.

정말 며칠간의 치료 기간에 이상하리만큼 변화가 빠르다. 나 스스로 돌이켜 보건대, 지금까지 음식을 먹을 때는 흡사 호랑이가 산 짐승을 덮치는 것처럼 우악스레, 그리고 어지간히 급하게 먹어 치우는 속식가였다. 심지어는 물을 마시다가도 목이 메기 일쑤였고 그로 인해 사레라도 들리면 집사람을 비롯해 가까이 있는 가족들에게 등을 두들겨 달라는 경우도 흔했던 게 사실이었다.

그런데 요즘에 와서는 한 모금의 물을 마셔도 목에 넘기기 전에 입안에 머금었다가 넘길 정도로 나 자신이 달라져 있다. 식사도 마찬가지로 육류는 일절 삼가고 밥알도 죽이 되도록 짓씹어서 넘긴다. 의지적으로 그러고 싶어서라기보다는 자연스레 그런 행동으로 변해가니, 음식의 묘미도 알고 만든 사람의 정성과 고마움도 느낄 수 있는 것 같다. 또한 먹어서는 안 될 잡물질

아랫배 왼쪽 부위의 어느 곳을 아프게 만지면서
이곳에 그 말고기가 걸려 있다며 한참 힘들여 치료해 준다.
한결 시원해지겠다면서 내일은 또 체중이 내릴 것이라고 부언한다.

도 걸러 나오기 마련 아닌가?

오늘 낮에 생긴 일로 J사장이란 분이 할배도사랑 대구에 같이 갔다가 어느 식당에서 점심때 된장찌개를 시켜 먹었는데, 그 속에 두부 세 돔배기가 들어있길래 먹을까 말까 망설이다가 그냥 먹었더니만 그게 탈이 되어 온종일 거북하더라는 얘기를 한다. 그러면서 평소 할배도사의 가르침대로 덤벙대지 말고 자시라는 지시를 어겨 노여움을 산 게 아닌가 하는 넋두리를 하고 있는데 멀찌감치서 들으시고 대번에 핀잔이시다.

밥에 비벼서 숟가락으로 먹으면 될 것을 소화가 잘 되리라 믿고 그냥 삼켰으니 무력해져 있는 위가 받아주겠느냐는 공박과 더불어 요령껏 살란다. 아예 정성스레 씹어 먹기가 싫으면 집에서 믹서기로 갈아 잡수란다. '두부 먹다 이 빠진다' 는 속담이 생각난다.

옛날처럼 궁핍해 못살 때도 아니고, 자기 앞에 놓인 음식이야 제 몫일 뿐 아니라, 또한 굽고 삶은 고기가 살아서 삼십육계 줄행랑칠 것도 아닌데 왜 그렇게들 걸신들린 양 서둘러 댓바람에 자시는지? 그리고 그렇게 서둘러 덤벙대고 먹은 음식은 결국 어디에 부담이 가겠는지? 그로 인한 낭패는 다음 일이고, 한 사나흘 끼니를 거르기라도 한 것처럼 허벙대는 짓들이 매우 잘못 배운 식사법이라고 깨달을 즈음에는 이미 소화기 계통에 어떤 이상이 생긴 후일 거란다.

먹성이 좋은 사람은 음식을 먹을 때 맛이 있다 싶으면, 자기도 모르게 상머리로 몸 전체가 점차 기울어지고 속도도 빨라져서 창자나 위가 곱쳐진 상태에서 마구잡이로 음식물이 들어가니, 제아무리 강한 위장이라 할지라도 탈이 안 날 수 있겠느냐는 핀잔이시다. 그래서 몇 숟갈씩 먹고 난 후에는 반드시 한 차례씩 허리를 펴는 버릇을 들이란다. 이런 이치야 누가 모를까마는 알면서도 실행 못했던 것은 몸의 균형이나 신체의 조화를 인식하지 못하고, 우선 탈 없는 먹성만 믿는 자제력의 결핍에서 온 것이라 본다.

우스갯소리 잘하는 친구들 말마따나 국산기계 이제까지 한 50년 써먹었으면 어지간히 부려먹었고 본전은 다 뽑았겠다 싶은데, 그래도 다 망가져 써먹지 못하게 될 때를 예상하고 아직 살날을 계산해 보면 기름치고 수리하는 일에 게을러서는 안 될 성싶다.

좌우지간 최근 들어 무력해진 위의 복구를 위해 다행일 수 있는 일련의 밝은 조짐들에 고마운 마음이 주렁주렁이다.

이레

심마에 꺼둘리지 마라

사람은 나면서부터 천성이 착하다.
측은히 여기는 마음과 부끄럽게 여기는 마음과 사랑하는 마음이고,
옳은 것은 옳다고 하고 그른 것은 그르다고 하는 마음이다.
-「老子」 중에서

모두 치료를 받는데 기다리는 시간이 지겹다고 생각은 하면서도 차마 표현을 하지 않으려 든다. 바쁘다고 말하거나 그런 생각을 가질라치면 할배도사는 그런 당사자의 심정을 훤히 읽고 용하게 알기 때문이며, 후에 치료를 받을 차례가 되었을 때 본인이 그런 감정이었음을 솔직히 털어놓고 회개하게 만든다는 것을 잘 알기 때문이다.

어찌 알겠느냐 싶지만 역시 도사의 눈은 못 속인다. 또 시계를 자주 보거나 방 안팎을 들락거리거나 했다가는 꾸중까지 듣는다. 한시바삐 기차를 타고 서울로 가야 할 사람일지라도 덤벙거리는 조짐이 보이면 치료를 미루고 천천히 줄담배를 태우거나 긴 설교로 이어져 더 늦어지기 때문이다.

우리 집 큰애 H가 말한 오늘은 친구들과 약속이 있다는 얘기를 할배도사가 듣고서는 당장에 나무라신다. 지금 내가 몸이 아프고 불편한 처지에 그들이 내 인생을 대신 살아주는 것도 아니고 지금 당장 내가 허기져 있는데 그들이 나를 대신해 밥을 먹어서 내 배가 부를 수 없다는 당연한 말씀과 그런 본인을 제외하고는 첫째가 부모요, 친구는 다음으로 필요에 의한 것이

지 필수적이지 않다는 지당한 말씀이시다.

그리고 자기네들 또래끼리 모여서 쓸데없는 이야기로 시시덕거리는 그런 곳에는 때에 따라서는 어울리지 않아도 나쁠 게 없다는 질책을 하신다. 또한 이곳에 와서 치료를 받을 때는 치료 그 자체에만 신경을 쓸 일이지, 지겹다고 책을 뒤적거리거나 부자연스러운 행동을 하는 등 별스러운 몸놀림으로 표내지 말라 하신다.

우리 딸 H의 차례가 되어 자리에 들 즈음 난데없이 평소에 안 하던 가는 기침을 서너 번 하니, '왜 기침을 하냐?' 고 물으신다.

딸의 대답인즉슨 "할배가 담배를 많이 피워 그런다" 고 나름대로 바른말을 하니, "밖에서 기다리는 동안에 약속이 바쁜데 빨리 치료를 안 해 줘서 지겹다고 마음속으로 투덜대었지?" 하고 묻는다. 그러고는 할배가 그런 것을 다 아시고 제 입으로 실토를 시키려고 평소 안 하던 기침을 하게 한 것이란다.

우리 딸 H가 이곳에 드나들면서 제법 비위나 말 주변머리가 늘었다. 그리고 건강면에서도 전신에 핏기라고는 아예 가시고 없던 터였는데 이제는 손발에 온기가 돈단다. 여자는 뭐니 뭐니 해도 얼굴을 포함한 외모가 우선이라 보는데, 온 얼굴에 뾰루지가 솟아 볼썽사납게 되어 저 혼자 고민에 빠져 있을 때는 부모로서 쳐다보기조차 민망하던 얼굴이었음이 사실이다.

이제 며칠밖에 안 된 치료로도 그 효험이 커서 여드름의 숫자도 많이 줄어들고 화색이 도는 것 같다. 아무 일에서나 논리적이고 한창 배타적인 제 또래의 나이에 이런 치료방법 자체를 부정하고 치료받기조차 거부할 줄 알

아비로서는 모녀간에 마치 남인 양 다투는 일이 밉도록 싫어서 덩달아 고함치며
데려온 자식 사이냐고 화를 내어 겁주던 그런 분위기는 싹 가시고,
이젠 부모와 어울리려 들며 대화를 하려 드는 것이 너무도 큰 변화가 아닌가 싶다.

고 걱정했던 것도 사실이었다.

그런데 이런 일련의 두드러진 변화가 있으므로 해서 자연스럽게 안정을 찾아 밝은 표정으로 돌아가는 것 같아서 아비로서는 한량없이 기분이 좋다. 간혹 돈 달라는 주문 이외에는 별다른 대화라고는 없던, 그리고 때로는 이해하기 힘들 정도의 견해차로 미알진 말대꾸를 해서 제 어미의 속을 뒤비틀어 놓는 일이 종종 있어 모녀간에 불편했던 때도 있었다.

그런 것을 목격하는 아비로서는 모녀간에 마치 남인 양 다투는 일이 밉도록 싫어서 덩달아 고함치며 데려온 자식 사이냐고 화를 내어 겁주던 그런 분위기는 싹 가시고, 이젠 부모와 어울리려 들며 대화를 하려 드는 것이 너무도 큰 변화가 아닌가 싶다.

할배도사에 따르면 그렇게 행동했던 게 마(魔)에 걸려서였고, 본심은 그런 게 아니었는데 이제부터 치료를 받아가면서 공부를 차근차근히 해 나간다면, 제 진심이 찾아들 것이고 마음의 안정도 되찾아질 것이라는 얘기를 해준다.

최근 불서(佛書)를 보니 마에는 천마(天魔)와 심마(心魔)가 있다고 했다. 미쳐서 날뛰거나 머리를 풀어 헤치고 옷을 벗고 있어도 부끄러운 줄을 모르는 짓거리하며 명예나 재물에 탐욕스럽거나 여자, 시, 술, 그림, 글씨 등에 유난스럽고 별스러운 짓들이 다 심마라 하였다.

H는 치료도 치료지만 많은 인생 공부도 해야 한다는데, 그것은 사람이 살아가는 데에 필요한 할배(부처님)의 가르침을 할배도사의 설교를 통해 배우는 것을 의미한다.

이제 점차 할배도사의 얘기에 귀를 기울여 믿음에 드는 것으로 느껴져 다행스럽다. 할배도사는 큰 녀석이 디자인학과를 다닌다는 것을 아시고, 그림도 손끝이 그리는 게 아니라 마음이 그리는 것으로 마음이 안정되지 않은 상태에서 손끝으로만 재주를 부려 보았자 그 작품이 역작이 될 수 없지 않겠느냐며 마음을 차분히 가다듬고 한 곳에 정신을 집중해야 좋은 작품도 나오게 되고, 후에 대가도 된다는 가르침을 준다.

제가 손수 그린 독수리 그림을 예쁜 액자에 넣어 할배도사가 앉아서 쉬는 비좁은 마루청 벽에다 덩그러니 걸어 놓았더니 좋은 징조라 여긴다.

여드레

인간만사 새옹지마

내가 악행을 하면 스스로 더러워지고, 내가 선행을 하면 스스로 깨끗해진다.
그러니 깨끗하고 더러움은 내게 달린 것, 아무도 나를 깨끗하게 해줄 수 없다.
-「法句經」 중에서

사람의 행실이란 그 사람의 표현이다. 일거수일투족이 그를 대변한다는 것은 누구나 아는 얘기다. 사물을 바로 보고, 바른 생각으로 판단하고, 바른 행동으로 옮기는 것이 습(習)이 된다고 했다.

그래서 언제나 사람으로서의 바른 행동을 해야 하고, 그렇게 살도록 노력해야 한다는 것이 할배도사의 줄기찬 가르침이다. 나의 판단으로는 그것이 그의 인생철학이요, 또한 도(道)의 근본원리로 보아진다.

그리고 만사를 다루고 대함에 있어 침착하라는 가르침에 수긍이 간다. 침착함으로써 매사를 한 번 더 생각하게 되고, 그것의 옳고 그릇됨을 깊이 판단하여 행동에 옮기게 됨으로써 앞으로 살아가면서 알게 모르게 자타인에게 피해를 줄는지도 모르는 죄악도 다소 줄일 수 있게 될 것이고, 쓸데없는 행동에서 오는 불필요한 에너지의 소비도 줄일 수 있다는 결론이다.

정말 쉬운 도리요, 이치에 맞는 말씀이다. 그래서 건방지게 굴거나 까불거리는 신도들에게는 가차 없이 꾸짖고 벌까지 내린다. 제아무리 처음 찾아오는 환자라 할지라도 한눈에 그 사람의 모든 영육(靈肉)을 꿰뚫어보는 신통력을 지녔기에, 우선 사람의 됨됨이부터 선결문제로 친다. 마음이 바르지 않고 행실이 사람답지 않은데 치료를 해 봐야 헛일이라는 게 할배도사의 치료 방침이다.

오늘도 두어 가지 그런 일이 있었다고 들었고, 또 내 눈으로도 보았다. 신경통으로 다리를 약간 절룩거리는 60대의 할머니 한 분이 할배도사에게 호되게 당하고 갔다는 얘기다. 할배도사가 보니 그것은 아파질 다리가 아니었는데, 그 할머니가 그렇게 주문을 해서 아프게 된 것이라는 이야기를 처음 들었을 때는 우리 신도들로서는 헤아리기 어려운 이야기였다.

그 할머니는 남자처럼 기골이 당당해서 옳고 그릇되고 간에 남에게 지기를 싫어하는 성깔깨나 있는 성격으로 항상 남들 위에 군림하기를 좋아하는 고자세로 거들먹거리는 성정이란 평이다. 자식들에게도 그저 사랑을 독차지하는 방법으로 "내 여기가 이렇게 아픈데도 왜 신경들을 안 쓰며, 치료비는 제때 안 주느냐?"는 식의 계산으로 별로 아프지도 않은 다리를 절룩거리기 시작한 데서부터 벌을 받아 지금에 와서는 숫제 주문대로 그곳이 크게 불편하게 되었다는 진단이다.

평소의 생활자세가 그러므로 자식들도 항상 "예, 예" 하며 굽실거리도록 길들여 놓았기 때문에 '내가 누구요' 하고 나설 변변한 인물 하나도 없이 노다지 남의 밑자리나 차지하고 배포 없이 그저 순종만 하고 살도록 기를 꺾어 버렸단다. 그래서 고등교육을 다 받았지만 소위 출세하여 행세깨나 하는 자식은 없고, 온 가정이 그렇게 밝지를 못하면 잘 되는 일이 그리 많지 않다는 얘기였다.

한 가지 일을 보면 열 가지 일을 알 수 있는 것처럼 집안이 잘 되려면
어른은 어른의 행실을 잘 해야 하고,
자식들은 자식들 나름대로 정도(正道)를 밟고 자라도록 가르쳐야 한다는 것이다.

그래서 이 할머니의 콧대부터 꺾어야 병도 낫고 가정도 잘 풀려 나가겠더란 해답이 나왔다고 한다. 이렇듯 못된 성정을 조용히 타이르는 게 아니라 남녀노소를 막론하고 남들이 보는 앞에서 거침없이 창피도 주고 나무란다.

또 앞에 놓인 큰 성냥통을 확 엎어서 알맹이를 쏟아놓고는 주워 담으라고 해서 그것도 정성이 없어 보이면 서너 번 저질러 계속 시키는, 실로 본인으로서는 많은 사람 앞에서 무안스럽게 만드는 고초를 주어 가면서까지 사람의 도리를 설파하였다는 것이다.

서너 시간 고역을 치르던 할머니가 결국 진심으로 회개를 하고 가셨는지는 몰라도 문을 나설 적에는 내일 다시 오겠다면서 공손한 태도로 바뀌어 나가더라는 것을 뒤에 남은 사람들이 이야기해 주었다.

인간만사 새옹지마(塞翁之馬)라 했던가? 조그마한 일에서 큰일에 이르기까지 모든 일에 질서가 있고 순리가 따르기 마련이다. 또 한 가지 일을 보면 열 가지 일을 알 수 있는 것처럼 집안이 잘 되려면 어른은 어른의 행실을 잘 해야 하고, 자식들은 자식들 나름대로 정도(正道)를 밟고 자라도록 가르쳐야 한다는 것이다. 그런 기본적인 도리마저도 무너져 버린 가정에서 어찌 화목이나 화평을 기대할 수 있겠는가 하는 것이 할배도사의 강변이시다.

자식도 제 도리를 다하면서 부모나 윗사람의 잘잘못을 지적하여 수정을 요구할 수 있는 가정이라야, 또 그러기 이전에 가족의 구성원인 개개인이 스스로 틀린 것을 바르게 고쳐 나갈 수 있는 가정이라야 행복이 찾아들지 않겠느냐는 것이다.

말마다 공자(孔子) 말씀이고 옳다. 그래야 하는 것을 알면서도, 마치 풍(風)

자를 가르친다는 것이 자기는 혀가 짧아 '바담 풍' 으로 소리 내면서, 따라 배우는 사람들에게는 '바람 풍' 이라는 옳은 발음을 요구하는 이 비뚤어진 사회의 습성이 한심스럽다.

다시 한 번 생각해 보고 살아야겠다. 나와 내 자식들을 위해 참답게 사는 자세가 필요함을 느낀다. 남의 이목이 무서워서 옳은 일하기를 겁내고 사는 사람들도 많은 게 사실이다. 그렇게 하는 것이 응당 옳고 바른 짓임을 알면서도, 남이 안 하는 일을 내가 왜 할까 보냐고 반문하는 생활 자세를 흔하게 보고 살지 않는가?

이제 진정한 의미에서 한 겹의 허울들을 벗고 살아야 할 때다.

아흐레

자식은 부모를 배운다

진실로 덕이 있는 사람은 스스로 덕이 있다고 생각하지 않는다.
그런 까닭에 덕이 있는 것이다. 덕이 낮은 사람은 덕을 잃지 않으려 애쓴다.
그런 까닭에 덕이 없는 것이다.
–「老子」 중에서

한 주일가량 머물던 기술고문 K씨가 내일이면 일본으로 되돌아간다. 이번에 오셔서는 그도 오른쪽 허벅지에 바이러스성 피부병이 옮아 병원엘 다닌다고 바빴고, 나는 내 나름대로 저녁 시간에 병을 치료하러 다닌다고 성의껏 대접해 드리지 못했다.

오늘 저녁은 마지막 자리를 같이하고 싶었기에 퇴근을 20여 분쯤 일찍 앞당겨서 치료하러 갔다. 그러나 치료를 마치려면 한 시간은 더 걸려야겠다고 느끼면서 진득이 기다렸다. 여하간 이번 기회에 병은 고쳐야겠다는 일념에는 변함이 없기에 웬만한 일이 아니면 치료받는 일을 최우선으로 하기로 내심 단단히 다짐한 터다.

오늘까지 7일째 치료를 받는 셈인데, 목욕탕의 자동저울이 72.5kg을 알려 줄 때는 혹시나 저울의 고장이 아닌가 하여 긴가민가한 생각이 들었다. 이곳의 선배들인 J사장이나 두 K사장님들도 나더러 일주일 만에 너무 많이 변했단다. 나 자신도 그 말에는 변명의 꼬투리를 달 여지가 없다.

마루에서 우리끼리 그런 얘기를 나누고 있을 무렵, 할배도사는 고등학교

1년짜리 학생 하나를 쉴 새 없이 나무라고 있었다. 심지어는 숨쉬기가 곤란한 듯한 행동까지 하면서 말이다. 그런 행동은 무엇을 먹고 체한 사람이 치료를 받고 있을 때, 치료하시는 할배도사가 아픈 본인을 대신해 헛구역질하는 것과 다를 바 없는 행동이었다.

나중에 밖에 나와 담배를 태우면서 하시는 얘기로는 그 녀석이 환각작용을 하는 본드(접착제)를 가지고 장난을 했기 때문에 머리가 돌아버린 상태라는 것이다. 이런 일들은 최근 우리들 주위에서 흔하게 입에 오르내리고 있는 일이다. 꾸중하는 것을 들어보니, 심지어는 학교를 마치고 나면 집으로 돌아갈 생각보다는 줄곧 오락실로 직행하는 것까지 알고 다그친다. 그게 다 바람이 들어 그렇단다.

치료를 받기 전에는 비실비실하던 녀석들이 제법 활기를 되찾고, 문을 나설 때면 할배도사는 그들에게 씩씩한 남자로서 인사하는 법과 다시는 그런 못된 짓을 해서는 안 된다는 당부를 잊지 않는다.

부모한테 그런 짓을 하고 있음을 알리려고 전화번호까지 물어서 적는 J사장의 의견에 반대하고, 자기가 시나브로 치료해 가면서 다시는 이런 짓은 못하도록 하겠노라는 할배도사의 자비심을 읽는다. 제발 부모들이 자식들에게 지대한 관심을 두고 순리대로 키워나가야 하는데, 그렇지 못한 데서 그들 자식을 바보로 만들거나 더러는 엇나가게 만든다는 것이 할배도사의 얘기다.

그 한 예로 어떤 학생이 우연히 자기 집 밖에 나갔다가 대문 앞에 쓰러져 피를 흘리며 살려달라는 급한 지경의 낯선 사람을 발견하는 순간에 순진한

치료를 받기 전에는 비실비실하던 녀석들이 제법 활기를 되찾고,
문을 나설 때면 할배도사는 그들에게 씩씩한 남자로서 인사하는 법과
다시는 그런 못된 짓을 해서는 안 된다는 당부를 잊지 않는다.

마음에서 뒷일은 생각지도 않고, 선걸음에 부모 방으로 뛰어 들어가 장롱을 부수고 치료비를 챙겨, 그 환자를 차에 태워 병원으로 데려가서 치료를 받게 해 줌으로써 죽음 일보직전인 사경을 헤매던 한 생명을 구해 낸 경우가 있었단다.

그런 사정도 모르고 외출했다가 돌아온 부모들은 자식이 돈을 훔쳐 내어 갔다는 사실 하나 만에 집착한 나머지, 우선 몽둥이세례부터 가하여 만신창이가 되도록 자식의 몸뚱어리 전신을 부숴버린 후에야 돈의 행방을 묻기에 이르렀다.

매 맞은 자식은 그 나름대로 그렇게 나오는 부모가 밉기만 하고 비정스러워 대답은커녕 묵비권과 동시에 "어디, 당신 자식, 당신 마음대로 죽여 보시오!" 하며 더 많은 매를 감수하게 되었고, 결국 부모와 자식 간엔 정이 끊기는 계기가 되어 종국에는 엇길로 나가는 자식을 만들고 마는 경우가 있더란다.

물론 그 자식이 옳은 일을 위해 그런 엄청난 일을 벌이기 전에 부모에게 정당한 절차를 밟아서 돈을 타내려 했을지라도 그 부모는 일언지하에 거절했을 성싶고, 정의로운 젊은 혈기에 좋은 일 한 번 하려 했던 그 학생으로서는 험난한 세상사에 물들 대로 물든 어른들의 양심이나 행동을 이해하기 힘든 것도 매 마찬가지 아니겠는가 싶은 생각도 든다.

그래서 무자식이 상팔자라 했는가? 자식 없는 것을 근심할 일이 아니라 진정 근심해야 할 일은 다른 데 있단다. 마구 불의를 행하여 남의 자식을 뺏거나 대가 끊어지게 하는 일을 포함해서, 남의 자녀를 혹독하게 학대하거

나 능멸하는 등의 갖가지 일들이 내세에 자기에게 자식을 못 갖게 하는 요인으로 남는단다.

그런 훗날의 일은 차치하고서라도 우선 사랑이 없는 가정에서, 또한 부모가 올바른 정신 자세가 되어있지 않은 상태에서는 제 자식 하나 건사하지 못하는 것이 흔한 사실일진대, 어찌 그 자녀들이 정상적인 길을 갈 수 있겠는가 하는 것이 평소의 일깨움이시다.

말 말이 옳다.

열흘

호랑이 발톱이 할퀴고 간 뒤

자기를 위해서나 남을 위해서나 자손과 재산과 토지를 바라지 말라.
부정한 방법으로 부귀를 바라지 말라.
덕행과 지혜로써 떳떳한 사람이 되라.
-「法句經」 중에서

간밤에 잠을 설친 것 같다. 여섯 시가 30분이나 지났는지라 급하게 차를 몰아 Y컨트리클럽으로 갔다. 두어 차례 고속순찰대의 스피드건(速度測定機)을 피하며 골프장에 닿으니 정확하게 약속된 시간이었다.

그런데 함께 라운딩할 의사팀들이 늦어지는 바람에 두 시간을 넘게 기다렸다가 티업을 하였다. 몸도 가볍다는 생각에서 오늘은 할배도사의 말씀처럼 마음을 비우고 신중히 게임에 임하리라 작정을 했지만, 처음엔 잘 나가다가 잇달아 범실을 범하는 결과의 연속이었다.

언제나 그렇듯 골프를 시작할 때는 마음을 다 비우고, 혹시나 좋은 기록을 얻을 수 있지나 않을까 하고 게임에 임하다가도 막상 운동에 임하다 보면 힘이 들어가게 되어 역시나 하고 고갯짓을 하기 마련이다.

12시께나 되어서 그늘 집에 닿아 점심을 먹으려는데 돼지고기가 들어 있는 떡만두 밖에 없었다. 만두를 뺀 떡국을 청해 먹으려 하다가 그것 역시 돼지국물이라 여겨져 주문을 취소하고, 카스텔라 한 조각과 비스킷 한 봉지에 찬물로 점심을 대신하며 할배가 책임지고 버틸 수 있게 해 주시리라 은

근히 기대하며 후반 경기에 나섰다.

정말 신기한 일이다. 아침 식사만 해도 클럽 하우스에서 정해진 메뉴가 선지피가 들어 있는 해장국뿐이라서 찬물과 김치 몇 조각을 곁들여 맨밥만 먹었지 않은가? 옛날처럼 허들스레 먹지 않고서도 허기가 느껴지지 않고 배고픔에 따른 피로감을 전연 느끼지 않음은 할배가 베푼 신통력의 위력이 아니고는 표현할 길이 없다.

게임이 끝나자마자 약속이 있는 양 둘러대고 우리 일행이 목욕탕에서 나오기도 전에 재빨리 집으로 돌아온 이유도 목욕한 후에 평가회를 겸한 주석이 싫어서였다. 으레 고기를 곁들여 거나하게 먹어 치우는 평소의 목록을 아는지라 당분간은 피차간 불편함을 덜기 위해서라도 다 같이 함께하는 자리를 피하고 싶어서다.

집에 돌아와서 초록으로 아름답게 물든 우리 집 정원의 아담한 꽃나무를 배경하여 가족사진 몇 장씩을 찍어주고, 다른 날보다 조금 일찍 다섯 시께나 되어 치료를 받으러 갔었다.

오늘따라 다소 한산한 편이었다. J사장과 K사장은 오늘따라 방문을 들락거림이 잦다 싶더니, 나중에 알고 보니 오시게시장 골목에서 청소를 하고 있다는 얘기였다. 그 일은 원래 할배도사의 사모님이 내일 새벽에 할 일이지만 그들 스스로가 자청하고 나선 것이었다.

할배도사가 오늘은 자기의 내력 얘기를 많이 들려준다. 35세라는 것도 오늘 비로소 처음 알았다. 내 생각으로는 50세 정도는 되셨지 여겼었는데, 어느 말끝에 불쑥 "서른다섯, 이 젊은 나이에 어느 놈이 이런 짓을 하고 앉았

호랑이의 발톱 달린 무서운 앞발이 지금 자기의 손이 되어
어떠한 악마가 덤벼도 막아 다스릴 수 있는 방어력을 지녔다는 것이다.
지금 보통 사람의 눈에는 할배도사 손에 호랑이 털이 보이지 않겠지만….

겠느냐?"는 것이었다.

신통력을 지닌 인술을 얻게 된 내력을 들으니, 마치 어린 시절에 수염이 하얗고 길던 할아버지로부터 듣던 구수한 옛날 이야기 같았다. 그러나 내가 받는 이 모든 치료기법에 대해 근본적으로 부정하려 드는 사람들에게는 이 전설 같은 이야기가 귀신 씨나락 까먹는 잠꼬대 같은 말로만 들릴 법도 했다.

아무튼 그런 신통력을 얻게 된 내력은 약 5년 전으로 거슬러 올라간다. 온갖 병을 자유자재로 다스리는 초능력을 지니게 된 동기는 이렇단다.

어느 날 밤 꿈속에서 엄청나게 큰 호랑이를 만나 진퇴양난의 위기에 처해 무서운 공포에 벌벌 떨고 있는데, 그때 마침 자기에게 도(道)를 가르쳐 준 할배가 나타나서 '어서 손을 내밀어라' 하기에 그 지시를 따르는 찰나 성난 호랑이가 잽싸게 덤벼들었고, 그와 동시에 할배의 섬광처럼 빠른 동작에 범은 목이 달아났다고 한다.

그런 일이 있고 난 뒤로 그 호랑이의 발톱 달린 무서운 앞발이 지금 자기의 손이 되어 어떠한 악마가 덤벼도 막아 다스릴 수 있는 방어력을 지녔다는 것이다. 지금 보통 사람의 눈에는 할배도사 손에 호랑이 털이 보이지 않겠지만, 만 사람의 아픈 데를 할퀴고 두드려 패서 악마를 쫓아낸다는 것이다.

한편 인술에 관해서도 전문적으로 배운 게 없지만, 이렇게 도술을 부리게 되려고 그랬는지는 몰라도 7년이란 길고 긴 세월에 걸쳐 이 너른 세상에 있는 큰 병이란 병은 다 겪어 봤을 정도라서 병자를 진맥해 보면, 그 아픔이 어느 정도의 통증인가를 단번에 알 수 있다는 얘기다.

내가 생각해 왔던 것과는 전연 다른 동기에 고개가 갸웃거려진다. 사실 이곳에 처음 발을 들여놓았을 때부터 부처님을 모셨기에 기도정진을 많이 하여 약사여래불의 공덕을 받아 중생을 구제하는 힘을 지녔거나, 아니면 치성을 많이 드려 신기를 받아 이러는 줄 알았는데 그게 아니라니 새삼 묘한 생각에 휩싸인다.

그밖에도 지금까지 할배를 모시면서 고생했던 얘기가 오늘따라 스스럼없이 나온다. 그가 모시는 할배는 하나에서 열까지 할배도사를 간섭하고 행동케 한단다.

어느 날은 치료를 받으러 온 젊은이가 할배 앞에 놓인 시주 돈을 훔친 것이 화근이 되어 그 자와 더불어 같이 벌을 받느라 곤욕을 당한 얘기랑 자기마저도 인간의 도리를 벗어난 행동을 하면 가차 없이 벌을 받는다는 얘기를 들려주기도 했다.

하루는 피곤하여 이 공부방(신도들은 할배를 모신 방을 그렇게 부른다)의 할배 앞에서 담배를 피우다 혼쭐이 났다는데, 얘기를 들어본즉슨 이렇다. 할배도사도 마음에 걸리는 일이 있을라치면 사전에 모든 것을 할배 앞에 사뢰고 행하는 것이 속 편한 일이란다.

"할배요, 방 안에서 담배 한 대 피워도 용서해 주이소."

이렇게 청원한 후, 대답을 듣고 담배를 피웠는데도 버르장머리 없다면서 들이마신 연기를 가슴 가득히 채워 숨 막히게 하는 벌을 주는 통에 겨우 용서를 빌고 방 밖으로 나와 다 토해내고서야 살았다는 얘기다.

끝 손님으로 치료를 받는데 나에게 삼촌께서 계시느냐고 물었다. 아버

치료를 받으러 온 젊은이가 할배 앞에 놓인 시주 돈을 훔친 것이 화근이 되어
그 자와 더불어 같이 벌을 받느라 곤욕을 당한 얘기랑 자기마저도
인간의 도리를 벗어난 행동을 하면 가차 없이 벌을 받는다는 얘기를 들려주기도 했다.

지가 독자라서 없다고 하니 삼촌이 찾아온다고 했다. 그럼 내게도 마(魔)가 꼈단 말인가? 언제인가 아버지 살아생전에 여섯 살 되는 고모께서 한 분 계셨는데, 길거리에서 방황하다 불쌍하게 돌아가셨다는 얘기를 들은 바는 있다.

우리 식구 모두를 치료해 보면 나중에 답을 얻을 수 있다는 얘기를 남긴다. 조상을 들먹거리니 다소 마음이 어두워지는 감이다.

열하루

믿음 속에 찾아오는 것들

탐욕과 분노와 어리석음은 저 자신을 불태우고,
온 세상의 모든 것을 태워 버리는 무서운 것이다.
이것을 참으로 알면 아무런 걸림이 없는 지혜를 얻으리라.
–「佛經」 중에서

잠자리에서 일어나려는데 왼쪽 어깻죽지가 매우 뻐근하다. 어제 다소 무리한 운동을 했었나 싶으면서도 퍼뜩 떠오르는 생각으로는 할배도사께서 치료하는 동안은 힘도 없고 기(氣)도 딸리니 몸에 부담이 될 수 있는 과한 운동은 삼가라고 했었는데 그 지시를 어겨서 따끔한 벌을 받는 게 아닌가 싶은 옹졸한 생각도 든다.

특히 일반 대중들로부터 사치한 운동으로 주목받는 골프나 사냥놀이 및 수영 등과 같은 돈이 많이 드는 고급스러운 운동 등에 대해서는 금기시(禁忌視)하는지라, 그에 해당하는 죗값을 받는 게 아닌가 하는 방정맞은 생각이 불현듯 찾아들기도 했다.

집을 나설 때 내 안사람에게 청해, 서너 번 어깻죽지를 두들겨 맞긴 했어도 도통 시원치 않았으며 진종일 신경이 쓰일 정도로 불편했다. 아픈 정도가 예사롭지 않고 진통이 심한지라 별의별 오만 잡동사니 생각이 다 들었다. 스스로 생각해 보아도 나 자신이 간사스러워지고 무당 나부랭이처럼 그 알량한 믿음의 허방에 빠져 구정물 속에 젖어드는 게 아닌가 의심이 든다.

> 도둑놈이 제 발에 저리다고 마음에 짚이는 것이 있어 지레 겁먹은 기분이 드는 일로,
> 이틀 전에 일본인 K씨의 접대를 빌미로 두 간부 직원과 살롱에 들러 입가심을 한답시고
> 옆자리에 예쁜 색시를 앉히고 한잔했던 일이 지금에 와서 마음에 부담을 안긴다.

왜냐하면 이곳에서 치료를 받다 보니 금기사항이 부지기수로 많아 그런 것을 다 지키려면 정말 시시콜콜한 데까지 신경을 곤두세우고 살아야 할 판이니 막막해서 하는 말이다.

수삼일 전에 할배도사께서 딴 여자와 바람을 피우는 호색가들은 죗값을 받게 되고, 특히 유부녀와 간음하면 중죄를 면치 못하는 것은 물론 반드시 혼겁 나는 고통을 당한다고 얘기하시고는 내게도 만약 치료 기간에 바람을 피우는 짓거리를 한다면 모가지를 비틀어놓겠다고 겁주는 말로 주눅 들게 했다.

도둑놈이 제 발에 저리다고 마음에 짚이는 것이 있어 지레 겁먹은 기분이 드는 일로, 이틀 전에 일본인 K씨의 접대를 빌미로 두 간부 직원과 살롱에 들러 입가심을 한답시고 옆자리에 예쁜 색시를 앉히고 한잔했던 일이 지금에 와서 마음에 부담을 안긴다.

그러나 설사 그게 죄 될 일이라면 어저께 벌써 벌을 받았을 것이 아니었던가? 여하간 아침 시간부터 피로한 것을 보니, 지금의 몸 상태로는 운동이 과했나 싶다. 점심 식사 후 목욕탕엘 가서 뜨거운 물에 아픈 부위를 집중적으로 적셔가며 아픔을 달래 보았지만 전연 신통치 않다.

그래서 그냥저냥 나아지겠거니 여기며 저울 위에 오르니 놀랠 일이다. 목욕탕에 들르면 으레 저울 위에 올라가서 몸무게를 달아보는 것이 예사이지만 왠지 요즘에는 그러기가 머뭇거려진다. 솔직히 말해서 어렵사리 줄여놓은 몸무게가 흔히들 말하는 요요현상에 의해 역으로 불지나 않았는지 겁이 나서다.

그런데 오늘은 그런 호들갑스러운 마음을 나무라기라도 하듯 저울 눈금이 71kg대로 접어들었다. 혹시나 해 자동저울의 눈금을 다시 들여다보며 말라 들어가는 손등을 만져 본다. 비록 작기는 하지만 그토록 토실토실하던 손등에 주름살이 더 늘어났으며, 만져 보니 얇아진 살 속에서 뼈마디의 감각이 완연하게 덜 나 보인다.

퇴근시간 무렵에 우리 회사의 사보(社報)를 대신한 글 모둠회가 만드는 격월지에 관한 일로 편집을 맡아서 하는 사원들에게 몇 마디 거들며 마지막 손질을 부탁한 뒤, 평소보다 늦은 7시경에 치료소에 닿으니 좁은 방안에 치료를 받기 위해 찾아든 사람들로 가득 붐비고 있었다.

먼저 와서 계시던 J사장이 언제나 다름없이 웃는 낯으로 오른팔을 가슴에 대어 인사를 한다. 마루에 올라 치료 중인 할배도사께 알현하고, 먼저 와서 기다리던 우리 집사람께 시줏돈의 출자 여부를 확인한 뒤 세 사람 몫으로 돈 2만 원을 꺼내 제단 위에 올려놓고 한 방 비좁도록 가득한 사람들 사이를 비집고 들어가서 할배께 경건히 절 4배를 드리면서 마음속으로는 왼쪽 어깨의 아픈 고통에서 '어서 벗어나게 해 주십사' 하고 빌었다. 그리고 마루로 나와 의자에 앉으니 마음이 한결 푸근해진다.

머리가 무겁다던 중학생 하나가 오늘이 졸업이라면서 웃으며 나간다. 그 학생을 오늘로써 세 번째 만났는데, 첫날은 정신이 나간 듯 멍청해 보이더니 오늘은 제법 머슴애답게 씩씩한 모습으로 기분이 밝다. 치료비조로 몇만 원을 내어놓는 것을 보고, J사장이 도로 가져다 부모님께 갖다 드리라면서 이제부터는 나쁜 짓은 하지 말라면서 당부해 보내는데, 방안에서 치료하던 머리가 무겁다던 중학생 하나가 오늘이 졸업이라면서 웃으며 나간다.
그 학생을 오늘로써 세 번째 만났는데, 첫날은 정신이 나간 듯 멍청해 보이더니
오늘은 제법 머슴애답게 씩씩한 모습으로 기분이 밝다.

할배도사가 다시 으름장을 놓는다.

"내 너를 줄곧 따라다닐 것이다. 알겠제? 다시 나쁜 짓하면 안 된다!"

대답이사 들으나마나 "예" 다.

정말 이 집을 드나들면서 그 효험을 아는 자로서는 할배도사의 말을 거역할 수 없다는 사실을 알기 때문에 감히 되풀이해서 같은 죄를 짓는다는 것은 지금 당장은 엄두도 못 낼 일이다.

또 12년간 제정신을 앗기고 살았다는 처녀를 두 번째 보았다. 오늘은 치료를 일찌감치 받고 뒷전에 우두커니 앉아 있었나 본데, 이제 집으로 돌아가도 좋다는 할배도사의 명을 따라 방 밖으로 나서다가 차비가 있느냐고 물으니 220원 밖에 없단다.

찬바람을 쐬면 나쁘다며 J사장더러 서랍 속에서 돈 오천 원을 꺼내서 그녀에게 주어 택시를 타고 가게 한다. 며칠 전과는 달리 어설픈 웃음으로나마 여기저기 낯익은 사람들에게 밝은 인사를 남기고 나간다.

오늘따라 할배도사께서는 점심식사도 걸렀는지 사모님께서 식사 권유차 두 차례나 다녀갔었고, 치료 시간의 통행금지는 밤 아홉 시라면서도 자리를 떠나지 않고 계속 환자들을 봐줄 양으로, 잠깐 쉬면서 오늘 낮에 치료를 안 했던 사유를 얘기하신다.

한방 가득히 모여 앉은 환자들이 빨리 치료해 달라고 졸갑증에 안달이 나면, 그럴수록 할배가 치료를 머뭇거리게 하시고, 심지어는 버릇부터 고쳐 주자면서 자리를 뜨게 시키는지라 오늘도 두 사람만 치료하고 집으로 올라가서 쉬셨단다. 오늘은 치료도 못 하게 하시고, 오후에도 집에서 쉬라는 것

을 억지로 빌고 와서 지금까지 치료 중이란다.

제일 늦게 왔는데도 두 사람을 제치고 나부터 먼저 치료를 받게 하시기에 뒷자리에 둘러앉은 사람들에게 미안하다고 인사하는 것을 잊지 않았다.

"이 머리 상태 가지고 사업한다니…."

그러면서 많이 좋아졌다는 얘기를 곁들여 처음 이곳을 찾았을 때는 속절없이 죽은 송장이나 다름없었고, 말 한 마디로 간단히 죽일 수 있을 정도로 폐인이었다는 얘기에 모골이 송연해지기도 했다.

그러나 지금 생각하면 실감 나는 얘기로 귀 거슬리지 않고 그 말을 듣고 있는 신도들에게도 남세스럽지 않다. 이 얼마나 시원하고 좋은가에 대해서는 당사자인 나 이외는 아무도 모를 일이다.

조금 전까지 쑤시고 아리던 어깻죽지며 날아갈듯이 가벼운 마음 하며, 다시 태어나고 있다는 할배도사의 말씀이 빈말이 아님에 정말 고개 숙여 감사할 따름이다.

열이틀

말이 씨가 되느니라

내게는 업보가 오지 않으리라 여겨 악을 가볍게 여기지 말라.
방울물이 고여서 항아리를 채우나니 작은 악이 쌓여서 큰 죄악이 된다.
-「法句經」 중에서

지자체 기초의원 선거 날이라 한가하던 참이어서 치료를 받으려 앞서가서 기다리던 내 안사람으로부터 전갈이 왔다. 치료받을 사람들이 그렇게 많지 않으니 서둘러 오십사 하기에 식사하려다 말고 잽싼 걸음으로 시간에 대어갔다. 오늘따라 손님이 적은 탓에 오붓이 앉아 주로 전생과 환생에 관한 이야기로 긴 시간을 메웠다.

우선 평소에 궁금하게 여겨온 전생에 동물이 이승에서는 인간으로 태어날 수 있느냐고 물어보았다. 우리가 거리에서 간혹 볼 수 있는 소아마비도 아닌 정신박약아처럼 이상한 몸짓을 하며, 고양이의 눈을 닮은 모습의 기형아가 그런 부류의 사람인데, 그들도 다음 생에서는 인간으로 환생할 수 있다는 것이었다.

그런데 그들의 조상이 어떤 종류의 동물인가를 쉽게 알아보려면, 동물의 울음소리를 흉내 내게 해 보면 당장 가려질 수 있을 정도로 그 시늉과 소리가 구별이 어려울 정도로 흡사하단다.

치료 대기 중이던 한 아주머니는 자기의 친척 중에 좀 멀기는 하지만 윗대의 어른인데, 고된 시집살이에 일복이 터져 뼈 빠지게 고생하다 굶어 죽었다고 들었는데, 그 망령으로 인해 온 집안에 여러 가지 환란이 일어나서 쑥대밭이 되고 있다면서 그 원인을 물었다.

할배도사의 말씀은 이승에서 어떤 불의의 사고로 제명에 죽지 못한 자는, 그중에서도 특히 자살한 자의 영혼은 저세상에 가서도 고이 잠들지 못하고 5대에 걸쳐 그 집안의 사람들을 또 다른 불의의 사고나 재앙을 일으켜 후손까지 저승으로 데려가는데, 이를 일러 5대 봉창이라고 한단다.

질문했던 여인은 하도 괴로워 어떤 무당에게 물어보았는데, 그 망령도 저승에서 편안히 있다고는 하는데도 자주 액운이 따르는 것은 무슨 연유에서냐고 묻기까지 한다. 거기에 대해서는 점을 치러온 사람에게 안심을 주자는 무당의 답일 뿐이란다. 얼마나 한이 맺혔으면 그렇겠냐고 하신다.

자기는 당대에 걸쳐서 그런 마(魔)를 물리칠 수 있는 능력을 부여받고 있다는 말씀이시다. 여하간 그런 것이 다 당사자인 본인의 정신이 약하고 병약하면 악마가 붙는 것이니, 심신이 건강하고 바르게 살면 아무런 탈이 없단다. 자살하는 사람만 하더라도 나약한 정신력과 의지력의 박약에서 그런 행위를 하는 것이며, 그런 나약한 자식을 둔 사람일수록 건전하게 돌보아 주어야 한단다.

기왕지사 말이 나왔으니 공개한다면서 할배도사네 경우를 설명한다. 자기 집안 윗대에 자살한 자가 있었는지라, 전 식구가 괴로우면 '죽으련다, 죽고 싶다' 라는 말을 밥 먹듯이 해 왔고, 심지어는 자기 부친조차도 쪼매 서운하면 '죽겠다' 라는 말을 입에서 쉽게 내뱉는지라, 두어 번 염산 병을

본인의 정신이 약하고 병약하면 악마가 붙는 것이니,
심신이 건강하고 바르게 살면 아무런 탈이 없단다.
자살하는 사람만 하더라도 나약한 정신력과 의지력의 박약에서 그런 행위를 하는 것이며….

들이대면서 "그렇게 살기 싫으면 돌아가시오"라고 거들었더니 요즘은 그런 말씀을 안 하신단다.

할배도사는 그동안의 공부로 영혼이 머무는 저승과 이승을 오가며 원혼을 다스릴 줄 아는 능력과 통행증을 가지게 되었단다. 치료하다 보면 어떤 환자에게는 위에서 말한 갖가지 원인으로 인해 저승에서 편안히 잠들지 못하고 떠돌아다니는 윗대의 원혼들이 이승의 친척 되는 사람 중에 지금 중병에 시달리는 환자의 생명을 노리고 늘 따라다닌다고 한다.

어제 차비를 얻어간 처녀도 12년간이나 마의 세계를 방황하고 있다는데, 본인의 입으로 옆에 앉아있는 아이(魔)가 자꾸만 따라다니면서 이것저것 하자고 해서 그런다는 헛소리를 하고 있으니, 우리 정상인이 보았을 때, 그녀를 신들린 정신이상자로 판단하지 않을 수 없고, 방안 가득히 앉은 사람들로서는 영(靈)의 세계를 부정하기 어려운 지경에 빠져들게 한다.

여하튼 치료하다 보면 우리 인간들의 요사스러운 세상은 별의별 일들로 가득 차 있음을 본다는 할배도사의 이야기에 솔깃해진다.

불교에서는 전생의 업보를 중시한다. 왜냐하면 이승에 태어난 것이 전생의 연속이라는 윤회설(輪廻說) 때문이다. 사람은 착하게 살면 죽어서 하늘에 태어나고 나쁜 일을 많이 하면 지옥에 태어난다는 지극히 소박한 신앙이다. 불서를 읽어 보면 사실 업이나 윤회는 불교의 고유사상이 아니고 불교가 태동하기 훨씬 이전부터 있었던 인도의 고유한 신앙이었는데 불교는 그런 신앙을 수용하여 체계적으로 정립한 것으로 알려져 있다.

아무튼 생사를 반복한다는 윤회설은 우리가 살아서 짓는 신구의(身口意) 3

업이란 행위가 원인이 되어 윤회하는 결과로 나타난다고 가르친다. 그래서 내세(來世)까지를 생각하고, 지금 죄짓는 것을 두렵게 여겨 참되게 살아가라는 것이 불교의 가르침이다.

어차피 사람으로 태어났으면 사람답게 살아야 할 것이 아니냐고 하시면서, 지금 이 시각에도 철창 속에 갇혀 사는 사람들을 눈여겨보란다. 그렇게 취급당하고 사는 것이야말로 목에 쇠줄로 묶여 사는 개(犬)나 우리 속에 갇혀 사는 다른 짐승들과 뭐 다를 바 있겠느냐고 가르친다.

아닌 게 아니라, 노상 정신병동이나 감옥의 철창 속에 갇혀 자기가 무엇인지, 그리고 무엇 때문에 그렇게 갇혀 살아야 하는지를 모르고 사는 사람들의 존재 가치를 묻고 싶을 때도 없지 않다. 온갖 몹쓸 죄를 짓고 벌을 받는 죄인들에 대해서는 그들이 저지른 죄가 남에게 피해를 줬거나 그 시대의 사회윤리에 어긋나기 때문이라는 차원에서 그래도 이해가 간다.

어찌 그뿐이겠는가? 좁은 의미에서 봤을 때, 우리의 생활 주변에서 언제나 볼 수 있는 수많은 환자에 대한 의미는 어떤가? 비록 잠시라고는 하지만 보는 관점에 따라서는 어떤 죄에 대한 값일 수도 있다고 보는 견해다. 이 세상을 산다는 것에 대해서 어떤 의미를 부여해 보면 그럴수록 자꾸만 어려워진다. 여하간 건강한 몸에 건강한 정신이 깃드는 것만은 틀림없는 사실이다.

저녁나절에 조금 일찍 퇴근하여 내 안사람과 함께 뒷산의 H사까지 이런 저런 얘기들을 나누며 등산 겸 산책했다. 전과 같이 숨이 차지도 않고, 앞마당을 걷는 기분으로 점차로 홀가분해지는 자신을 발견할 수 있었다.

내 나름대로는 바르게 생각하고, 바르게 살겠다는 다소 큰 뜻과
몸에 해롭다는 것을 먹고 마시는 일에서부터 행동하는 모든 일에 이르기까지
올바른 정신 태도를 지니고 다시 태어나는 자세로 살아가리라 다짐한다.

정말 할배도사가 내 안사람에게 말했다는 "당신 남편이 지금까지 살아있다는 게 기적이었다"는 얘기에 실감이 간다. 남들은 외부적으로 나의 겉모습만 보고 늘 나를 건강하다고 해 왔고, 아직도 술집을 포함해서 어디를 가더라도 내 나이에서 다섯 살 정도는 감해 주는 돈 안 드는 인사치레의 서비스도 받아왔던 게 사실 아닌가?

그러나 그러는 동안에 내 육신의 모든 기관은 주인을 잘못 만나서 시도 때도 없이 직사하게 부림을 당해 온 것이 사실이다 보니, 제대로 기능이 살아 있을 턱이 없지 않겠는가?

오늘로 11일째 치료를 받는다. 다른 사람들보다 차도가 빠른지 할배도사는 이르기를 "이제 죽는 연습은 그만하는 거지!" 하고 다짐을 한다. 내 입에서 스스럼없이 쉽게 "예" 소리가 나온다.

진정한 의미에서 물음의 뜻은 잘 모르겠으나 내 나름대로는 바르게 생각하고, 바르게 살겠다는 다소 큰 뜻과 몸에 해롭다는 것을 먹고 마시는 일에서부터 행동하는 모든 일에 이르기까지 올바른 정신 태도를 지니고 다시 태어나는 자세로 살아가리라 다짐한다.

시작하는 이 3월의 봄과 더불어 재생의 길을 걸으리라 작정한다.

열나흘

의술인가 도술인가

이 세상은 괴로움으로 차 있다.
그러나 그 괴로움에는 반드시 원인이 있다.
그 원인을 알고, 바르게 다스리면 괴로움은 반드시 없어지고 만다.
-「佛經」 중에서

오후 두 시경 치료를 받으러 갔더니 비좁은 방 안에 여자분들만 가득했고, 방 한가운데는 60대로 보이는 낯선 마님 한 분이 평소 할배도사가 하는 일을 흉내 내고 있었다. 할배께 참배하고 마루로 나와 누구시냐고 물으니 스승이란다. 할배도사를 가르친 도사이시니 대단한 분이구나, 하는 생각이 들었다.

오늘이 음력 2월 열사흘 날로 할배도사의 생일이라서 축하도 할 겸 대구에서 일부러 오셨단다. 그래서 별도의 상위에 생일 케이크가 얹혀 있는 등, 여느 때 못 보던 다른 제물들도 눈에 뜨인다. 충북 단양에 본산을 둔 K사에서 득도하신 분이라는 설명을 듣는데 할배도사가 부른다. 여자들만 치료하다 보면 기가 다 빠지고 되살아들기 힘들다고 하시며, 차례를 무시하고 나부터 치료를 하잔다.

오늘은 처음으로 왼쪽 겨드랑이 밑에서 허리 부분까지 두들겨 맞았다. 지금까지 받았던 10여 일간의 치료는 나와 같은 환자에게는 기본적으로 해야 하는 것이었고, 지금부터는 손바닥으로 서서히 두들겨 패기 시작하는데 두

신기한 일은 매우 아프거나 속병이 들어 있는 곳을 두들기면
그 병의 심한 정도에 따라 할배도사의 손바닥이 파랗게 되는데 이를 두고
그동안 병들어 나쁜 곳의 피나 병균들이 빠져나오는 것이고….

들겨 맞는 것이 치료의 시작이란다. 맨살을 큰 손바닥으로 찰지게 두들겨 팰 때는 마루청에 가만히 앉아 있어도 짝짝 달라붙는 듯한 굉음으로 귀청이 울릴 정도다.

오늘따라 남녀 두 도사가 두 환자를 눕혀놓고 때리는 소리는 마치 옛날 시골에서 밤늦은 시간에 시어미와 며느리가 마주 앉아 빨래 방망이를 두들기는 것 같은 느낌이 들었다. 맞는 부위가 마치 겨울철 얼음물에 들어갔을 때처럼 따끔따끔한 게 이를 앙다물고 간신히 견딜 만큼 아프다.

처음부터 나처럼 몸이 난 사람을 두들겨 패지 않는 이유는 핏줄에 녹이 슬어있는 형국이라, 힘껏 두들기면 혈관이 다 터져버려 몸이 완전히 부서져 버린단다. 그래서 지금까지는 기초치료를 했고, 이제부터는 서서히 불편한 부위부터 치료해 나갈 수 있단다.

신기한 일은 매우 아프거나 속병이 들어 있는 곳을 두들기면 그 병의 심한 정도에 따라 할배도사의 손바닥이 파랗게 되는데 이를 두고 그동안 병들어 나쁜 곳의 피나 병균들이 빠져나오는 것이고, 환자는 환자대로 아픈 부위가 퍼렇게 멍이 심하게 든다는 사실이다. 나도 내 안사람처럼 그토록 심하지는 않지만 어떤 부분은 시퍼렇게 멍이 들었다.

그런데 이상스럽게도 평소에 아프지 않은 곳은 두들겨 맞아도 아무런 표시가 없는 것도 신통한 일이다. 건강한 보통 사람들도 그 정도로 두들겨 맞으면 파랗게 멍이 들 것 같은데 그렇지 않은 것이 신기한 일이다.

사람들이 할배도사 앞에 누워 치료를 받을 때 보면, 그 환자 병의 정도나 아픈 모습이 할배도사를 통해 재연되는 사실을 두고 거듭 놀라겠다. 소화기

관이 나쁘면 으레 구토증을 느끼고, 그 도에 따라서 심한 정도가 확연하여 옆에서 보는 사람들이 민망할 정도로 할배도사는 병자들의 아픔을 대신해 곤욕을 치른다는 사실이다.

기관지가 나빠서 찾아온 환자도 마찬가지로 환자의 병세에 따라 할배도사는 몸소 잔기침에서 큰기침에 이르기까지 다양하게 표현하시고, 피곤한 환자가 누웠으면 계속 하품이시다. 환자의 몸속에 자기가 대신 들어가 있는 양이다.

그래서 할배도사 자신의 몸이 불편하면 다른 사람 병의 치료는 불가능하다는 것이 이해되고도 남는다. 특히 기를 다 앗아갈 정도로 몸이 허약한 사람일 경우는 심히 힘들어한다. 내 몸을 만져 가면서 큰 변화가 있음을 알기에 하루라도 치료를 안 받으면 안 될 정도로 가벼운 느낌인 것을 되물어 보신다. 그 점에 대해서는 부정적인 대답이 나올 수 없다.

실로 무상한 변화를 보면서 그 자체를 부정한다는 것이 모순되기 때문이다. 그래서 정말로 단순한 물리적 치료가 아님을 잘 알 수 있다. 그렇다고 심령세계에 이끌리어 그것을 100% 믿고, 이런 별다른 세계에 심취하자는 것은 더더욱 아니니다. 다만 지금의 심정 같아서는 후일에 여하한 심적 변화를 가져다 안길지는 몰라도 우선 병든 육신을 제대로 다듬고 보자는 것이 우선적 생각일 뿐이다.

수일 전에 치료를 다 받고 완전히 나아서 졸업하고 가면서, "노벨상을 할배도사께 줘야 하는 건데 잘못 되었다"는 중학교 3학년생의 넋두리를 들은 바 있듯이, 진실로 고마운 마음에서 우러난 그 나름의 표현을 빌리는 심정

기관지가 나빠서 찾아온 환자도 마찬가지로 환자의 병세에 따라
할배도사는 몸소 잔기침에서 큰기침에 이르기까지 다양하게 표현하시고,
피곤한 환자가 누웠으면 계속 하품이시다. 환자의 몸속에 자기가 대신 들어가 있는 양이다.

이다.

아파서 고통을 당해 보지 않은 사람 중에는 어디 가서 치료를 받으나 같은 결과가 아니겠느냐고 생각하려 들겠지만, 처음에는 믿을 수 없다가도 어딘가 변화를 인식하는 순간부터는 할배도사의 신통력에 의해 자기의 병은 완치될 수 있고 건강해질 수 있다는 깊은 신념에 빠져들게 됨으로써 환자 자신의 병을 고치고자 하는 굳은 의지력과 삶에 대한 건전한 정신자세 등이 한데 뭉쳐져 종국에는 좋은 결과들이 얻어지는 것으로 봐야겠다.

요즘 와서 거리를 나서면 할배도사 손으로 두들겨 맞아야 할 사람들이 많아 보인다. 그들이 가엾어 보일 날까지 열심이련다.

열닷새

믿거나 말거나

눈은 본래 보기 위하여 생긴 것인데 사람들은
너무 지나치게 오색 찬란한 빛을 좋아하다가 그만 눈이 멀게 된다.
입도 본래 음식의 맛을 보기 위한 것인데 너무 지나친 맛을 즐기다 입을 버리게 된다.
-「老子」 중에서

종교를 갖지 않은 사람들은 영혼의 세계를 얘기하면 더러는 믿으려 들지 않는다. 그것은 우리가 실제로 그런 세계를 당해 보지 못했기 때문일 것이다. 그와 마찬가지로 죽은 후의 내세(來世)를 들먹거려도 믿음을 가진 교인(敎人)이 아니고서는 더러는 정신 나간 사람들의 쓰잘데 없는 지껄임인 양 여기는 사람들이 대부분이다.

그런 측면에서는 나 역시도 별수 없는 무신론자나 다름없는 처지이고 보면, 정신분석학자들이 탐구하는 심령세계나 종교인들이 말하는 또 다른 영혼세계에 관해 믿기지 않는 사항들이 많을 수밖에 없다.

그처럼 여태까지 내가 접해 온 영혼의 세계라는 것은 책을 통해서 읽었거나 주위에서 보아온 무당들의 푸닥거리를 포함한 점쟁이들의 신들린 얘기들처럼 그저 그런 것이겠거니 하는 통속적이고 관념적인 것으로 어려운 정신적 갈등에 매인 사람들의 영역으로 한풀이 정도로 인정해 온 것이 사실이다.

그런데 요즘 들어 이런 방면에 나도 모르게 약간의 애살을 가지게 된 입

오늘따라 할배도사는 영의 존재에 관해 많은 얘기를 한다.
나이 적은 사람들에게 부모가 생존해 계시냐고 물어보면,
양친 중에 한 분이 죽고 없는데도 있다고 답하는 사람이 개중에는 있단다.

장에서 종교에 관한 서적을 읽거나 종교의식을 치르는 행사에 임해 보면 다소 실감을 갖는 게 솔직한 심정이다.

한 살이라도 젊은 나잇적에는 눈가에 저승꽃이 피고, 얼굴에 온통 주름 고랑이 패인 노인네들만이 귀의하는 마음의 마지막 안식처로서의 별다른 정신세계로 규정지어 왔었던 게 사실이다.

오늘따라 할배도사는 영의 존재에 관해 많은 얘기를 한다. 나이 적은 사람들에게 부모가 생존해 계시냐고 물어보면, 양친 중에 한 분이 죽고 없는데도 있다고 답하는 사람이 개중에는 있단다. 분명히 할배도사가 치료하면서 공부를 해 보면, 자기 부모 중에 저세상에 먼저 간 분의 영혼이 그 환자를 찾아와 기웃거리고 있는데도 그런 거짓말을 한단다.

또 더욱 화가 나는 일은 가까운 친척 중에 그런 사람이 있냐고 물었을 때 진정 당사자는 모르지만 가족 중에 어른들은 알고 있으면서도 짐짓 없는 체하며 재수 없이 귀신 얘기한다고 토라져 이곳에 치료를 받으러 오는 그것조차도 못하게 해서 나중에 더 큰 액운이 닥치게 되는 일도 있더란다.

할배도사의 얘기로는 죽은 부모의 혼백이 찾아오는 것은 자식이 사랑스러워서 찾아왔기 때문에 자기가 잘 다스릴 테니 물러가 달라는 애원만 하면 쉽게 물러가 준단다.

가족 중에도 아직 어리다고 해서 어쭙잖게 죽어간 어른들의 과거지사에 관해서 무조건 언제까지 숨기고만 살 게 아니라 당사자가 제 이성으로 판단할 나이가 되면, 그런 일이 있었노라고 가르쳐 주는 것이 옳단다.

S엄마라고 가끔 치료하러 오는 아줌마도 처음 이곳에 치료를 받으려고

왔을 때 본인은 얘기하지 않았지만 할배도사가 공부를 해 보니 가족 중에 일곱 명이나 비명횡사로 죽었고 이들이 떼를 지어 떠돌아다니면서 그들의 친인척 가족들을 괴롭히고 있기에, 할배도사가 "이제부터는 내가 잘 다스릴 테니 제발 물러가라"고 수차례 기도했더니만 쉽게 물러가 주더란다.

그 후로 지금껏 흔적도 없으며 그날 치료를 받던 S엄마 본인은 손님들 앞에서 자기도 모르게 그들 영혼과 작별한다고 대성통곡을 하고 가더라는 설명이다.

그런 얘기를 나누다가 내 차례가 되어 치료를 받는 중에 할배도사는 계속해서 하품하면서 매우 피로한 기색을 나타내신다. 그건 최근 나의 컨디션을 그대로 표현하기 때문이다. 정말 오후로는 만신이 노곤해지면서 매우 피곤함을 느낀다.

한참 동안 치료를 하시다가 할배도사가 눈물을 흘린다. 왜냐고 물었더니, 아뿔싸 내가 교통사고를 당할 것이란다. 그것도 대형차에 치인다는 것이다. 가슴이 철렁 내려앉는다.

내 아무리 조심스럽게 운전을 하기로서니 다른 차가 와서 들이박는 데야 별 뾰쪽한 수단이나 방도가 없지 않겠는가? 거기에 대한 대처방안을 여쭈어보았더니, 제발 차를 천천히 몰도록 하라고 당부하시고서는, 시킨 말만 잘 들으면 사고가 나지 않도록 할배가 따라다니시며 보살펴 줄 것이란다. 이곳에 와서 치료를 받는 신도들에게는 제단에 모신 돌부처, 즉 할배께서 어디든지 따라다니며 보호해 주신다니 그것을 믿고 내가 할 수 있는 최선을 다할 뿐이다.

정말 오후로는 만신이 노곤해지면서 매우 피곤함을 느낀다.
한참 동안 치료를 하시다가 할배도사가 눈물을 흘린다. 왜냐고 물었더니, 아뿔싸
내가 교통사고를 당할 것이란다. 그것도 대형차에 치인다는 것이다. 가슴이 철렁 내려앉는다.

저녁밥을 먹고 난 후, 내 안사람 얘기로는 할배도사가 점심을 잡수시러 간 두어 시간 동안을 꼼짝없이 방에서 기다리게 되었는데 그 사이 D군 외할머니의 치료담을 들었단다.

자기는 작년에 치료를 받고 졸업식을 했는데 다른 사람과 마찬가지로 졸업식 자리에서 앞으로 살아가면서 지켜야 할 이런저런 금기 사항을 들려준 후, "당신은 자식이 지금도 나쁜 짓을 하고 있어 병이 완쾌치를 않겠다"는 맥 빠지는 말씀을 남기더란다.

그래서 그 연유를 알려달라고 졸랐더니, 아들이 며느리 아닌 딴 여자와 바람을 피우고 있다 하기에, 며느리를 통해 수소문해 보아도 그렇게 딴짓을 할 남편이 아니라고 철석같이 믿고 사는 며느리의 말처럼 이렇다고 내놓을 여자관계가 없어 본인을 대동하고 여기 할배도사 앞에 와서 회개토록 하는 기회가 있었단다.

본인으로부터 그러한 사실이 없다는 진술에 그동안 즐겨 찾았던 이발관의 면도녀를 지적하더라고 했다. 하긴 돈푼깨나 있고 다소 시간적 여유가 있는 남자치고, 별다른 취미가 없으면야 낮으로 샤워장에 가거나 이발관에 가는 일 아니면 시간 보내기에 심심한 사람들 몇이 함께 어울려 고스톱(Go stop)이란 화투놀이를 하는 그것밖에 별로 할 일이 있겠는가?

이 집에 단골인 어떤 분도 그 얘기를 직접 듣고 난 후 자기도 치료를 받던 기간에 왈, 퇴폐 이발관에 들른 일이 있었는데 할배가 벌을 줘서 심한 고초를 당한 바 있다고 실토를 한다. 나에게도 낭패를 당하지 않으려면 알아서 하라는 싸잡아 덤터기를 씌우려 드는 내 안사람의 엄포에 웃고 말았다.

남자치고 이발관에 안 가는 사람이 있을까마는 그런 일도 건전한 생활 습속이 아니기에 사회적 추방운동을 벌이고 있음을 상기해 보며 다시는 출입을 정중히 하리라 다짐한다.

세상을 살아가는 데 저마다 좋아하는 것이 있게 마련이고, 또한 그 좋아하는 것을 즐기면서 세월을 삭이고, 늙고 죽음에 이르는 것이 아닐까? 불교에서 가장 죄악시하는 것은 살생, 도둑질, 음행, 망어, 음주 등의 5악(五惡)인데, 그 5악으로 말미암아 현재의 다섯 가지 고통(五痛)과 미래에 받을 5가지 업보(五燒)의 소용돌이 속에서 지내는 것은 지극히 괴로운 일이 아닐 수 없다고 하신다.

많은 남성이 그러고 사는 것을 인정은 하면서도 다만 그 탁도(濁度)에 따라 죄의 값이 다름을 가르치는데, 지극히 탁한 것이 재물을 탐하는 것이요, 다음이 호색(好色)하는 것이고, 그 다음이 호음(好飮)하는 것이라 했다.

그 밖에도 고상한 것으로는 골동품 수집, 악기 다루는 것, 경치 좋은 산천을 노니는 것, 심지어는 독서에 파묻히는 것까지가 심취해서는 안 될 일이란다.

모든 것을 적당한 선에서 즐기며 살아야 할까 보다.

열엿새

수행하는 자여, 바른길을 가라

애욕에 사로잡힌 사람들은 함정에 빠진 토끼처럼 맴돈다.
속박과 집착의 그물에 걸려 두고두고 괴로움을 받는다.
-「法句經」 중에서

오늘따라 어찌나 환자들이 많이 왔었는지, 내가 제일 끝 손님으로 치료를 마치고 나설 때는 이미 자정을 15분이나 넘긴 밤이 이슥한 시간이었다. 정말 할배 앞에 와서 큰절하고 앉았으면 마음도 편해지고, 저녁밥을 챙겨 먹고 싶은 생각도 없이 할배도사의 가르침을 듣는 것만으로 족한 기분이다.

그저께 할배도사의 생일에 있었던 일로 하여금 벌을 받은 여자 신도들이 오늘 다 같이 할배 앞에 엎디어 절하고 그 죗값에 대한 아픔의 통증을 풀어 달라고 사죄하는 꼬락서니를 보고 정말 할배의 존재를 부정할 사람은 아무도 없었다.

사건의 내용은 그날 저녁 생일 음식을 나눠 먹고 나서 평소 할배도사와 가까이 지내는 측근들 내외간에 짝을 지어 할배도사를 포함해서 다 같이 디스코장엘 갔었다는 것이다.

그런데 남자분들은 아무도 벌을 받은 사람들이 없는데 반해 여자분들은 집으로 돌아온 그 시간부터 가슴이 답답해지고 다리가 뒤틀려 걸음을 잘 걷지 못해 계단을 오르내리다 나동그라지기도 했다는 것이다. 그래서 온종일 생고생을 하고 나서야 비로소 무엇이 잘못되었음을 느끼고, 오늘 할배 앞에 엎디어 회개하며 치료를 받고 난 후에는, 언제 그랬느냐는 식으로 벌쐰 사람처럼 부리나케 달아난다.

그들의 입에서 한결같이 할배도사랑 같이 가서 즐겼는데 왜 하필 여자들만 벌주느냐고 항의를 하였으나 알고 보니 남자들은 벌 받을 것이 두려워 애당초 술이라고는 한 모금도 입에 대지를 않았는데 여자들은 몇 모금씩 뽈짝뽈짝 들이켰고, 보통 때는 남편 없이 드나들 수도 없는 곳에 왔으니, '에라 나몰라' 하는 식으로 풀어놓은 망아지가 되어 디스코판에 뛰어들어 똥궁둥이를 사정없이 흔들어댄 것이 유죄였단다.

부처님의 가르침인 오계(五戒) 중에서 취기와 나태의 원인이 되는 음주하지 말라는 계율을 어긴 셈이다. 거기에다 헛된 마음을 비우고 살지 못하고 미쳐서 날뛰는 사람들과 다를 바 없이 똑같이 섞여 놀아나는 되어먹지 못한 꼴을 보고 아직도 공부가 약하다고 여겨 벌을 준 것이란다.

그런 연유로 술을 먹은 자가 많아서인지 오늘 저녁에는 유달리 할배도사가 술트림을 많이 해댄다. 물론 내 차례가 되어서도 마찬가지일 수밖에 없었다. 간밤에 고향 사람 모임에 갔다가 마지못해 두어 모금 입에 대었던 것이 사실이니까 할배도사 앞에서는 거짓이 있을 수 없고, 또한 그냥 무사히 지나칠 수도 없는 노릇이다.

그런데 오늘 밤에 치료가 매우 늦어진 근본 이유는 9시가 넘은 밤 시간에 있었던 불청객의 소란 때문이었다. 한 사람의 장정이 반쯤 죽은 스님을 업고, 서너 명의 여자가 앞뒤에서 받쳐 든 위급스러운 상태로 비좁은 할배 방 오늘 저녁에는 유달리 할배도사가 술트림을 많이 해댄다.
물론 내 차례가 되어서도 마찬가지일 수밖에 없었다.
간밤에 고향 사람 모임에 갔다가 마지못해 두어 모금 입에 대었던 것이 사실이니까…

으로 쏟아져 들어온 것이다. 우선 멀찌감치서도 술 냄새가 코를 찌르는 것으로 보아 스님께서 흔한 말로 곡주에 취해서 인사불성의 지경이라는 것을 당장에 알 수가 있었다.

그런 어처구니없는 소란이 벌어지고 있는 시간에 내 안사람이 치료를 받고 있었는데, 할배도사는 그런 광경을 줄곧 아니꼬운 눈매로 꼬나보기만 하다가 내 안사람의 치료를 마저 마치고 나서야 앓는 소리를 내며 큰 대자로 뻗어 누워있는 취중의 스님 곁으로 다가가더니 이곳까지 둘러메고 오느라 혼들이 빠져 있는 여자 신도들에게 "한 놈만 미쳤으면 되었지, 저런 정신이 썩어 빠진 자에게서 무얼 배우겠다고 따라다녀!" 하고 고함을 쳐서 물리친다.

응급처치해서 취승(醉僧)을 잠재운 뒤 방을 나와 담뱃불을 붙이면서도 분이 가시지 않아, 할배 공부(스님의 길)를 한답시고 머리를 깎고 먹물 들인 옷을 걸쳤으면 중생들에게 옳은 행동으로 옳은 길을 가르쳐야 할 것인데 구도(求道)의 길을 걷는 자가 제 몸 하나 제대로 추스르지 못하고 저 판국이니 신도들 보기 부끄러워 낯을 들 수 없다면서 수십 번 자기 가슴을 쳐가며 "되어 먹지 못했다" 고 괘씸히 여긴다.

하긴 우리 죄 많은 중생 눈에도 그런 모습이 심히 불쾌하기 짝이 없는데 도를 통하고 성불하신 할배도사야 오죽하시겠는가? 눈만 뜨면 외워대는 참회진언(懺悔嗔言)이나 사홍서원(四弘誓願)은 진짜 공염불인가? 스님 중에도 요릿집과 색싯집을 드나들면서 혼탁한 세상맛을 보는 경우가 목격될 때가 더러 있었다. 하긴 그들도 '다 인간이니까 어쩌겠는가?' 하는 부처님 같은 넓은 아량을 베풀다가도 그래도 언짢은 마음을 쉽게 지워 버리기 어려웠다.

흔히들 '스님의 허물을 보면 벌을 받는다' 라고 일러온다. 그러나 스님이 이런 말을 핑계 삼아 마음대로 행동한다면 신도들에게는 격이 없어 편할지 모르지만 스님에게는 쓰디쓴 독약이 될 것이라 했다.

모든 것이 마음에서 비롯한다는 '일체유심론(一切唯心論)' 이라는 불교 철학의 값진 문구를 입속에 되뇌며 한편으로는 예전 큰스님들께서도 중생들 속에 들어가 거리낌 없이 보살행을 실천한 거로 미뤄 깨달음을 위한 구도의 방법으로 생각하고 좋은 방향으로 이해하려 들지만, 그래도 다른 종교인들과는 달리 승복을 입고 삭발한 몸으로 그러는 것을 보면 어딘지 모르게 씁쓸한 생각이 들곤 했었던 것이 숨길 수 없는 사실이었다.

그런데 막상 이곳에 와서 치료를 받으며 할배의 공덕에 몸을 맑게 가시느라고 앉은 자리에서 이런 꼴을 보니 할배도사의 나무람이 만 번 옳게 들린다.

따라온 여자 신도들 얘기로는 방생법회를 한답시고 스님을 모시고 먼 길 갔다 오다가 휴게소에서 잠시 쉬는 참에 동동주 한 잔을 곡차 삼아 드셨는데 평소에 당뇨병이 있어 그렇다면서 착한 스님을 나무라지 말고 쉬이 낫게 해달라는 주문이었다.

하지만 할배도사의 진단 결과는 그동안 자주 생선회를 먹은 것이 원인이 되어 목과 가슴 등 다섯 군데나 마가 붙어있어 치료를 게을리하면 어서 죽기 십상인 상황이라 진단하시고 며칠간 그를 억지로 끌고 와서라도 치료를 받게 하면 나을 수 있겠다고 하신다.

할배도사의 진단 결과는 그동안 자주 생선회를 먹은 것이 원인이 되어 목과 가슴 등 다섯 군데나 마가 붙어있어 치료를 게을리하면 어서 죽기 십상인 상황이라 진단하시고 며칠간 그를 억지로 끌고 와서라도 치료를 받게 하면 나을 수 있겠다고 하신다.

마음을 고쳐먹고 치료를 받으려 하면 옳은 길을 가게 인도하겠다고 장담하며 바깥바람에 한기 들 것을 염려하여 그 일행들에게 아픔이 가라앉기는 했어도 파김치가 되어버린 그를 등에 업혀 보낸다. 절로 '관세음보살' 이 외워졌다. 저런 행실을 함으로써 자기 스승을 욕되게 하고 더러는 스승에게 배울 게 없다며 때로는 할배도사 자기에게 인술을 겸한 공부하겠다고 자청하는 일도 있다고 한다.

전에도 두어 차례 이처럼 어떤 스님이 술을 자시고 망령스러운 행위를 한 일이 있어 바로 잡아 보냈더니 어느 날 꿈속에 그 스님의 스승인 큰스님께서 자기 앞에 나타나 못난 제자를 바로 인도해 주어 고맙다고 인사를 하고 가더라는 말씀을 하신다.

날이 갈수록 아리송한 심령세계의 조화를 느끼면서 인간의 바른 도리를 행하며 살아갈 것을 생각해 본다.

열이레

만병을 유발하는 식생활

집을 지어서 오래 되면 고쳐도 결국은 무너진다.
그러나 터는 언제나 편안한 것이다. 내 몸은 헌집과 같은 것이다.
몸은 헌집처럼 무너져 없어지지만 나는 대지처럼 편안하라.
-「佛經」 중에서

기계나 인간은 움직이기 위해서는 다 같이 에너지가 필요하다. 인체를 움직이는 데 그 에너지원으로 되는 것이 음식이므로 이 에너지원의 중요성에 대해서는 꼭 영양학자나 그 분야의 과학도가 아니더라도 잘 알 수 있는 사실이다.

인간의 모든 기관을 아무런 이상 없이 오래도록 잘 유지하려면 영양의 공급이란 빼어놓을 수 없는 필요충분조건이라는 것은 누구나 쉽게 알 것이다. 인간의 생명력과 활동력은 호흡에 의한 천기(天氣)와 음식에 의한 지기(地氣)로 구성된다고 했다.

사람들은 이들 에너지원의 중요성을 잘 이해하지 못하고 그저 배가 고프니 먹는 양 생각하고 맛이나 양만을 위주로 식생활을 즐기려 드는 경향이 있다. 이 때문에 인체의 모든 기관에 이상을 가져오게 되고 급기야는 병원신세나 죽음에 이르는 원인이 된다는 사실을 대부분의 사람은 모르고 산다고 보는 것이 옳으리라.

다시 말해 외과적인 사고에 의한 상처가 아닌 갖가지 병의 원인을 따져

> 돼지고기나 닭고기로 된 음식류가 제일 뒤탈이 많아
> 권할 음식이 결코 아니며, 다음이 생선회인데 환자 중에 십중팔구가
> 이런 음식의 섭취로 인해 탈이 나더란다.

보면, 결국 입을 통해 공급되는 에너지원인 음식으로부터 기인한다는 아주 간단한 원인을 보통 사람들은 모르고 산다는 것이 할배도사의 강론이시다.

몇 해 전 일이지만 우리나라 사람으로서 지금도 미국에서 의사로 일하고 있는 L박사가 인간의 식생활에 관한 중요성에 대한 그의 지론을 펼쳐 매스컴을 탔을 때 온 나라 전체가 L박사 신드롬에 빠졌었고, 그것으로 인하여 육류가 잘 안 팔려 식육 판매업자가 도산의 지경에 이르는 일까지 벌어졌다. 그런 여파로 충격이 커지자 급기야는 그의 학설이 옳으니 그르니 하며 온통 북새통이 된 바가 있다.

요즘 치료를 받으면서 느끼는 바로는 그의 학설이 옳았다는 생각이 든다. 이곳에서 치료를 받는 사람 중에 어느 한 사람도 음식을 잘 먹고 탈이 난 사람은 없는 것같이 보여 더욱 실감이 나는 주장 같다.

요즘 세상에는 동식물치고 인간이 못 먹는 것이 하나도 없을 성싶을 정도로 음식의 재료감도 늘었고, 또 그것을 사용한 음식류도 많아졌음은 부인하지 못하리라. 이 많은 음식류 중에서 사람에 따라서는 먹어서는 안 될 금기식이 있는가 하면, 먹어서 뒤탈이 남으로써 손해 볼 음식도 있다는 것은 잘 안다.

또한 같은 음식이라도 조리방법에 따라 먹어도 되고 먹어서는 해롭기도 한 법이다. 그런 음식물 중에서 몇 가지를 골라 유무익한 정도를 그 나름대로 터득한 바에 대해 다음과 같이 구분을 지어 주신다.

먼저 돼지고기나 닭고기로 된 음식류가 제일 뒤탈이 많아 권할 음식이 결코 아니며, 다음이 생선회인데 환자 중에 십중팔구가 이런 음식의 섭취로

인해 탈이 나더란다. 그러고 보면 일반적으로 제사상에 오르는 짐승류의 음식들이 부정을 많이 타는 편이고, 다음으로는 죽은 사람의 시신을 파먹거나 뜯어먹는 늑대나 승냥이 등과 같은 들짐승들의 고기류이며, 또 한편으로는 해삼, 갈치, 상어 등과 같은 물에 빠져 죽은 사람의 시신을 잘 뜯어 먹는 생선류를 먹었을 때 큰 병을 얻는 수가 많단다.

제사 음식 얘기가 나왔으니 하는 말이지만, 불경에서도 갖가지 인간사의 소원을 성취하기 위하여 기도하는 방법 중에서 가장 옳지 않은 것은 짐승을 잡아 희생으로 바치면서 기원하는 것이라 했다. 이런 짓은 나쁜 소원으로 업(業)만 지을 뿐 아무 공덕도 이루지 못하며, 비록 소원을 이룬다 해도 좋은 일은 잠시일 뿐 괴로운 과보(果報)가 곧 뒤따를 것이라 했다. 살생 중죄에 해당되리라.

꼭 그래서가 아니라, 내 나름대로는 회사에서 큰돈을 들여 설치한 기계의 가동식 때나 신공장 준공식 때, 돼지머리 얹은 제상을 차리고 절하기를 싫어한다. 일전에 친구가 상무로 근무하는 프랑스 롱프랑스 회사와 합작회사인 국내 굴지의 기업인 H사의 준공식에 갔을 때, 프랑스 하객들도 우리나라 사람들을 따라 돼지머리 얹은 상 앞에 엎디어 절하는 것을 보고 혼자 내심으로 많이 웃었다.

어디 그것뿐이겠는가? 더러는 남에게 많은 혐오감을 주는 음식에 대해서도 그렇다. 먹는 자신이야 특별히 약이라고 먹는 것 이외에도 정력 타령해대며 돈 없는 사람으로서는 상상조차 하기 힘든 거액의 돈을 들여가면서 별미나 건강식으로 연중행사처럼 때맞춰 가면서 먹어 치운다.

제사상에 오르는 짐승류의 음식들이 부정을 많이 타는 편이고, 다음으로는 죽은 사람의 시신을 파먹거나 뜯어먹는 늑대나 승냥이 등과 같은 들짐승들의 고기류이며, 또 한편으로는 해삼, 갈치, 상어 등과 같은 물에 빠져 죽은 사람의 시신을 잘 뜯어 먹는….

그런 대상은 상스러운 것인 데다 엄청 비싸서 삐까번쩍하게 사는 부자들이 즐겨 먹고 산다. 실은 그것이 병 얻고 약 먹는 일이지만 말이다. 어찌 생각하면 가난할수록 죄 안 짓고 건강하다는 억지 비슷한 주장도 생길 만한 세상이 되고 말았다.

할배도사는 모든 음식은 날것으로 먹지 말라 강조하신다. 물도 끓여 마시기를 권한다. 최근에는 수돗물조차도 못 믿어 생수라는 이름으로 사다 먹거나 산에서 길어다 마신다. 그렇지만 그 역시 오염 안 된 수질임을 확인하기 어렵고, 토양에서 생긴 병원균이나 해충과 박테리아가 득실거리는 물을 안 마신다는 보장이 없지 않은가?

이러한 측면에서 보면 인체에 필수적으로 요구된다는 미네랄이라는 미량의 금속분을 함유하고 있다는 뜻에서의 생수를 죽은 물이라는 끓인 물로 꼭 바꿀 필요가 없다는 일부 사람들이 주장하는 생수에 관한 병폐도 없다고는 못한다.

치료하다 보면 물로 인해 득병하는 사람도 많다는데, 각종 토양세균이나 짐승들의 배설물, 그리고 독한 농약류 등으로 오염된 물을 생수랍시고 무턱대고 마신 때문이라는 말씀이시다.

다음으로는 육류의 섭취인데, 사람은 채식만으로도 충분한 에너지를 얻을 수 있단다. 채식주의자가 장수하고 잔병 없이 건강하며 머리가 영리하다는 것이다. 불경에서도 '오곡(五穀)은 우리의 몸을 기르고, 오채(五菜)는 살찌우고, 오과(五果)는 몸을 돕는다' 고 했다.

또한 할배도사가 치료를 해 보면 육류를 많이 먹은 사람들의 피는 사람의 피와 소의 피가 한데 엉겨 붙은 기름 덩어리처럼 허벌허벌한 상태로 되어 핏줄 속을 순환하고 있다는데 의학적 용어로는 콜레스테롤이 많음을 의미하는 것이리라.

또 할배도사의 독특한 치료법인 지압 대신 아픈 부위를 손바닥으로 쳐서 피와 기를 잘 통하게 할 때 자주 보는 현상이라는데 육식을 즐기는 사람들의 몸을 쳐서 나쁜 기운을 빨라치면 몸에서 기름기가 노랗게 배어 나온다는 얘기다.

또한 식도락가 중에는 살아있는 짐승의 내장을 날것으로 먹는 사례가 많은데 이것은 동물이 가진 병균을 인간의 몸속으로 고스란히 그대로 이식하는 것과 다름이 없다는 것이다. 사실이지 사람도 마찬가지지만 동물의 주요 기관인 간이나 쓸개, 콩팥 등은 섭취한 여러 가지 음식물들을 통해 몸 안으로 들어온 각종 해로운 물질들을 걸러서 정화하는 역할을 하는 여과기로서 나쁜 것을 모두가 걸러서 모으는 내장기관이다.

그런데 그것들을 날것으로, 특히 뜨끈뜨끈한 동물의 체온이 남아 있을 때 먹어 치우는 몬도가네식 식도락가가 얼마나 많은가? 결국 몸에 좋다고 해서 즐겨 마시는 노루, 사슴, 돼지 등의 생피도 마찬가지 이치이리라.

할배도사의 지론에 따르면, 원래 이 세상 모든 동물은 인간이 먹다가 남은 것이나 먹고 배설한 것을 청소하고 다음에 인간들이 먹을 것을 위해 거들어 주기 위해 있는 것인데, 요즘 세상은 거꾸로 인간이 모든 동물을 청소해 주고 있다는 주장도 그럴 듯하다.

그 뜻은 요즘에 와서 사람들이 사악해져서 못 먹거나 안 먹는 음식이 없

할배도사의 지론에 따르면, 원래 이 세상 모든 동물은 인간이 먹다가 남은 것이나
먹고 배설한 것을 청소하고 다음에 인간들이 먹을 것을 위해 거들어 주기 위해 있는 것인데,
요즘 세상은 거꾸로 인간이 모든 동물을 청소해 주고 있다는 주장도 그럴 듯하다.

다는 말씀이시다. 굼벵이가 암에 좋다는 얘기로 씨가 말랐고, 토룡탕의 지렁이 하며, 신경통의 치료목적으로 고양이까지 고아 먹는 등, 여하간 병의 치료목적 이외에도 정력과 몸에 좋다면 못 먹는 것이 없고, 그 대상이 되는 동물들은 씨가 마를 정도니 할배 말씀이 틀리지 않는다. 음식 문화에 관해 상을 주는 일이 있다면, 아마도 극성인 우리나라 사람들이 제일 유별나서 이 분야에서도 당연히 금메달감일 것이다.

아무튼 인간은 요물이다. 그래서 탈도 많고 병도 많다. 이렇듯 조물주가 점지한 쌔고 쌘 음식물 중에서 인간이 먹어도 될 것과 설사 먹을 수 있다손 치더라도 먹어서 득이 되고 해가 됨을 알고 그중에서 가릴 것은 가려야 할 것인데, 보통 사람들은 그런 것을 아예 모르는 체하고 먹고 사는 것이 다반사이다.

자고로 음식이야말로 생명을 유지하는 데 필수적인 에너지원인데 반해 잘못 섭취하면 만병의 근원이라는 데는 이의가 없음을 인제 와서 깨닫게 된 것에 대해 부끄러운 생각이 든다. 그동안 청탁 간에 퍼마시고 수륙공(水陸空)을 헤엄치며 기고 나는 네 발과 두 발 달린 짐승들의 살점을 실컷 뜯어 먹고 살았는지라, 어찌 내 몸에 시꺼먼 죽은 피가 흐르지 않을 것이며, 내 창자 속에 더러운 짐승들과 생선들의 고깃덩어리가 덕지덕지 붙어서 탈을 안 낼 수 있었겠는가? 정말 할배도사의 말씀처럼 죽는 연습을 많이도 하고 살아왔음을 부인할 수 없다.

치료하노라 손바닥 매를 맞은 곳에 시꺼먼 멍자국이 모두 다 그런 죗값의 표시 같아서 내가 봐도 한심한 지경이다. 지금 같아서는 이제까지 내 평생

에 먹을 고기는 다 먹었고, 마실 술도 다 마셨다싶은 생각에 음식 습성을 바꿔보리라 생각는다.

그동안 주인을 잘못 만나 온갖 모진 일들로 고단하기만 했던 내 몸속의 오장육부에도 뒤늦게사 따뜻하고 편안한 말년을 갖게 해야 한다고 생각는다. 그게 곧 나를 건강하게 하는 것이고, 남은 생을 무병으로 살 수 있게 하는 베풂이 아니겠는가 여기지만, 이미 버스 지나간 뒤 손드는 격으로 때늦은 소망일 따름이리라.

"술을 못 마시면 사업을 못 하는데…."

그런 헛걱정일랑 아예 하지를 말라 하신다. 죽는 연습을 안 한다는 약속만 잘 이행한다면 할배가 평생을 따라다니시며 사업이 잘 되도록 보살펴 준다니 이제부터 마음을 비운 보살이 되는 길밖에 없다.

무슨 재미로 살고…….

열아흐레

사람이 갑자기 변하면 죽는다

아무리 거센 바람이라도 아침나절 내내 불지 못한다.
갑자기 퍼붓는 소나기도 하루종일 내리지는 못한다.
이 힘센 자연의 조화도 길지 못한데 하물며 사람이사…
–「老子」 중에서

비만 때문에 생기는 각종 성인병을 사전에 차단하기 위해 체중을 줄이는 치료를 받고 있음을 알고 있는 주위 사람 중에 서너 주일쯤 얼굴 못 보았다고 궁금해 하는 친구들은 살이 얼마나 빠졌느냐고 물어 오기도 하고, 개중에는 5kg 정도 줄였으면 실컷 되었다며 치료를 그만하라고 지레 걱정이나 염려들이다. 모두 그런 관심을 갖는 터라 마음속으로 진하디 진한 고마움이 짙게 배어든다.

또 그동안 저녁때면 손님들 접대니, 친구들 간의 모임이니 하는 이유로 자주 드나들던 술집들에서는 약 스무날 정도 발걸음을 안 하자 내 입으로 설명도 듣기 전에 자기네들 좋을 대로 여러 가지 토를 달아 마음이 변했냐고들 전화질이다.

마음속으로는 내 평생 마실 술은 이미 다 마셨고, "이제 술집하고는 아예 인연을 끊었소!" 하는 대답이 마련되어 있었지만 차마 그럴 수는 없어서 고혈압이니, 당뇨병이니 하고 중병에 시달리고 있는지라 당분간 치료를 하고 있기에 발걸음이 뜸해졌노라고 변명한다.

그런데 그들도 내 작은 체구에 걸맞지 않게 불었던 몸무게랑 새까만 얼굴색 등의 외적인 건강상태를 상상해 보고 병이 나도 한참은 났을 것이라고 판단했는지 쉽게 나의 변명에 수긍하면서 가까운 시간에 저승 갈 차표나 끊은 게 아닌가 생각하고 제 나름대로 애처로운 감정을 잔뜩 섞어 하루빨리 건강이나 회복하라는 돈 안 드는 위로의 말들을 해 온다.

하긴 지금의 상황과 앞으로의 생활 태도에 관한 각오 등에 대하여 바른말을 했다가는 세상 사람들이 흔히들 쓰는 말인 '사람이 갑자기 변하면 죽는다' 라는 얘기를 들고 나올까 봐 겁도 나고, 이제부터 절간의 스님처럼 나름대로 인생을 고쳐 살겠다고 하면, "젠장, 짧은 한 세상, 그렇게 살면 뭐 하냐?"는 투의 퇴박을 듣기가 싫어서다.

여하간 나를 아는 사람들의 걱정이나 궁금증이 그 도를 더해 갈수록 나는 나대로 심신을 깨끗이 하며 바르게 살아갈 참이다. 그것은 나 이외에는 어느 사람도 최근에 내가 지니게 된 새로운 삶에 대한 가치관의 정립을 모르기 때문이다.

산다는 게 무엇인가? 아직도 내가 이 세상에 무엇 때문에 왔는지, 또 무엇을 위해 사는지 잘 모른다. 그러나 50여 년간을 이 너른 속세에서 사람이라는 허울을 쓰고 살면서 석가모니나 예수 같은 성자(聖者)들이 이 세상에 와서 생로병사(生老病死)의 무궁무진한 조화를 알기 위한 고뇌와 고행을 통해 얻어낸 심오한 깨달음이 아니더라도 한 번쯤은 나의 존재와 위상을 정립해 보고 그로 인해 미미한 해답이라도 얻을 수 있게 된다면 그야말로 가치 있는 일이 아니겠는가?

여하간 나를 아는 사람들의 걱정이나 궁금증이 그 도를 더해 갈수록
나는 나대로 심신을 깨끗이 하며 바르게 살아갈 참이다. 그것은 나 이외에는
어느 사람도 최근에 내가 지니게 된 새로운 삶에 대한 가치관의 정립을 모르기 때문이다.

그러나 우리처럼 생각이 빈약한 중생들로서는 그 해답을 얻는다는 것이 마치 연목구어(緣木求魚)처럼이나 어렵다는 것을 잘 안다. 그저 주어진 운명대로 살다가 한줌의 흙으로 돌아가는 것이 숙명이라고 생각하는 쪽이 이 너르고 모진 세상을 사는 현명한 방법일는지도 모를 일이다.

불경을 읽으니, '세상을 보니, 마치 꿈속의 일과 같다' 라고 하였다. 사람이 태어나 장성하고, 그리고 늙어가다 병들어 죽는 한 생을 마감함과 동시에 또 어떤 인연으로 한 포태(胞胎)에 들어가 다시 태어나서 죽는 과정을 되풀이하거늘 그 순환에 끝남이 없다는 윤회설(輪廻說)이 믿기지 않는다.

그리고 태어나도 그곳을 알지 못하고, 죽어도 가는 곳을 알지 못한다 했다. 이러한 천겁 만겁의 생과 사의 연속으로 점철되는 윤회세계를 인정한다면, 그 중의 찰나와 같은 우리의 일생에 주어진 삶의 의미를 캐는 데 너무 집착하지 말고 산다는 그 자체에 매달려 대롱거리다 보면 어느덧 삶이 끝나는 시점에 가 닿아 있으리라고 했다.

간혹 이런 문제에 시간을 할애해 사색하다 보면 흔히들 말하는 것처럼, "왜 인생을 그렇게 복잡하게 생각하며 살려 하는지 모르겠다" 라고 핀잔을 주는, 왈 잘 나가는 사람들의 인생관이 때로는 부러울 때가 있기 마련이다. 여하튼 인생을 살아가는 데 있어서 업에 따른 것인지는 몰라도 기복이 심한 대소 간의 변화는 있기 마련이지만 그 사람의 인생관을 바꿔놓을 정도라면 그야말로 커다란 계기가 없고서는 보통 사람으로서는 불가능한 일이리라.

그러한 면에서 보면 나의 경우는 진실로 우연한 기회에 좋은 스승을 만났다고 생각한다. 바르게 산다는 것이 무엇인가를 조금씩 깨우쳐 나갈 수 있

을 것 같다.

마음을 비운다는 얘기는 정치가들만이 두고 쓰는 전용어일 수는 없다. 인제 와서 또 다른 방향에서 세상만사를 대해 보니 눈에 보이는 현상은 다 헛것으로 보일 수도 있다는 기준이 선다. 이제는 현상에 연연하지 말고 인간으로서의 참된 도리를 찾아 살아야 한다. 그로 인하여 방황하게 되거나 괴로워지게 되면 더 크신 부처님의 품에 안주하며 살아가리라고 생각하니 마음이 무한히 가볍다.

이러저러한 이유로 연달아 오늘까지 이틀 동안 치료를 못 받게 되었다. 중풍으로 치료를 받고 계시는 할머니 한 분께서 할배도사의 충고를 어겨 졸지에 사경을 헤매게 되었는지라, 그분에게 매달려 중점적으로 치료를 하신다고 다른 사람은 아무도 봐줄 수 없는 지경이 되었다.

이곳에서 치료를 받으면서 가장 금기시하는 것이 육고기라는 것을 잘 알면서도 무턱대고 잡수신 탓이란다. 일요일 불편한 몸을 이끌고 남편을 따라 갈빗집에 가서 쇠고기 몇 모타리 잡수신 게 탈이 난 원인이었다는 것은 치료 중에 환자인 본인이 토해낸 내용물에서 꼼짝없이 탄로가 났단다.

우리가 아는 상식으로는 음식을 먹은 후 대체로 서너 시간 지나면 위를 통해 거의 소화가 다 끝난다고 보는데, 하루가 지났는데도 잘 씹지 않은 겨울초(冬草)라는 넓적한 채소 잎과 설익은 쇠고기 돔뱅이를 그대로 토해내었다고 한다.

치료를 받는 기간에는 음식물에 관한 할배도사의 처방을 무시했다가는 졸지에 죽는 일까지 벌어지고 만다는 평소의 충고에 유념해야겠다. 나더러

이곳에서 치료를 받으면서 가장 금기시하는 것이 육고기라는 것을 잘 알면서도
무턱대고 잡수신 탓이란다. 일요일 불편한 몸을 이끌고 남편을 따라 갈빗집에 가서
쇠고기 몇 모타리 잡수신 게 탈이 난 원인이었다는 것은 치료 중에….

도 고기류는 당분간 먹지 말라고 하신다. 안 먹고도 얼마든지 살 수 있는데, 먹어 나쁘다는 것을 알고서야 무엇 때문에 삼키겠는가?

오늘은 비록 치료는 받지 못했어도 할배(불상) 앞에 엎디어 경건히 절하고 소원을 빌고 나니 심신이 개운해진다. 평소에 늘 할배도사가 일러오는 말이지만 비록 바쁜 일로나 사람들이 붐벼 치료를 받지 못하는 경우가 있더라도 용심을 부리지 말고 할배 앞에 엎디어 경건히 절만 하고서도 치료를 받은 것이나 다름이 없는 효과를 얻는다는 말씀을 따른 것이다.

이러한 사실은 어느 사람에게 설명한다 해도 이해될 수 없는 일이다. 그러고 보면 우리의 마음에서 일고 지는 일이 숱하게 많음을 알 만하다. 다시 절하고 어두워지는 골목길을 나선다.

맑은 하늘에 별들이 초롱초롱 밝게 빛나고 있다.

스무날

세상을 보니, 마치 꿈속의 일과 같다

바른 법으로 중생들을 고해에서 열반의 저 언덕으로 건네어주는 뱃사공이
누구나 평등하게 태우려 하건만, 이 배에 오르는 자와 오르지 않는 자가 있다.
오르라 해도 오르지 않는 것은 뱃사공의 허물이 아니다.
–「佛經」 중에서

이곳에 자주 드나드는 사람 중의 한 분인 K사장님의 모친은 60대 후반의 할머니로 보이는데 가끔 오셔서 치료를 받는다. 방 안에 들어가 앉아계시면 편할 터인데 늘 바깥에 놓인 의자에 앉아서 조용히 차례를 기다리는 성품이시다.

오늘 따라 방안의 저 촛불들을 좀 보라고 가리키시며 평소 말수가 적으신 분인데 몇 말씀을 하신다. 모친이 가리키는 제단 쪽을 바라보니 큰 왕초에 켜진 촛불이 펄럭인다. 그 순간에 문을 여닫은 일도 없거니와 움직이며 바람을 일으키는 사람도 없다.

타들어 가고 있는 켜놓은 촛불의 움직임과 치료를 받는 사람의 병력에 어떤 상관성이 있다는 할머니의 관찰을 피력한 것이다. 할머니가 그동안 이곳에 와서 세심하게 관찰해 온 바로는 방바닥에 누워서 치료를 받는 사람의 건강상태에 따라 촛불의 움직임이 달라진다는 설명이다.

조금 전에 꼬마 어린애가 치료를 받을 때 조용하게 타들어가던 촛불이 마치 꺼질 듯이 나풀거리더라고 맞장구를 치는 분도 있었다. 신기한 일이 한

물론 열어놓은 창문도 없다. 방안의 따뜻한 공기가 차가운 바깥으로 이동하기 때문일까?
그런데 방문은 늘상 열려 있다.
할배도사는 일련의 이런 현상을 무궁조화로 이뤄지는 것이라고 설명한다.

둘이 아니다. 저녁 시간 다소 조용할 때 복도에 앉아 할배도사의 이야기를 들으면서 방안을 들여다보노라면 제단 위에 피워놓은 향의 연기가 하얗고 긴 엷은 꼬리를 아스라이 그리면서 복도 쪽으로 이어져 나올 때가 많다.

물론 열어놓은 창문도 없다. 방안의 따뜻한 공기가 차가운 바깥으로 이동하기 때문일까? 그런데 방문은 늘상 열려 있다. 할배도사는 일련의 이런 현상을 무궁조화로 이뤄지는 것이라고 설명한다.

K씨의 모친은 작년 6월에 졸업했었는데 그 사이 몸의 상태도 좋고 해서 졸업 후에도 계속해서 지켜나가라는 할배도사의 가르침 몇 가지를 실천하지 않아 다시 병을 얻어 치료를 받게 되었다는 설명이시고, 할배가 무서워서 방안에 들어가 앉아 있기가 두렵다면서 복도의 구석진 의자에 앉아 차례를 기다리는 처지란다.

그렇게 무서움을 느끼는 이유는 1년을 넘게 이곳에 드나들면서 생로병사(生老病死)의 우주조화를 누구보다도 잘 보아왔기 때문이리라 여겨진다. 할배도사의 설명으로는 한 번 이곳에서 치유를 받고 졸업한 환자가 다시 들어오면 할배는 매우 못마땅해 하시고, 약속을 어겨서 중병이 들면 우리 눈에는 돌부처로 보이는 저 단상의 할배가 돌아앉아서 보기도 싫다면서 치료조차도 못 해 주게 하시는지라 할배도사의 입장이 곤란할 때가 종종 있단다.

그래서 불쌍한 중생의 잘못을 한 번쯤 들어주자고 애원해서 들어주시는 일도 있지만 그렇지 못한 때도 있는데, 치료를 못 받고 쫓겨나간 사람의 경우는 수삼 일 후에 들려오는 풍문에 의하면 그때의 주인공이 죽었다는 소문이 들린단다.

그런 일은 비단 일반 사람에게서만 일어나는 것이 아니고, 할배도사마저도 두 번 다시 꼭 같은 잘못을 하면 할배는 가차 없이 무거운 벌을 줄 정도로 냉정하니 자기가 자기를 극복할 줄 알고 졸업할 때 일러주는 말씀을 잊지 말고 실행하며 살아가야 한단다.

물론 시중의 일반 사람들에게 이런 이야기들을 들려주면 신기(神氣)가 있느니 사(邪)하다느니 하면서 귀신 붙은 얘기로 덮어 버리려고 할 것이다. 아예 아무것도 모르고 무턱대고 살다가 그렇고 그렇게 죽는 것이 더 행복하겠다고 느껴지는 경우가 한두 번이 아니다.

J사장 말마따나 우리 주위에서 턱없이 고생하다 죽어가는 사람들을 보면 지금까지 생각하던 것과는 달리 그 죽음의 이유를 알 수 있을 것 같다는 데는 동감이다. 자기가 저지르고 자기가 뿌린 씨에 대한 대가는 있기 마련인데, 이를 불교 교리로 표현해서 인과응보(因果應報)라고 하는 게 아닐까?

인간이 한 번 태어나면 누구나 한 번은 죽음의 고통을 맛본다는 것은 우리가 모두 잘 아는 사실이다. 그런데 불교에서는 죽고 사는 것을 반복하는 윤회설을 가르친다. 윤회를 거듭한다는 것은 그만큼 고통을 많이 받는다는 뜻이므로 결코 좋은 것이 못 된다.

우리가 흔히 쓰는 말인 공수래공수거(空手來空手去)는 우리가 죽으면 아무것도 가져갈 수 없다는 뜻이다. 오직 지은 업(業)만이 몸을 따라갈 뿐으로 이들 업에도 선업(善業)과 악업(惡業)이 있어 그 업의 종류와 차이에 따라 윤회를 거듭하느냐, 아니면 완전한 해탈로 영원한 생명을 얻는 극락으로 가느냐가 결정지어진다고 한다.

인간이 한 번 태어나면 누구나 한 번은 죽음의 고통을 맛본다는 것은 우리가 모두 잘 아는 사실이다. 그런데 불교에서는 죽고 사는 것을 반복하는 윤회설을 가르친다. 윤회를 거듭한다는 것은 그만큼 고통을 많이 받는다는 뜻이므로 결코 좋은 것이 못 된다.

이처럼 그 사람의 과거 생과 이승의 선악행의 함수관계로 윤회는 반복되고 있다는 설명이다. 그래서 선업을 많이 지어야 한다는 가르침이다. 설사 선업이 모자라서 영생을 얻지 못해 다시 이승에 태어나 영혼의 세계에서 좋은 부모를 만나 다시 몸을 받아 한 생을 살며 선업을 짓게 기회가 반복해서 주어진다는 것이다.

그러니 선업은 닦아야 할 복이요, 도업(道業)은 닦아야 할 지혜라고 일렀다. 여하간 좋은 일이건 나쁜 일이건 간에 본인 스스로가 당해 보지 않으면 아무리 근사하게 설명해도 못 믿듯이 이런 세계를 느껴 보지 않은 사람에게는 오지랖에 싸준다고 해도 모를 일이다.

지금까지 치료를 받아오면서 많은 효험을 얻고 있는 나 자신 스스로도 부처님의 믿음 때문인지 심령세계의 조화인지 반신반의하는 견해이므로 참으로 역설적인 상황이 아닐 수 없다. 이 세상천지에 신(神)은 없노라고 말하는 사람도 많다. 왜냐하면, 신의 존재를 정확히 모르기 때문이다.

불교라는 종교에 관심을 가지면서 이 점에 관해 느끼는 바가 많다. 부처님은 신이 아닌 어엿한 인간이었다. 그가 득도(得道)하여 중생을 제도했었고, 그것이 올바른 삶을 위한 지혜로운 가르침으로 오늘날까지 종교로 이어지고 있다. 타종교처럼 유일신이 아닌 다양한 신을 포용하는 종교로 우리네 토속신인 산신령까지 모신다. 그 신의 존재도 다 우리의 마음에서 비롯되기 때문이라서 그런가? 만물이 다 부처요, 법신이라는 교리로 자비와 깨우침을 가르친다.

그런데 신은 다른 의미로 존재한다고 생각되는 경우가 많다. 유교사상(儒

敎思想)에 물들어 있는 우리의 생활 습속만 보더라도 가정마다 연중행사처럼 제사를 지내면서도 당사자들 자신과 몇몇 다른 종교인들은 제사 자체마저도 미신처럼 여기는 경우가 있다.

공자(孔子) 말씀에도 '귀신은 공경하되 멀리하라' 는 것을 읽은 바 있다. 이는 귀신의 존재를 인정하면서 '때맞추어 제사는 지내되, 과신하지 말고 길흉사를 빌지 말라' 했었다.

그동안 나는 분명히 무신론자였다. 그런데 요즘 와서 신의 존재에 관해 관심을 둔다. 나이가 나이인 만큼 마음이 약해진 탓인가? 정신건강에 문제가 있는 것일까? 하긴 사람은 누구나 고통의 늪에 빠지거나 종점이 가까워졌음을 알 때면, 가 닿는 곳에 편안하게 안주하려 들듯이 육신이 쇠하는 날을 위하여 슬기롭게 생을 마감할 준비를 하는 것이 청결한 죽음을 맞는 길이라고는 생각한다.

비록 겉으로는 생생한 육체가 안으로는 잔뜩 병들어 있다 해도 아직은 내 정신세계 속에는 불빛이 환히 비치고 있음을 자부한다.

스무하루

음식으로 고치지 못하는 병은 의사도 못 고친다

어쩌다가 잘못된 짓을 했더라도
착한 행동으로 덮어 버린다면 그는 이 세상을 비추리라.
구름을 벗어난 달처럼
-「法句經」 중에서

치료를 받으러 오는 사람들이 너무 많아 밤낮으로 붐비는 터인지라, 내 안사람을 시켜 먼저 가서 진을 치고 있다가 자기 차례가 되면 내가 대신 받도록 특수작전을 짤 정도이다. 저녁 시간에 손님을 만나거나 다른 용무가 있게 되는 날이면, 그러지 않고서는 하루의 치료는 걸러야 하기 때문에서다.

오늘도 오후 두 시께나 되어 치료를 받게 된 것도 순전히 그런 작전에 의한 내 안사람 덕분이었다. 저녁때 집에 돌아와서 들으니, 서방님의 치료받을 차례를 기다린답시고 오전 나절을 비좁은 할배 방안에 꼬박 잡혀 보냈는데, 정작 자기는 치료도 못 받고 돌아왔단다. 오후에는 할배도사께서 볼 일이 있어 점심을 드신 후에 온다 간다는 말 없이 다른 데로 출타하신 때문이었단다.

언제나 그렇지만 붐비는 방안에는 주로 여자분들이 많다. 대개가 한두 번씩은 마주친 얼굴들이기에 가슴에 손을 얹어 가볍게 미소 짓고 눈인사를 나눌 정도로 동질감을 느끼는 것은 아마도 같은 배를 탔다는 기분에서인가 보다. 장소가 비좁다 보니 자기 차례가 되어 치료를 받는 사람은 주위에 둘러 앉아 기다리는 사람들 앞에서 자기의 모든 것을 강제로 드러내 보여야 하는 불편을 겪어야 한다.

오늘 낮의 나처럼 여자들만 가득한 방안에서 젊거나 늙수그레한 많은 여인의 눈길을 벗어날 수 없는 것이 다반사지만 때로는 남녀 가릴 것 없이 부분적으로 나신을 들추어낸 채로 치료를 받아야 할 상황이라면 환자의 성별에 따라 주위에도 남녀를 가려서 방안에 남아 있게 하고, 다른 사람들은 마루에서 기다리게 하는 경우가 있지만, 대체로 장소가 비좁다 보니 그렇게 할 처지도 안 될 경우도 더러 있게 마련이다.

때로는 가릴 필요가 없어 좋다고 생각되는 때도 있는데, 기다리는 시간이 예사로 네댓 시간이나 걸리기 때문에 남이 치료를 받는 모습을 보면서 할배도사가 일러주는 그 환자의 병력이나 치료법, 또는 발병의 원인과 관계되는 사생활 등, 제법 유별난 사연(이야기)을 지닌 재미있는 일까지도 귀 여겨들을 수 있어 다소는 지겨운 생각을 감하게 되는 때도 있다.

또 한편으로는 그 환자의 병에 대한 처방을 내리는 것을 듣자면 자기들에게도 관련이 될 뿐만 아니라 도움이 되기 때문에서다. 대체로 심한 꾸중을 듣는 경우는 전에 내린 지시를 어기고 잘못 먹은 음식으로 인하여 불편이나 아픔의 고통을 다시 호소해 올 때와 해서는 안 될 못된 행실을 범했을 때는 가차 없이 불호령이다.

그런 분위기라서 큰기침 한 번 못하고 뒷자리에 우두커니 앉은 사람들은 겁먹은 벙어리가 되어 마치 그 나무람이 자기에게 쏟아지는 양 지레 겁먹고 눈만 껌벅거릴 때가 많다. 하기야 이러저러한 충고를 가만히 들어보면, 비

조미료인 다시다 국물도 육류가 섞였고, 라면 국물은 더 말할 것도 없으며,
어묵도 생선으로 만들고 카스텔라에도 달걀과 우유가 섞여 있다면서
모르고 먹고 마신 것을 챙겨서 꾸짖을 때는 가히 할 말을 잃는다.

단 병만 고치는 데 필요한 것뿐이 아니라 사람의 도리나 평소에 지켜야 할 범사를 탓함으로써 모두 다 자기도 그래야겠다는 생각을 하게 마련이다.

평소 뒷전에 앉아서 보면 인생을 살 만큼 산 사람들이 왜 저렇게들 말귀가 어둡고 시키는 대로 안 해서 꾸중을 밥 먹듯이 듣는지 수시로 삼자의 처지에서 봐도 짜증스럽고 어이가 없어 답답할 때가 많다. 분명히 치료하면서 이러저러한 것은 당분간 삼가고, 몸가짐은 요리조리 하라고 귀가 따갑도록 일러쌓아도 다음날 치료를 받을 때 보면, 그들의 고통을 할배도사가 대신하는 민망스러운 모습에서 한심함을 느낀다.

그러나 남의 말일랑 할 것도 없다. 남 생각을 하다가 정작 내 차례가 되어 할배도사 앞에 누웠을 때, 매우 당황하지 않을 수 없는 경우인데, 딴에는 당분간 금하라는 음식일랑 아예 먹지도 않았거니와 지시도 이를 앙다물고 잘 따랐다 싶은데, 난데없이 할배도사가 헛구역질에다가 심한 트림질까지 겸해서 곧 죽는 시늉해 재낄라치면 체면이 말이 아니고, 눈도 제대로 뜰 수 없을 정도에 이른다.

조미료인 다시다 국물도 육류가 섞였고, 라면 국물은 더 말할 것도 없으며, 어묵도 생선으로 만들고 카스텔라에도 달걀과 우유가 섞여 있다면서 모르고 먹고 마신 것을 챙겨서 꾸짖을 때는 가히 할 말을 잃는다.

요즘 한 끼에 먹는 양도 시골 큰 머슴들 한 숟갈도 안 되게 먹고, 그것마저도 몇십 분에 걸쳐 잘 씹어 삼킨다. 이전에 먹던 버릇은 아예 기억조차 하기 어렵다는 게 주위 사람들의 얘기이며, 나 스스로 생각해 봐도 엄청나게 변했다고 여기는 터인데도, 때로 속이 불편하고 머리가 어지러운 정상들이

모두 음식 먹는 것과 관계가 있다니 뭐가 잘못되어 가는 것 같아 겁이 더럭 난다.

어젯밤 늦게 대학에서 강의를 마치고 돌아오는 시간에는 차를 몰기조차 힘들 정도로 머리가 어지러워서 사고 예방이라는 차원에서 간신히 몰고 오면서 당분간 차몰이를 삼가라는 할배도사의 충고를 수십 번 생각했었다. 보통 단식원 등에서 단식을 해 본 사람들은 이처럼 머리가 어지러운 것은 매우 단시간에 체중을 갑자기 줄여서 그렇노라고 하는데, 오늘 치료를 받으며 할배도사에게 물었더니, 그 원인은 음식 먹는 것과 유관하지 살 빠진 것과는 무관하다고 했다.

그런 이유가 맞는다면 요즘 들어서 먹는 것이 별로인데도 속이 더부룩하고 거북한 지경인데, 그 원인은 그동안 제 기능을 잃고 무력해졌던 위장들의 각 부위에 세혈(細血)과 신경이 통하는 회복기를 맞아 다소의 거부감이 생겨 반사작용을 일으키는 게 아닌가 여겨진다. 지금으로서는 단식 후의 회복기가 매우 중요하다는 얘기를 믿고 싶다. 당분간 흰죽만 먹고 사는 것이 속 편한 일이겠다고 여기는데, 죽을 위시하여 별스러운 음식으로 대신할 필요가 없다니 이러지도 저러지도 못할 지경이다.

하긴 성의(聖醫)이신 히포크라테스도 '음식으로 고치지 못하는 병은 의사도 못 고친다' 라고 하지 않았는가? 정말 이제까지 이런 불량한 시설(육신)을 가동하며 죽지 않고 살아있음이 용하게 여겨지는 것이 사실이라면 다행스러운 일이라 믿자.

참 힘이 든다.

스무이틀

잘 먹고 잘 싸고 잘 자라

명예와 생명은 어느 것이 더 절실한가? 생명과 재산은 어느 것이 더 귀중한가?
얻는 것과 잃는 것은 어느 것이 더 괴로운가?
너무 아끼면 크게 낭비하고 너무 많이 소유하면 크게 잃는다.
–「老子」 중에서

음식은 우리 생체를 유지하고 기르는 데 필요 불급의 기본요소다. 요사이 치료를 받으면서 그 중요함을 더더욱 절실히 느낀다. 안 먹고는 못 살아가기에 하는 말이지만, 그러나 그런 기초적인 얘기가 아니라 우리 인간들이 먹을 수 있는 많은 물질이 우리 인체에 그 유무익한 정도와 그 종류의 다양성에 대한 선택을 두고 말하려 한다.

오늘은 이런 측면에서 음식물과 건강에 대한 할배도사의 견해를 적어 본다. 우선 자신이 지닌 소화기 계통의 건강 상태를 조사해 보는 가장 쉬운 방법의 하나로, 변소에 들렀을 때 자기의 변(便)의 색깔이나 모양새를 관찰하는 방법이다. 변의 색이 별스레 새까만 색을 띠는 흔치 않은 경우가 있는데, 이 지경에 이르면 일차적으로 건강에 적신호라는 사실이다.

일반적인 상식선에서는 십이지장이나 위장 등 인체 내부의 장파열시에 피가 쏟아져 나올 때 그 색이 검다고 한다. 이럴 때 구급차(救急車)를 불러 타고 부랴부랴 병원으로 달려야 할 처지란다. 보통 인간은 태어날 때와 죽을 때, 꼭 두 번에 걸쳐 검은 똥을 싼다고 들은 바 있다.

또한 변의 덩어리가 크고 작은 것에 무관하고 수면 위에 부상하느냐 침강하느냐에 따라 위장 계통의 컨디션을 쉽게 알 수 있단다. 만약 소화기 계통의 기능이 떨어져 부실한 상태에 처해 있다면, 씹어 넘긴 음식물 중의 필요한 영양분을 포함해서 수분조차도 흡수하지를 못해 변이 아무리 큰 덩어리일지라도 물 위쪽에 떠오른다는 사실이다. 이러한 컨디션에 처해 있는 사람은 언제나 공복감과 허기에 차서 엄청나게 먹어도 배부른 것을 못 느끼고 산단다. 다시 말해 소화기 계통에 잔뜩 부담만 안겨서 그 계통의 갖가지 병의 원인만 될 뿐으로, 좋은 것을 많이 먹는다고 해서 모두 다 살 되고 피 되는 일이 아니며, 위장 장기의 터널에 부담만 잔뜩 안기고 그대로 다 통과하기 마련이란다. 그런 사람들일수록 돌아서면 곧 배고파 안절부절 못하는 배불뚝이 사장님들이라는데 실감이 간다.

이 사실에 대해서는 나도 금세 수긍이 가는데, 이곳에 와서 치료를 받기 이전과 그 이후에 내가 본 변의 거동과 색깔을 보면서 그 차이가 하도 심하길래 이상하게 느끼고, 할배도사께 한 번 여쭈어보려던 참이었는데 마침 그런 설명을 듣고 나니 가슴이 후련해진다. 그동안 식사량을 많이 줄였기 때문에 소화될 것이 없어 3일 만에 한 번씩으로 변을 보는 횟수도 줄고, 양도 마치 고양이나 쥐똥 같은 것에 대해 내심으로 짐작은 하면서도 적이 걱정도 했었다. 사실 요즘 식탁에 앉아 남들이 맛있게 그리고 다부지게 식사하는 것을 가만히 보면, 나도 예전에는 턱없이 많이도 먹었었다는 것을 생각해 보면서 그게 다 쓸데없는 짓이었음을 돌이켜 본다.

또 다른 건강 상태를 쉽게 알아보는 방법의 하나로는, 물속에 들어가 곧추

물속에서 조용히 양반좌 자세를 유지하도록 해 보면, 대체로 몸에 이상이 없는 자는
목적한 대로 사뿐히 가라앉은 자세를 취할 수 있는데, 몸이 부실한 사람은
아무리 체구가 크고 무겁더라도 몸을 가누지 못해 고무풍선처럼 떠오르고 만단다.

앉아보는 방법이라고 했다. 목욕탕이나 수영장에 가서 자기 머리가 잠길 정도의 깊이가 되는 물속에서 조용히 양반좌 자세를 유지하도록 해 보면, 대체로 몸에 이상이 없는 자는 목적한 대로 사뿐히 가라앉은 자세를 취할 수 있는데, 몸이 부실한 사람은 아무리 체구가 크고 무겁더라도 몸을 가누지 못해 고무풍선처럼 떠오르고 만단다. 특히 여자 중에 복강수술을 한 사람들처럼, 배를 째어 본 경험이 있는 사람들은 대체로 다 물 위에 떠오른단다.

다음으로는 음식물 중에서 몇 가지 가려먹을 것에 대해서 알아본다.

요즘 한창 제철로 맛이 있는 정구지(부추)가 인체에 좋다고 강조하신다. 정구지를 먹고 나면 내장의 이상 물질이나 위장 벽면에 끼인 각종 노폐물 등이 깨끗이 청소되는 느낌이 든다는데 바로 정구지가 그 역할을 하는 거란다. 그래서 1주일에 두서너 번 기름장 등에 절여서 먹고 나면 속에 메스꺼운 기분이 가실 것이란다. 하기야 옛날부터 5월 이전의 정구지는 약이라고 전해져 오고 있는 게 신토불이 처방이다.

우리가 평소에 뼈를 튼튼히 해 준다고 해서, 다른 식물보다 칼슘 성분이 많이 들어 있는 바다의 해초류를 즐겨 먹는 편인데, 할배도사의 경험적 견해로는 파래류로 만들어진 음식은 삼가는 것이 좋겠단다. 왜냐하면 환자들을 치료해 보면 많은 사람이 이런 파래류가 위장 장기의 내벽에 붙어서 탈을 내는 경우가 허다하다는 말씀이다.

그래서 자기도 이상하게 여기고 실제로 파래를 사다가 물속에서 시험해 보니, 파래라는 것이 음식물로 입을 통해 들어간 후 한 가닥씩 풀려서 떠돌아다니는 통에 소화기를 거치면서 전부 소화되지 않고 오랫동안 위장 벽에

붙어 문제를 일으킨다는 결론을 얻었단다. 그래서 그런 종류의 하나인 김밥 등도 권해서 즐겨 자실 것이 못 된다는 말씀이다.

또한 손발에 무좀류로 고생하는 이가 있다면, 멍기 주둥이를 얻어다가 그 삶은 물에 손발을 담그면 거짓말처럼 낫는단다.

할배도사는 모든 음식을 익혀서 먹기를 권하고, 따뜻할 때 먹을 것을 권한다. 그래서 특히 생선회를 매우 싫어하시고 이곳을 드나드는 신도들에게는 가능한 한 못 먹게 하신다. 또 생선회를 즐겨 먹다 보면 그로 인한 뒤탈로 생명에 치명적일 수 있다는 것을 누누이 설명했다. 지금껏 많은 환자가 회를 먹고 얹혀서 매우 고생하다가 치료를 받으러 오고 있어서 위장이 부실한 사람들은 회를 먹지 말라는 자기의 주장을 믿어야 한단다.

싱싱한 생선회가 어떤 위력을 가졌느냐를 시험 삼아 이런 경우에 이용해 보란다. 만약 시골에서 논밭을 매다가 거머리나 각종 독해충류에 물려 살이 썩어 들어가는 어려운 지경에 처해 있을 때 붕어 등의 생선을 찧어서 상처 부위에 발라 하룻밤을 지내면, 그것은 가히 특효약을 방불케 하는 효과를 낼 것이란다. 그 이유는 인체의 소화기관을 통해서만 약물이 섞인 영양을 공급받던 병균들이 난데없이 새로운 경로를 통해 들어오는 신선한 영양분을 발견하고 그 생선살이 붙은 곳으로 전부 모여들기 때문에, 몇 차례 그런 방법을 사용함으로써 인체를 썩힐 정도로 당당하던 병원균을 몽땅 그쪽으로 유도해서 아주 쉽게 해독작용을 하게 되어 상처를 거뜬히 아물게 할 수 있다는 것이다.

그런 이유에서 소화기 계통이 나빠 껄떡거리는 이들이 생선회를 먹었을 나이가 들면서 느끼는 바는 세상에는 별의별 병으로 탈도 많고 그에 못지않게 약도 많다.
물론 현대에 살면서 과학에 의한 현대 의학을 외면하면서 살 수는 없다.
개중에는 병원 문턱을 한 번도 넘어보지 않고 평생을 사는 사람도 없지 않다.

경우는 위장의 가장 약한 부위나 헐어있는 부위에 달라붙어서 자기 살처럼 작용하게 되고, 급기야는 그 부위에 생채기를 만들어 암으로까지 이르는 경우가 있음을 그동안 자기가 치료해 온 경험을 바탕으로 피력하신다.

아무튼 나이가 들면서 느끼는 바는 세상에는 별의별 병으로 탈도 많고 그에 못지않게 약도 많다. 물론 현대에 살면서 과학에 의한 현대 의학을 외면하면서 살 수는 없다. 개중에는 병원 문턱을 한 번도 넘어보지 않고 평생을 사는 사람도 없지 않다.

요즘은 눈만 뜨면 TV 방송매체 등을 통한 광고에서 각종 병과 그에 따른 약 선전이 판을 친다. 그래서 많은 시청자가 하루가 다르게 스스로 약사가 되고 의사가 되어 약을 남용하거나 자가치료에 열을 올리는 것이 현실이다. 앞으로는 의료용 첨단시설과 진단 및 치료 약품에 의한 더 나은 의술이 전개될 것이다. 그렇듯 인체는 유기적 생물체로서 이 세상 어떤 조직체나 기계의 체계보다도 초정밀 구조일 뿐 아니라 영을 포함한 정신적인 영역에 이르기까지 그 어떤 IT기술로도 따라갈 수 없는 신의 창조물이라는 점에서 신비로움을 금할 수 없다.

지금 내 심정으로서는 이제까지 툭하면 약국이나 병원을 찾아가서 약이나 주사에 의지하던 습성을 재고해 볼 필요가 있음을 느낀다. 또한 내과적인 병인 경우는 그 발병의 원인을 한 번쯤은 우리가 일용하고 있는 음식에서부터 찾아보는 습관을 길러야겠다고 생각해 본다.

왜냐하면 우리의 육신을 운용하고 인체를 유지 발육시키는 것이 우리가 섭취하는 음식과 그로 인해서 생긴 에너지로 살아갈 수 있기 때문이다.

스무사흘

죽는 연습들은 그만하고 살고자

자기를 사랑할 줄 안다면 자신을 잘 지켜야 한다.
자기야말로 자기의 주인이다.
자기를 잘 다룰 때, 얻기 힘든 주인을 얻는 것이다.
-「法句經」 중에서

완연한 봄 날씨다. 이른 아침에 대문의 주위를 쓸고 난 후, 가벼운 마음으로 뒷산으로 산책을 나서니 신선한 새벽공기가 청량감을 흠뻑 안기는 나무들 사이로 4월의 아침이 밝아오고 있었다.

'시냇물이 곧 부처의 광장설이요, 푸른 산의 경치가 곧 부처의 몸이니라' 하는 중국 당나라 시인 소동파(蘇東坡)의 시구가 생각난다. 크고 우람한 바위 위에 앉아 조용히 명상에 잠겨 본다. 지금까지의 세속에 찌들었던 한 겹의 허울을 벗어 던지고 다시 태어나는 삶을 살려면 지금부터라도 힘들고 가파른 길을 가듯이 전진하며 살아가야 함을 깨닫는다.

반백년을 살아온 지나간 삶을 되돌아보노라니 너무나 너저분하고 어지러운 인생을 산 것이 아닌가 생각된다. 그리고 할배도사의 주문처럼 이제부터라도 죽는 연습들은 그만하고 살고자 다짐한다.

가만히 생각해 보면, 그래도 내 주위의 남들이 백 가지의 죄를 짓고 살았다 하면 나는 칠팔십 정도로 다소는 얌전히 산 것처럼 자평해 보기도 하지만, 요즘 할배 앞에 가만히 엎드려 회개해 보면 그보다 훨씬 중죄를 짓고 산

> 우리는 영원히 살 것 같은 착각에 머물며 건강, 명예, 돈, 권력 등을 포함해 갖고 싶은 욕망으로 밑도 끝도 그 한계나 범위를 정할 잣대가 없이 제 나름대로 정한 작고 큰 그릇들을 얼른 벌떡 가득히 채워 보려고 앞뒤 가릴 여유도 없이….

기분임은 어쩔 수 없다.

그러나 어쩌겠는가? 그렇게 느낄 때가 가장 이른 시간이라는 것을 알고 제발 이제는 죄 될 일은 하지 말고 사는 길밖에 없지 않은가? 이제부터라도 먹고 마시는 일에서부터 주색잡기(酒色雜技)에 이르기까지 다른 사람들이 평생에 할 몫을 나는 한 번에 모아서 남들보다 조금 일찍 끝낸 것으로 생각하고, '이제, 같은 동작 그만!' 의 자세로 살아가야 하리라.

마치 소에게 풀밭을 그리워하는 타고난 야성이 남아 있어 채찍과 밧줄이 필요하듯, 이 세상을 사는 데 이미 이골이 난 사람들이 일시에 욕심 없이 산다는 것은 매우 어렵다. 정말 부처님이 아니고서는 물심양면에서 무욕(無慾)의 경지에 든다는 것은 우리 중생들로서는 엄청스레 어려운 일이고 만다.

대부분 사람에게 인생에 있어 가장 중요한 것이 무엇이냐고 물으면 대체로 행복한 삶이라고 답한다. 그렇듯 우리는 영원히 살 것 같은 착각에 머물며 건강, 명예, 돈, 권력 등을 포함해 갖고 싶은 욕망으로 밑도 끝도 그 한계나 범위를 정할 잣대가 없이 제 나름대로 정한 작고 큰 그릇들을 얼른 벌떡 가득히 채워 보려고 앞뒤 가릴 여유도 없이 죽기를 작정하고 안간힘을 다해 야단굿을 해대는 판이다.

할배도사도 물론 돈의 위력을 모르지 않는다며 그도 남들처럼 악착스레 돈을 벌려고 들면 부정한 방법에 따르지 않고서도 밤낮으로 노력해서 한 달에 세금 없는 돈, 육칠백만 원은 거뜬히 거머쥘 수 있겠다는 얘기이시다. 또한 그동안에도 돈을 탐했었더라면 거액을 모았을 것이라면서 마음 비운 얘기를 들려준다.

고통이란 살면서 누구나 피할 수 없는 필연적 과정이고, 특히 죽음의 문제가 심각한 것은 죽고 싶지 않다는 본능 때문일 것이다. 현대 의학은 그런 목적을 위해 하루가 다르게 발전하고 있으며, 각종 질병에 시달리는 수많은 사람의 생사를 문제를 다루고 있는 것이 사실이다. 그러나 그런 중에도 이름 모를 원인으로 고통 받는 사람이 많은 것도 사실이다.

지금까지 많은 사람의 심신을 어루만지다 보니 사회적으로 고명한 사람들도 많이 만나게 되고 명성만큼이나 재력도 있는 분들이라, 할배도사의 인술로 인해 큰 효험을 보았던 사람이 많았던 것은 들어 아는 사실이다. 그런 분 중에는 고마움에 답해 금전적인 사례를 표시해 오기 마련인데 모두 딱 부러지게 극구 사양하고 귀천의 차별 없는 정해진 수준에서 벗어나지 않았다고 한다.

Y전문대학 이사장님도 거기에 속하는데 금전적인 혜택보다는 다음에 어려운 상황에 부닥치게 되는 경우 사회적 지위나 명성을 빌리겠노라 하여 한 차례 덕을 본 일도 있음을 솔직히 말해 주기도 했다.

그 외에도 이 세상에 귀한 것 없이 번지르르하게 살던 사람 중에서 암과 같은 무서운 병에 걸리게 되자 돈이나 명예보다는 건강이 우선임을 알고 병을 고치기 위해 온갖 수단과 방법을 다 하다가 종국에는 할배를 찾아와 다른 곳에서 못 본 효과를 거두었다 싶은 감사한 마음으로 집을 지어 주겠다느니 절을 지어 주겠다는 거부들도 많았단다.

또 어떤 분은 국산 승용차로서는 가장 좋다는 6기통짜리 '그라나다'를 사다가 안기는 사례도 있었다고 한다. 그러는 사람들이 다 돈 자랑을 하려

돈이나 명예보다는 건강이 우선임을 알고 병을 고치기 위해
온갖 수단과 방법을 다 하다가 종국에는 할배를 찾아와 다른 곳에서 못 본 효과를
거두었다 싶은 감사한 마음으로 집을 지어 주겠다느니 절을 지어 주겠다는 거부들도 많았단다.

는 뜻에서 그런 것이 아니고 보면, 돈보다도 더 귀한 것이 무엇인가를 알아야 한단다.

물론 돈 이야기가 났으니 말이지만 인간이란 지금의 절박한 순간에는 큰 득을 보아 귀한 은인(恩人)처럼 여기다가도, 또 어느 정도 시간이 흐르고 나면 지난날의 고마운 마음이야 퇴색되어 가도록 잘 길들어 있기 마련이란다.

그래서 물심양면으로 거절하게 되는데 이런 일을 빌미로 필요 이상의 도움을 받으면 받은 사람은 받은 사람대로 마음이 야리어져서 남에게 폐를 끼친 듯한 마음으로 늘 기죽어 사는 처지가 되고, 베푼 사람은 그 나름의 입장에서 다시 이용하려 들거나 거드름을 피우게 된다는 인간의 습성을 모르는 바 아니다.

하여간 물욕에 오염되지 않는 마음으로 살아갈 수 있다면 그것은 부처님의 가르침을 그대로 실행하는 참된 삶이겠건만, 범인으로서는 그 정도를 얼마나 줄이고 사느냐이지 진정 심신을 죄다 비우고 살 수는 없는 노릇이겠다. 이러한 참된 가르침에 대해서 뒤늦게사 조금씩이라도 마음 사리고 귀 기울이며 마음속에 깊이 새겨서 비록 작은 일일지라도 한 가지씩 실천하려고 드는 긍정적 마음이 생기는 데 대해서 나 자신도 스스로를 의심스러워한다.

최근 들어 평소 마음먹었던 일에서부터 커다란 변화를 일으키는 일련의 조짐들이 나 자신이 갖는 의지력에서라기보다는 나도 모르게 자연스레 이뤄지는 경우들이다. 아마도 이러한 것은 눈에 보이지 않는 할배의 무궁한 조화 때문에 보살핌으로 믿고 싶다.

그래서 할배도사의 가르침이 옳게만 여겨지고 무심결에 그 말씀들을 잘 듣고 실천해 가려 드는 마음이 제자리 잡아드는 것 같다. 이제부터라도 할배가 덤으로 줬다는 연장된 생명에 대해 늘 고마운 마음을 지니고 얌전히 살아야지, 아무렇게나 마음 내키는 대로 살면 당장 벌을 받게 된다고 잔뜩 겁을 주신다.

특히 주의할 일은 남들이 나더러 악담하거나 해코지를 해 올 때 나도 덩달아서 보복적인 언사나 막말 따위는 절대로 금하고 살라 하신다. 만약 내 입에서 그에게 해가 미치도록 주문하는 날이면 당사자는 사흘 안에 당장 악운이 닥치거나 거덜 나게 되므로 그런 짓이 당장은 미운 사람에 대한 앙갚음이 되어 마음이 후련할는지 몰라도, 또 다른 죄를 부르게 되는 일이므로 함부로 입놀림을 말란다.

부처님은 구업(口業)이 신업(身業)에 못지않은 죄라고 했다. 이런 충고는 우연의 일치인가는 몰라도, 칠팔 년 전에도 한 처녀 무꾸리로부터 이와 꼭 같은 말을 들은 바 있는데, 내 운명이 그렇다면 그러고 살아야지 별수 있겠는가?

늘 언행을 가다듬고 살기로 입다짐은 하지만 수양과 인격으로 다스려야 할 일이기에 다시 할배 앞에 엎드려 스스로 마음을 다스리며 살아갈 수 있는 지혜를 주십사 하고 빌었다.

저녁 시간에는 일본인 K씨와 온천장 N호텔에서 뷔페식으로 저녁을 하면서 최근 나를 보는 그의 시각에 귀 기울여 본다. K씨는 동남아 일원이 사업 영역이기 때문에 홍콩에도 예전부터 잘 아는 사업가가 있어 최근 그분의 초

부처님은 구업(口業)이 신업(身業)에 못지않은 죄라고 했다.
이런 충고는 우연의 일치인가는 몰라도, 칠팔 년 전에도 한 처녀 무꾸리로부터
이와 꼭 같은 말을 들은 바 있는데, 내 운명이 그렇다면 그러고 살아야지 별수 있겠는가?

청이 있어 가 보았더니 사업이 매우 번창해져서 은행까지 운영하더란 얘기를 하면서, 지금의 나를 보니 그분 생각이 나서 그런다면서 다음과 같은 이야기로 서로 웃었다.

그분은 지금 80대로 현직 회장이지만, 5,60대일 적에는 둘이서 어깨동무를 하고 홍콩의 번화가를 누비고 다니면서 실컷 마신 일이 몇 차례 있었단다. 그러나 최근에 그곳에 가서 초청받아 참석했던 만찬회 석상에는 그가 거느린 그룹 회사의 내로라하는 중역들이 다 모였고, 자기가 보기로는 팔진미가 다 얹힌 듯 상다리가 휘어질 정도의 성찬이었는데도 그는 젓가락질 한 번 마다하고 우롱차만 홀짝거리며 앉았더라는 얘기다.

그래서 인생의 무상함을 재삼 느꼈노라면서, 나도 그런 경지에 든 게 아닌가 해서 둘이서 한바탕 박장대소하고 웃었다.

아무튼 오늘 저녁 나에게는 그 많은 음식이 그림의 떡일 뿐, 호박죽 한 그릇에 커피 한 잔이 거금 일만 칠천 원에다 세금 별도의 비싸기 이를 데 없는 식사였다. 그러나 K씨께서 나를 의식하지 않고 잘 드시므로 해서 나 또한 배불리 잘 먹은 것 같고 대접 잘한 기분이라서 흡족한 느낌이 든다.

스무나흘

참는 자에게 복이 있나니

세상살이에 곤란 없기를 바라지 말라.
곤란이 없으면 업신여기는 마음과 사치한 마음이 생기나니,
근심과 곤란으로써 세상을 살아가라.
-「寶王三昧論」 중에서

아침 여섯 시께 혼자서 식사 전에 산책 삼아 뒷산으로 등산하였었다. 이렇게 시작한 것이 오늘이 3일째가 된다. 비닐주머니 하나를 마련해서 오르는 산길에 어지럽게 흩어져 있는 휴지나 빈병 등을 주웠다. 이 조그마한 일도 비록 혼자서 하는 것이지만 계속하다 보면, 아침마다 등산하는 사람들의 기분도 나쁘지는 않으리라.

일요일은 치료받을 사람들이 다른 날보다 많이 몰려드는지라, 아침 식사를 서둘러 마치고 일찍 갔는데도 우리보다 더 일찍 온 사람들로 말 그대로 문전성시를 이루고 있었다. 시간에 쫓겨 기다릴 수 없는 바쁜 날은 할배 앞에 절만 하고 가도 치료를 받은 것이나 다를 바 없다고 하지만 그래도 사람들 마음은 그렇지 않은 것 같다.

어제도 중식시간을 이용해 치료를 받으러 갔었으나 치료를 받기 위해 기다리는 사람들로 북적대고 있어 회사로 되돌아오고 말았다. 때때로 할배도사께서는 내가 바쁜 몸인 줄을 알고 남보다 치료를 먼저 해 주는 때도 있지만 그것도 한두 번이지 자주 그렇게 하게 되면 기다리느라 몸이 달아있는

> 체중을 줄인다고 적절히 운동하고 나면 식욕은 더 당기기 마련이었고,
> 우선은 위장에 펑크 난 곳이 없는 데다가 별다른 소화장애도 없으니
> 먹는 게 한정으로 살찌고 배불뚝이가 되기에 십상이었으리라.

사람들에게 욕 듣는 일이 되고 말기에 다소 시간적 여유가 있을 때를 골라서 간다.

물론 어떤 날은 내 안사람이 차례를 지키며 기다렸다가 내 차례와 바꾼 날도 더러 있었지만 늦게 온 사람들은 그런 줄도 모르고 미간을 찌푸리며 이해 못하는 것 같아 마음이 쓰이곤 했다.

오늘따라 대문이 열려 있지 않은 데다가 날씨마저 쌀쌀한 감이 들어 일찍 찾아온 사람들은 대문 밖이며 타고 온 승용차 속에서 우두커니 기다리는 판인지라, 먼저 와 계시는 K사장께 늦은 이유를 물었더니, 새벽 늦게까지 사경을 헤매던 어린애를 치료하시느라 늦게 잠자리에 드셨기에 댁에도 못 가시고 할배 방에서 J사장과 같이 이제껏 주무시고 계신다는 것이었다.

밖에서 선 채로 할배 모셔놓은 쪽을 향해 절을 올리고 가까운 곳에 있는 목욕탕으로 갔다. 몸을 씻은 후 저울 위에 오르니 70kg대를 훨씬 벗어난 69.0kg이라는 숫자를 가리킨다. 어제 아침에 매고 다니던 가죽 허리띠에 구멍 하나를 더 뚫긴 했어도 이렇게 빨리 체중이 내려갈 줄은 정말 몰랐다.

목욕탕을 나오면서 믿기지 않아 손가락을 접어 가면서 빼고 보태며 헤아려 보는 무언의 촌극을 벌이기도 했을 정도다. 그토록 안간힘을 써 가면서 살을 빼 보려고 노력해 보았지만 어렵던 일이 아니던가? 체중을 줄인다고 적절히 운동하고 나면 식욕은 더 당기기 마련이었고, 우선은 위장에 펑크 난 곳이 없는 데다가 별다른 소화장애도 없으니 먹는 게 한정으로 살찌고 배불뚝이가 되기에 십상이었으리라.

어젯밤에도 A호텔에서 열렸던 처이모님의 회갑연에서 만난 사람 중에서

나를 아는 분들, 그리고 온천장의 L뷔페에서 만났던 내외간에 매달마다 모이는 대학 동기들조차도 살이 빠진 사실에 대해서는 수긍을 하면서도 치료방법에 관한 나의 설명에는 설마 그렇겠냐는 식이었다. 마음속으로는 '살찐 이 친구들 훗날 두고 보자' 라는 혼자만의 중얼거림을 삼킬 뿐이었다.

차례를 기다리는 시간 동안에 회사에 들러 일직자들과 더불어 마당에 물청소하는 등 두어 시간을 보낸 후 낮 1시가 지나서 치료를 받았다.

마루에 앉아 차례를 기다리는 동안, 거의 하루도 빠지지 않고 밤낮으로 여기에 와서 살다시피 하는 이곳의 선배들에게 요 며칠 새는 때때로 머리가 어지럽다고 했더니, 치료 기간에 그런 시기가 있더라고 하면서 진득이 참고 치료를 받아보라는 자기의 경험담을 일러준다. 완전히 혈이 통하기까지는 그런 증상이 있다가 치료를 다 받고 난 후에는 머리가 개운하기 이를 데 없게 되더라는 것이다.

오늘은 내 몸을 만지면서 음식을 잘 먹어준 데 대해 고맙단다. 그러고 보니 오늘은 나를 치료하는 사이에 한 번도 메스꺼워하는 몸짓을 안 하셨다. 이렇게 하라는 대로 잘 따라주기만 하면 치료 기간이 빨라진다는 것이다. 하물며 남을 가르치는 처지에 있는 자가 할배의 말씀을 안 들어도 되겠냐는 대답을 남기고 문을 나서면서도 실로 짧은 20여 일 동안에 심신이 많이 변했음을 나 자신도 안다.

엊저녁만 하더라도 예전 같아서는 먹을 복이 터졌노라고 여기고 실컷 먹고 마실 두 모임이었지만, 앞의 잔치에서는 물 한 컵과 사이다 반 컵으로 자리를 때웠고, 뒷모임에서는 쑥국에 잡곡밥 몇 젓가락으로 만찬을 마친 셈 오늘은 내 몸을 만지면서 음식을 잘 먹어준 데 대해 고맙단다.
그러고 보니 오늘은 나를 치료하는 사이에 한 번도 메스꺼워하는 몸짓을 안 하셨다.
이렇게 하라는 대로 잘 따라주기만 하면 치료 기간이 빨라진다는 것이다.

이다. 거기에다 행사가 다 끝난 시간에는 20여 분 걸려 집까지 걸어서 왔으므로 소화를 죄다 시킨 후에 속이 편한 상태로 잠자리에 들게 된 셈이 되었고, 또 아침은 죽을 먹어 속을 편하게 했으니 칭찬을 들을 만했다.

정말 하늘이 도와서 좋은 의사 선생님을 만났고, 늦게나마 바르게 사는 길이 무엇인가를 조금씩 깨우쳐 가며 살게 되었다고 생각한다.

스무닷새

쓰면 쓸수록 발달한다

아름드리나무는 털끝만한 싹에서 나온다.
9층 다락도 한 삼태기의 흙에서 시작된다.
천리길도 첫 발자국에서 시작된다.
-「老子」 중에서

치료를 받는 중에 몸에서 노폐물이 많이 분출되나 보다. 아마도 활발한 신진대사가 이뤄지고 있다는 좋은 징조로 보고 싶다. 목욕하고 갓 나와서 입었던 러닝셔츠를 다시 입으려다 보니, 목 언저리 부분에 누르스름하게 때로 얼룩져 있고, 가까이 코를 갖다 대니 속이 매스꺼울 정도의 역한 땀 냄새가 났다. 그래서 아예 만년 셔츠 차림새로 맨살 위에 웃옷만 걸치고 목욕탕을 나섰다. 이처럼 노폐물에 의한 얼룩이 표가 날 정도로 신진대사(新陳代謝)가 활발하니 과히 옹골찬 치료효과라 보지 않을 수 없다.

사람 중에는 나름대로 별난 습성을 가지고 있는 경우가 더러 있다. 나는 예전부터 목욕하는 것을 즐긴다. 하루라도 목욕을 거르는 날이면 찝찝해서 못 견디는 성미다. 게다가 아침에 입은 내의라 할지라도 목욕 후에 갈아입어야 하는 경우도 더러 있는데, 그런 경우는 어떤 모임에서 동석했던 골초들이 내뿜은 담배 냄새에 꽤 찌들어 있을 경우이다.

담배를 태우지 않기 때문에 담배 냄새가 역겨울 때가 많다. 막상 손님들이 내 앞에서 담배를 태울 때는 그렇게 싫지도 않고 때로는 향긋한 냄새처

할배도사는 애연가로서의 위치를 고수한다. 그런데 신통한 것은
담배를 피우는 것에 관해서도 역시 도사의 경지에 이른 것 같다. 그렇게 표현하는 이유는
이상스럽게도 담배 냄새에 관한 불쾌감이나 혐오감이 느껴지지 않는다는 것이다.

럼 느껴지기도 하는데, 일단 자리를 떠나 집으로 돌아와서는 옷가지를 죄다 벗어 버리지 않고서는 못 배기는 까탈스런 성미다.

그런데 할배도사가 골초다. 곁에서 보니 하루에도 몇 갑은 될 성싶을 정도로 흡연 양이 많다. 한 사람의 치료가 끝나면 적어도 서너 개비씩은 태우기 십상이다. 그것도 비좁기 한량없는 복도에 마련된 자기 자리에서 피우다 보니 그가 내뿜는 담배 연기는 어디로 가겠는가?

그나마 조그마한 창문 한 짝도 열어놓지 않았고, 때로는 비집고 앉을 틈도 변변치 않을 정도로 북새통인데도 할배도사는 애연가(愛煙家)로서의 위치를 고수한다. 그런데 신통한 것은 담배를 피우는 것에 관해서도 역시 도사의 경지에 이른 것 같다. 그렇게 표현하는 이유는 이상스럽게도 담배 냄새에 관한 불쾌감이나 혐오감이 느껴지지 않는다는 것이다.

그곳에서 몇 시간씩 머물다가 집에 돌아와서 억지로 냄새를 맡아 보면 그제야 향내음과 어울린 담배냄새가 약간 난다고 하는 정도이다. 그래서 무턱대고 그 이유를 물어봤더니만 건강하고 깨끗한 사람이 담배를 피우면 앞 사람이 못 느낄 정도로 냄새가 나지 않는다는 것이다.

처음 그 얘기를 들었을 때는 얼토당토않은 이야기거니 여겼으나 그런 것 같다고 수긍을 하게 된 것은 내 방을 무상으로 출입하는 몇몇 사람 중에서 대상을 골라 관심을 두고 평가해 본 후였다.

흡연하는 방문객 중에서 그들이 용건을 마치고 돌아간 후에 빈 찻잔이나 재떨이를 치우는 등 뒷손질을 하는 비서 C양이 실내에 갇힌 담배 냄새의 강약을 나와 비슷하게 느끼는 것으로 봐서 공통적인 인자가 된다는 점을 확인

했다. 즉 내 기분에 문을 열어 통풍을 시켜야겠다 싶으면 그녀는 어김없이 내 말 떨어지기 전에 문을 열어 놓는다.

한 예로 자주 방문하는 일본인 두 K씨들도 아마 둘째가라면 서러울 정도로 대단한 골초들이다. 요 며칠 그들과 거의 종일 내 방에 앉아 대화를 나누다 보면 꽁초를 치우기 위해 하루에도 서너 번씩은 재떨이 청소를 해야 할 지경인데, 할배도사의 판단 기준으로 보면 그들이 영락없는 건강한 타입이 아닐 수 없다. 또 한 가지는 기호식품인 커피 마시는 습성들이다. 나는 별로 마시지 않는 축이지만 어떤 사람은 속에 진이 끼일 정도로 예사로 마신다. 커피를 자주 마시면 위장의 기능이 좋지 않은 사람들에게는 나쁜 것으로 판단해서 가능하면 마시지 않는 쪽으로 유도하기 마련이다.

그런데 나에게도 하루에 따뜻한 커피를 한두 잔 마시는 게 좋겠다고 하신다. 왜냐하면 이참에 오후께로 머리가 맑지 못하다고 일렀더니 그럴 때는 따뜻한 커피를 마셔 보란다. 종전 같으면 하루에 커피를 두서너 잔정도 마시면 아예 그날 저녁은 잠을 자지 않는 날로 계산하고 억지로 약 먹는 기분으로 마셔야 할 정도라서, 커피는 체질에 안 맞는다고 여겨 마시기를 피해 왔었다. 하지만 며칠간 연달아서 마셔 봐도 아무 탈 없이 머리가 맑아지는 느낌이다.

오늘은 이빨(齒牙)까지 치료해 주신다. 그동안 치아가 부실해서 앞니로는 음식을 씹을 수가 없어서 주로 안쪽의 어금니 이빨들에 부담을 지워 온 터이다. 그뿐만 아니라 찬 음식류는 이가 시려 제 맛을 모르고 우물거리기 일쑤였고, 이제 그런 게 다 나잇값인 양 여기며 후일 정히 곤란해지면 빚을 내

종전 같으면 하루에 커피를 두서너 잔정도 마시면 아예 그날 저녁은
잠을 자지 않는 날로 계산하고 억지로 약 먹는 기분으로 마셔야 할 정도라서,
커피는 체질에 안 맞는다고 여겨 마시기를 피해 왔었다.

서라도 틀니만은 해 넣을 생각을 하고 사는 참이었다. 그런 지경에 이런 나의 잇몸과 아가리에 센 힘을 주어 우악스럽게 만지니 앙다물고 버티는 이빨들이 다글다글 소리를 낸다.

옛날부터 인간의 오복(五福) 중에 치아가 온전한 게 그 하나라 했다. 그렇게 전해지는 참뜻에 일리가 있는 것이 나이가 많아져서도 음식을 잘 씹어 먹게 됨으로써 음식이 갖는 제 맛도 알게 되고, 노경에 기능이 저하된 위장 등에도 부담을 주지 않아 건강에도 좋을 수밖에 없다. 이런 관점에서 그러시는지는 몰라도 다른 분야의 의사는 싫어하면서도 유독 치과 의사는 좋은 일하고 산다며 칭찬이시다. 다시 토를 달자면 인간들의 건강과 만병의 근원이 되는 영양의 섭취를 위해 음식물을 잘 씹어 삼킬 수 있도록 치료해 줌으로써 건강한 시민 생활에 보탬이 되기 때문으로 해석된다.

그동안 살아오면서 먹어서 될 것과 안 될 것을 잘 가리지도 않고, 무르고 여문 것은 고사하고 무조건 씹어 돌린 탓으로 태어날 때 지녔던 좋은 설비를 일찌감치 망가뜨린 죗값은 스스로가 받기 마련인가 보다. 인간의 모든 기관이 다 그렇듯이 쓰면 쓸수록 발달한다는 라마르크의 용불용설(用不用說)이 맞는다고 생각하면서도 때로는 몸 전체로 보아 그 균형을 먼저 생각해야 할 것이 아닌가 여겨지기도 한다.

여하간 어릴 때부터 실천적인 올바른 교육을 통해 바르게 사는 자세가 중요하다고 본다. 그럴 뿐만 아니라 성인이 되어서도 자기 자신을 마인드 컨트롤(Mind control)할 수 있어야 심신을 오래도록 건강하게 보전하는 길임을 누누이 강조할 따름이다.

스무엿새

제 분수에 맞게 살라

내가 하기 싫은 일은 다른 이에게 시키지 말라.
길이 서로 다르면 함께 일을 도모할 수 없다.
-「孔子」 중에서

J사장네가 N동으로 이사를 했기 때문에 할배도사를 포함해서 이곳에서 알만한 분들 모두가 그곳으로 가버려 오늘부터 시행하기로 하고 미리 짜놓은 개인별 치료 시간으로 약속된 7시에 치료를 못 받게 되었다. 그러던 참에 마침 어저께 부친상(喪)을 당한 막내 제수씨의 친정댁 상가에 가서 조문했다.

우리 3형제 내외가 사전에 의논했던 대로 거의 같은 시간에 상가에 닿아 명복을 빌고 돌아오는 길에 혹시나 하고 다시 들른 것이 늦게까지 우리 세 식구가 모두 다 치료를 받을 수 있는 계기가 되었고, 할배도사가 공부할 시간이 넘었는데도 마다치 않고 치료를 해 주신다. 마지막 손님인 데다 할배도사의 좋은 얘기를 귀담아듣다 보니 문을 나설 때는 자정이 넘은 시간이었다.

저녁 아홉 시나 되어 공부(염불하며 참선하는 것)를 마친 K사장이 공장을 둘러보러 가기로 부인과 약속한 시각이어서 나가보겠다고 아뢴다. 서둘지 말고 만사에 침착하라고 하면서 제단 옆에 있던 바나나가 담긴 봉지를 꺼내

종업원 네다섯 명밖에 안 되는 회사의 사장실이라는 게 좁게 잡아 할배 방의 세 배 정도 크기였고,
그 썰렁한 분위기 속에 왜소한 사장이 커다란 책상 앞에 파묻혀 있는 모양새이니,
이런 직장 분위기에 무슨 조화로 화기가 돌며 화목한 직장이 되겠냐는 진단이 나오더란다.

주시며 종업원들에게 갖다주란다. 평소에 안 하던 일련의 그런 일들을 보면서 처음에는 의아한 생각이 들었는데, 할배가 그렇게 하도록 시킨 일임을 뒤에서야 알았다.

오늘 밤 처음으로 암행어사라는 이야기가 나올 때만 해도 무슨 얘긴지 궁금해 했었는데 나중에 알고 보니 이 집에서 수제자처럼 행동하는 J사장을 비롯한 두 K사장의 공장을 할배도사가 불시에 찾아가서 육감적으로 느끼는 바에 대해 잘못된 것을 나무라거나 시정토록 하는 현지답사를 말하는 것이었다.

금주에 들면서 낮에는 J사장의 사무실을, 밤에는 K사장의 공장을 급습하여 두 사장의 눈에서 눈물이 나도록 나무라고 왔다는 얘기를 할배도사에게 직접 들었다. 그런 내력을 들어보니 한 분은 작년 이맘때에 믿었던 친구가 은행에 예금한 돈을 몽땅 빼내서 도주하는 바람에 많은 재산을 축내고 충격(衝擊)을 받아 병이 나게 되자 이곳을 찾아오게 되었단다.

흔히 하는 말로 연대가 맞았는지 처음부터 치료효과가 좋아 그에 대한 고마움으로 할배 앞에 내놓는 치료비조의 시줏돈의 액수가 10만 원 단위여서 돈의 가치도 모르는 자들에게 벌을 줘야겠다는 생각으로 그동안 그가 치료비조로 내어놓았던 돈다발을 그들 부부 내외 앞에 집어던지는 소동이 한 차례 있었단다.

"돈이 있으면 얼마나 있으며, 그게 다 네 돈이냐?"

그렇게 고함을 질러 돈의 가치나 귀중함을 알라고 가르친 일이라 부언한다. 일전에 그의 사무실을 졸지에 찾아간 것도 그가 어떤 자세로 회사를 경

영하고 있는지 보러 간 것으로 종업원 네다섯 명밖에 안 되는 회사의 사장실이라는 게 줍게 잡아 할배 방의 세 배 정도 크기였고, 그 썰렁한 분위기 속에 왜소한 사장이 커다란 책상 앞에 파묻혀 있는 모양새이니, 이런 직장 분위기에 무슨 조화로 화기가 돌며 화목한 직장이 되겠냐는 진단이 나오더란다.

그리고 경리담당 아가씨가 손님 접대용으로 엉겁결에 덜렁 가지고 나온 커피도 프리마와 커피가 잘 섞이지 않은 미지근한 채였으니 까다롭기 그지없는 할배도사 앞에서 그것이 그냥 통과될 수 없었으리라는 것은 생각해 보나마나 뻔한 일이다.

당장 사무실을 줍히고 전 직원이 오순도순 같이 앉아 일할 수 있도록 축소하라고 무턱대고 명령하니, 그냥저냥 방의 크기만 줄이라는 줄 알았겠지만 실은 사무실 내에 훈훈한 사람의 정기가 흐르지 않고 냉랭한 찬 기운만 감돌아서 그렇게 처방을 했다는 것이다.

이러한 조화의 원리는 참으로 감복할 만한 것으로 중요한 가르침이다. 우리 집에서도 나를 빼고는 온 가족이 생활하기 편리한 아파트로 이사를 하자고 밤낮으로 노래한다. 사람은 흙냄새를 맡고 살아야 하고 무의식중에라도 좋은 공기와 맑은 물을 마시며 흙 위를 걸어야 한다는 게 평소 이사를 하기 싫어하는 나의 주장이다.

할배도사도 내 의견에 동감이시다. 넓은 공간에 가족이 흩어져 있으면 화기(和氣)가 없어 집안에 들어가도 썰렁하여 들어왔던 복도 되돌아 나가기에 십상이란다. 또한 가족 간에서도 부모가 몸에 기가 약할 때는 자식이 그것

남에게 잘 사는 티 안 내고 오순도순 사는 것이 행복한 삶을 꾸려 나가는 데 아무런 문제없음을 안다면, 남의 눈이 무서워 잘 사는 체하는 우리나라 사람들의 별스럽고 고약한 심보를 뜯어 고칠 수 있을 것 아닌가 싶어진다.

을 보충해 주고 때로는 그 반대일 수도 있어서 이것이 다 우주조화로 이뤄지기 때문인데, 불쌍한 인간들은 손가락 하나도 꼼짝하지 않고 사는 방법으로 자기의 운동량을 줄이려 드니 그게 건강하고 행복한 삶이 되겠냐는 말씀이시다.

오늘 이사한 J사장댁에 들렀을 때도 방에 양변기가 딸리고 샤워 시설까지 되어 있길래 참 편리하고 좋겠다고 부러워하자마자 할배께서 도인의 욕심을 나무라기에 곧바로 사죄하고 나서 급히 문을 닫고 밖으로 나와 버렸다는 할배도사의 얘기다.

요즘 세상에 돈깨나 있는 사람이라면 수십 평의 고급 빌라나 아파트에 차를 두어 대씩 가지고 삐까번쩍하게 의당히 그렇게 하고 사는 것이 보통이련만, 그래도 J사장은 생각보다는 작은 아파트로 이사를 했다기에 할배 공부를 잘한 분으로 느껴졌다. 왜냐하면 31평짜리 아파트라고 해 보았자 수십억 지닌 사람들에게야 코끼리 비스킷일 터이니 말이다.

이렇게 남에게 잘 사는 티 안 내고 오순도순 사는 것이 행복한 삶을 꾸려 나가는 데 아무런 문제없음을 안다면, 남의 눈이 무서워 잘 사는 체하는 우리나라 사람들의 별스럽고 고약한 심보를 뜯어 고칠 수 있을 것 아닌가 싶어진다.

최근 들어 호화의 극치를 달리는 고급스러운 주택에서 제 분수도 모르고 똑소리 나게 사는 사람들이 너무도 많다는 것이, 어쩌면 우리의 사회에서 양심껏 노력해 벌어먹고 사는 사람들에게 좌절을 안겨 줌으로써 그 여파가 오늘날의 가진 자와 못 가진 자와의 사이에 메꾸기 힘든 커다란 골을 새겨

놓은 것 같다.

좌우당간 이곳에 드나드는 신도들은 누구를 막론하고 검소하게 살기를 바라는 탐욕(貪慾)에 관한 할배의 기본 가르침을 저버리면 매우 혼이 난다는 일침이시다. 이런 얘기 끝에 할배도사께서 내 안사람께도 과욕을 부리지 말라고 몇 마디 꾸중했나 보다.

집에 돌아와서까지 심투룽했던 이유는 순전히 내 탓이었다. 괜스레 앞으로 1년 후에나 있게 될 운 좋게 당첨된 57평짜리 아파트로 이사를 할 계획이라는 얘기를 입 싸게 미리 해서 욕심을 부리지 말라는 핀잔까지 듣게 함으로써 심기를 불편하게 했다고 하여 온종일 뾰로통한 기분이었던 것이다.

물론 당신 혼자 편히 지내려고 한 짓은 아님을 아는지라 다소 언짢은 기분이 들더라도 분을 삭이며 살자구요.

스무아흐레

스물한 자의 글귀와 여덟 송이의 연꽃

하루라도 착한 것을 생각하지 않으면
모든 악한 것이 다 일어난다.
-「莊子」 중에서

인간으로 태어나 고난의 길을 걸어보지 않고서는 진실한 삶이 무엇인가를 모른다. 어렵게 얻지 않은 결과는 값질 수 없다는 것도 안다. 그런데도 이 세상일이라는 게 모든 사람에게 골고루 베풀어지는 게 아니라는 데에 문제가 있다.

오늘은 할배도사가 젊은 나이에 별로 해 보지 않은 일이 없을 정도로 궂은 일, 힘 드는 일로 점철된 고된 청소년기를 보내야 했던 쓰라림을 필설로 다 말할 수 없다면서 지난날의 회고담을 들려준다.

빵 한 조각을 얻기 위한 고된 노동, 옷 한 벌을 갖기 위한 땀 흘림, 방 한 칸을 장만하기 위한 피나는 노력, 해도 해도 끝없는 그가 걸어온 고행의 길이 하도 험난해 죽음으로 가는 길목에서 네댓 번이나 망설이기까지 했다.

그렇듯 마지막 생과 사의 갈림길에서 헤어나질 못하고 있을 때 스승인 할매도사를 만나 부처님의 가르침을 듣고 열심히 공부하는 과정에서 부처님으로부터 스물한 자의 글귀와 여덟 송이의 연꽃을 받음으로써, 지금과 같은 새로운 삶을 얻는 계기가 되었으며, 그 대가로 또 다른 고행길을 걷게 된 것이라고 역설하신다.

불쌍한 사람이 길을 가다가 물 한 모금을 달래도 정성을 다하고, 길을 묻는 사람에게도 성의를 곁들이라는 것은 그때의 상황에 자기가 처해 있음을 바꾸어 생각해 본다면 잘 알 수 있는 경우이리라.

그 어려웠던 시절 골목마다 집 앞에 내어놓은 쓰레기통을 뒤져 빈 병을 줍던 시절에 있었던 일들로 꼭두새벽에 남의 대문 앞 삽짝거리에서 낡아빠진 고물 수레를 끌며 덜그덩거리노라면 혹시 좀도둑인 양 여기고 선잠을 깨운 데 대한 아니꼬운 기분으로 투덜거리는 사람들도 쌔고 쌨더라는 한심스럽고 비정한 세상을 회고한다.

그런가 하면 한 편으로는 남들은 편히들 잠자는 시간에 이토록 더러운 쓰레기를 치우느라 고생이 많다면서 그동안 다락이나 헛간 안에 차곡차곡 정성껏 모아 간추려 두었던 파지류나 고물들을 마음먹고 건네주는 이들도 있더란다. 그럴 때는 그러고 사는 보람과 아직도 메마르지 않은 인간의 고마운 정에 코끝이 찡해지는 것을 느끼면서 자기도 모르게 복 받으시라는 감사의 표현이 마음속에서 우러나오더라는 것이다.

살다 보면 어찌 그런 일이 한두 가지뿐이겠는가? 그런데 이 세상에는 동냥은 못 주면서도 쪽박마저 깨어버리는 양반들이 얼마나 많은가? 이곳을 밤낮으로 드나드는 K사장이 할배도사더러 최근에 와서 자기 회사에 도둑을 키우는 기분이 드니 한 번 와서 봐달라는 부탁을 받고 일전에 야간을 이용해 암행어사 노릇을 했다는데 회사에 들어가 보니 엉망진창이더라는 것이다.

사장의 무성의에서 비롯하는 것임을 힐책하고 도둑을 의심하는 기본 정신이
틀려먹었다고 꾸중했다는 그것과 지금부터라도 종업원에 대해
관심과 애정을 갖고 진정 가족처럼 곁에서 돌보라는 처방을 내렸단다.

경비실에는 야간에 경비하는 자도 없고, 작업장에는 빈 기계만 헛돌고 있는 상황에다 평소에 못 보던 낯선 외인이 나타났는데도 누구냐고 물어보는 사람이 없을 정도이니 그 회사에서 밥 벌어먹는 사람들이 이렇게 주인의식이 없어서야 어찌 한 집안 식구라 할 수 있겠으며, 도둑을 지키는 일에서부터 재산을 아끼고 모으는 일에 이르기까지 한 마음일 수 있겠는가 하는 반문이었다.

그래서 급기야는 사장을 호출하여 이러한 회사야말로 사장의 무성의에서 비롯하는 것임을 힐책하고 도둑을 의심하는 기본 정신이 틀려먹었다고 꾸중했다는 그것과 지금부터라도 종업원에 대해 관심과 애정을 갖고 진정 가족처럼 곁에서 돌보라는 처방을 내렸단다.

그래서 어젯밤에 야식을 준비시켜 부인과 더불어 회사를 찾아가게 했었고 부인에게는 사장 사모님 티가 풍기지 않게 입술에 빨간 루즈를 말끔히 지우고 허름한 바지를 걸치고 가라는 세세한 당부까지 하게 된 것임을 곁에서 들어 알게 되었다.

이 얼마나 간단하고 함축성 있는 처방인가? 결국 그들도 인간이라는 것이다. 없는 자의 설움을 그들 곁에서, 또한 그들의 처지에서 보아주지 않으면 이해할 수 없는 일임을 잘 안다. 듣기로는 신발의 부품을 생산 공급하는 K 사장도 한때는 번화가의 술집 거리를 번데기 주름잡듯 재고 다닌 사람이었단다.

그가 할배도사 앞에 무릎을 꿇고 양순한 불제자가 되기까지는 숱한 사연이 있었겠다 상상했는데, 그 궁금증에 대해 옛날 얘기 삼아 간추려 들을 수

가 있었다.

요즘처럼 너른 세상에는 수억 원의 재산과 젊음만 있으면야 술과 여인은 저절로 따르기 마련이고 얼마든지 즐기며 잘 나갈 수 있다. 거기에다 마음만 먹으면 가정문제는 돈 벌기 위한 사업상이라는 구실을 달거나 회사 일을 핑계 삼아 적당히 담치고 울쳐서 따돌리고 한 달 중에 보름은 외박질이라면 그 가정에 참다운 행복이 깃들 수 있을 법한 일일까?

돈 많고 시간 남는 졸부들은 부지기수로 많은 놀이 놀음에 인생을 진탕스럽고 욕되게 살기 마련인데, 그중에서 훗날 염라대왕께 불려가서 마땅한 죗값을 꼭 치르게 되는 것이 부처님의 가르침인 오계(五戒) 중의 하나인 사음(邪淫)을 말라는 말씀을 어기는 경우란다. 이승에서 여색(女色)을 많이 밝힌 일로써 심한 자는 그 도에 따라서 당대냐 아니면 후대에 가서 벌을 받기 마련이란다.

평소에 많이 보는 사례이긴 한데, 둘이야 인생을 즐기는데 남의 눈치를 볼 겨를이 없는 일인인지도 모르겠지만 더러는 그것이 눈물의 씨앗이 되어 남의 가슴에 못을 박는 일이 되고, 남의 가정을 파탄시키는 일임을 안다.

K사장은 어쩌다 커다란 교통사고를 입게 되어 자기는 몸 한 구석의 뼛속에 철사로 꿰매어야 했고, 부인은 한쪽 팔을 절단해야 하는 액운을 당하게 되자 극도로 당황한 나머지 모친을 따라 이곳을 찾게 되었다.

몸은 비록 불편하다손 치더라도 그동안 돈의 위력으로 다져진 가진 자로서의 몸과 심성으로 처음 이 방안을 기웃거렸을 때 그의 심정이 어떠했겠는가는 능히 점칠 수 있을 것 같다.

몸은 비록 불편하다손 치더라도 그동안
돈의 위력으로 다져진 가진 자로서의 몸과 심성으로 처음 이 방안을 기웃거렸을 때
그의 심정이 어떠했겠는가는 능히 점칠 수 있을 것 같다.

한편 할배도사의 처지에서 보면 할배를 모신 이 방에 들어온 그를 바라보았을 때 첫눈에 비앙거려 주고 싶었다니 할배도사의 눈에는 그의 육신이 얼마나 속세에 찌들고 썩어 있음을 보았겠는가?

그때 그의 대차고 겁 없어 보이던 마음가짐과 행동거지를 보고 절대로 받아들이지 말라는 할배의 명을 따라 치료를 거부하고 내보내려는데 이미 저승 사람이 되어있는 그의 부친의 혼백이 찾아와 살아생전에 여자관계로 자기가 저지른 죗값을 자식에게 이르기까지 저렇게 할 수야 없다면서 피눈물 나는 애원을 하기에 마지못해 화를 삭이며 할배께 간곡히 청원하여 그를 받아들이게 되었고, 그때부터 마음을 바꾸어 지금까지 다스려 왔단다.

산다는 것…. 그 의미가 참 어렵다.

서른 날

길을 아는 것과 그 길을 가는 것은 다르다

어리석은 사람은 부귀를 근본으로 알고 그걸 탐한다.
함에서 얻어진 부귀는 곧 파멸을 바란다.
마치 파초가 열매를 맺으면 시들어 버리는 것과 같다.
–「佛經」 중에서

사람들이 마음을 비운다는 얘기를 허구한 날 쉽게들 하면서도 실제로 마음속 깊은 곳에는 욕심꾸러기 놀부를 빰칠 정도로 욕심의 꾸러미가 주저리 주저리 다발을 짓고 있기 마련이다. 하긴 인간에게 욕구를 충족시키고 싶어 하는 의욕이 없다면 이 땅 위에 어떠한 진보나 발전도 기대하기가 어려울 것이다. 먹고 살기 위한 기본적인 물질적 욕구에서부터 자기성취의 고단위 정신적 욕구에 이르기까지 심신에 가득히 채우고 싶은 욕망의 대상도 많으리라.

삼단처럼 어지럽게 엉켜 있는 실타래 같은 복잡한 이권 관계를 그래도 한 올씩 부지런히 매듭을 풀어가며 가리고 사려서 순리를 따라 차곡차곡 욕심의 광주리를 채워가려는 사람들이 있는가 하면, 개뿔 같은 양심 따위는 아예 개밥그릇 다루듯 팽개쳐 버리고 기왕지사 모질게 먹은 마음 변하기 전에 어차피 난장판에 벌인 춤인 양 거드름을 피우는 모양새로 때로는 겸양과 아부가 적절히 어우러진 목소리를 섞어가며 우선은 자기의 배 채우는 게 장땡이라는 식으로 이 세상일들을 비렁뱅이 발싸개처럼 우습게 여기고 사는 족 지금 자기가 처한 상황보다 더 나은 삶을 살아가려는 개인으로서의 범상적인 욕구와 개인은 물론이거니와 공익을 앞세운 더 큰 보람과 목적에 기초를 둔 위업의 성취를 향한 욕구 없이는 사람이 산다는 데 의미가 없을 것 같다.

속들도 가당찮게 많다.

그러나저러나 종국에는 너나 가릴 것 없이 순서만 약간 다를 뿐 깡그리 자기의 육신을 이끌고 무덤에 이르게 되는 것이 인생인지라, 주어진 삶을 산다는 것이 그렇게 교과서적일 수만은 없다고 본다. 평범한 사람들에게는 마음을 비운다는 사실이 무던히도 어려울 수밖에 없는 것이 인간도 역시 감정을 가진 동물이기 때문이라고 생각한다. 남보다 좀 더 잘 살기 위한 노력이 결코 나쁠 순 없지만 그러기 위해 저마다 선택하는 수단과 방법에 문제가 있다고 본다.

지금 자기가 처한 상황보다 더 나은 삶을 살아가려는 개인으로서의 범상적인 욕구와 개인은 물론이거니와 공익을 앞세운 더 큰 보람과 목적에 기초를 둔 위업의 성취를 향한 욕구 없이는 사람이 산다는 데 의미가 없을 것 같다.

그런데 한 인간을 두고 '너는 평생 이 주어진 범주 안에서만 살아야 한다' 라고 한정을 지워준다고 했을 때 그 당사자는 과연 어떠한 경지에 들까?

가난한 사람이야 처음부터 부자다운 생활을 경험해 본 일도 없었고 원천적으로 가진 것이 없는 속에서 출발했기 때문에 한결 부담 없는 제약으로 받아들여지겠지만, 애당초 부자로서 길든 사람들과 욕망에 부푼 사람들에게는 그야말로 죽기보다도 감수하기 힘든 고초일 것으로 생각한다. 이를 두고 가난한 자보다는 부자가 낙타를 타고 바늘구멍을 통해 들어가기가 힘들다고 표현했는가 싶다.

멀리서 예를 들지 않더라도, 요즘 들어서 나와 같이 조석으로 만나게 되는 이곳의 신도들인 젊은 사장님들의 현재 입장을 보면서 딴에는 인간의 소유욕의 한계와 그 의미에 대한 평가를 도마 위에 얹어놓고 내 나름대로 칼질을 해 볼 때가 더러 있다.

한때는 어느 한 바닥에서든 간에 야무지게 제 노릇을 하며 외고 펴며 자기를 내세우고 쇠푼 따위에는 쩨쩨하게끔 잔재주 부리지 않고 살던 사람들임은 분명한데, 어느 날 갑자기 아주 비좁은 생활공간 속에서 한정된 생활 습성으로 살아가도록 자유스러운 행동에 제약과 억압을 받게 되었으니 이런 경지에 들어보지 않은 삼자의 처지에서 본다면 진정으로 한심한 노릇이 아닐 수 없다.

그들도 배울 만큼 배운 지성인이고 지금도 최소한 몇 명씩의 부하직원을 거느리고 사업을 꾸려 나가는 사업가들이다. 그런 그들이 무엇 때문에 모든 생활 습성에 제약을 받아야 하고 사회 활동에 스스로 행동적 규제를 해 가며 살아가야 하는가?

그렇다고 그들이 법적인 구속력이 있는 사회 질서를 어지럽힌 전과자로서의 공인적 처지에서도 아니요, 또한 이 사회에서 유명세가 붙어 행동에 제약을 받는 수도하는 종교인도 아닌 처지에서라면 더더욱 비참한 상황이 아닐까?

이것이 오직 믿음 때문에서만은 아니라고 본다. 끈끈한 거미줄에 매달린 것처럼 지금 그들의 깊은 신념은 누가 들어서도 쉽게 뒤엎을 수 없다고 본다. 그들은 이제껏 몰랐던 새로운 삶의 깊은 의미를 다른 사람들보다 한 발 앞서 터득하고 마음을 비워가는 연습에 충실하기 때문이리라. 물론 대개의 지금 그들은 참으로 편안한 자세로 산다. 그들도 아직은 심신을 다 비운 것은 아니지마는 그래도 지금까지 자기와의 피나는 싸움으로 어느 한계까지는 흐트러짐 없이 다독거려 왔고, 또 더 많이 비우며 살려고 노력하는 사람들이라고 평하고 싶다.

사람은 그 의미를 전연 모르고, 또 깨닫지도 못한 채로 일생을 마감한다고 본다.

그리고 이 세상에서 누구도 이룰 수 없는 전지전능한 힘의 소유자가 있다는 것을 깨달았기 때문으로 본다. 그래서 내가 알기로는 그들은 할배로 불리는 부처님의 그늘에서만 나름의 참된 삶을 살기로 작정한 사람들로 보인다. 지금까지 그들을 아는 주위 사람들의 측면에서 본다면 그들이 살아가는 모습에서 어제와 오늘이 너무나도 판이하므로 참으로 우스꽝스러울는지도 모를 일이다.

그러나 지금 그들은 참으로 편안한 자세로 산다. 그들도 아직은 심신을 다 비운 것은 아니지마는 그래도 지금까지 자기와의 피나는 싸움으로 어느 한계까지는 흐트러짐 없이 다독거려 왔고, 또 더 많이 비우며 살려고 노력하는 사람들이라고 평하고 싶다.

보편적으로 과거가 불행했던 사람일수록 미래를 향한 욕구가 푸지고 현재에 충실하려는 자세로 살아간다고 여긴다. 그러나 이들은 과거가 그렇게 불행했던 사람들은 아니었다. 적어도 물질적인 면에서 부의 축적에 관한한 남보다는 우위에 있었기 때문이다.

그러나 그런 재물도 행복을 위한 최선의 요건이 아니라는 것을 알게 된 것은 극히 단순한 동기에서 비롯했겠지만 실제로는 그가 타고난 운명의 수순을 밟고 있는 것이 아닐까?

아무튼 나 역시도 부처님께서 말한 것처럼 좋은 도반을 만난 것이 수행의 절반에 이른다고 하셨듯이 육신의 치료와 겸한 마음 공부를 함께 한다는 것이 얼마나 소중한 일인지 모르겠다. 모두가 마음의 작용이리라. 길을 아는 것과 그 길을 가는 것은 사뭇 다르다. 또한 말을 강가에 데리고 갈 수는 있을지언정 억지로 물을 먹일 수 없다는 부처님의 뜻도 같은 의미이리라.

우리네 삶의 끝은 죽음이지만 우리는 죽기 위해서가 아니라 살기 위해 산다. 사는 일은 숨 쉬고 있는 바로 '지금'에만 가능한 일이다. 아무튼 거기까지 깨닫는 데 무한한 시간이 소요되고 자력으로는 부족하여 할배의 가르침과 자비로 오늘에 이르고 있는 것으로 본다.

무엇인가를 깨닫고 피안의 언덕에 가 닿을 수 있는 참다운 삶을 위한 노력이 이처럼 쉽지 않음을 알기에 오늘을 사는 것이 무던히도 고단한가 보다. 한 발 앞선 저들은 말할 것이다.

"우리를 향해 웃는 자여! 회개하라. 언젠가는 당신들도 때 묻지 않은 참다운 당신의 모습으로 살아야 한다."

나무아미타불 관세음보살!

서른 하루

30%의 사랑과 70%의 이해로 살라

사람에게 근심이 생기고 사랑에서 근심이 생긴다.
사랑에서 벗어난 이는 근심이 없는데 어찌 두려움이 있겠는가?
-「法句經」 중에서

이웃한 학교 담벼락을 따라 벚꽃이 만발하니 마치 우리 집 뜨락에 핀 것처럼 온통 집안이 훤하다. 다른 꽃들보다 한 발 앞서 개나리가 먼저 피어 담벼락에 노란색 칠갑이더니만 연이어 하얀 목련과 빨간 동백꽃이 다투어 피어나 초록의 잎새들과 아름다운 색의 조화를 이룬다.

계절이 바뀔 때마다 자연의 힘이 얼마나 위대한가를 새삼스레 느낀다. 이런 대자연의 활기찬 변화 속에 사람들 모두가 좋아하는 기분이건만 유독 꽃 피고 새가 우는 봄만 되면 괴로워하는 사람이 있으니 이 또한 큰 병이 아닐 수 없다.

주인공인 내 안사람께서는 봄이 되어 꽃이 피고 꽃가루가 날리기 시작하면 재채기에 콧물까지 섞어 눈물 흘리기에 바빠진다. 해마다 그러는 것을 옆에서 보고 있노라면 도와줄 방법도 없는 데다가 변변한 치유 방법도 없는지라 답답하고 언짢아진다. 물론 그동안에 병원에도 수십 번은 들렀었고, 좋다는 약도 주사와 더불어 겸용해 봤지만 별 신통한 처방은 없었던 것으로 기억된다.

이런 증상을 꽃가루에 대한 알레르기라 한다. 여러 가지 대상물에 따라서 일어나는 알레르기 증상은 많다. 그런데 사람에 따라서 먹는 음식에 관한 알레르기체질 반응은 많이 보아오는 일이지만 공기가 매체가 되는 경우는 드문 편이다.

하여간 올봄에도 예외 없이 찾아온 연중행사이니까 어떻게 해서라도 조금이라도 수월하게 넘길 수 있는 대책을 마련해야 하겠는데, 여태까지 해 온 것으로 보아서는 똑소리 날 뾰쪽한 방법이 없다. 오늘따라 그 도가 심하다.

일요일이라서 일찍 저녁을 먹은 후 우리 세 식구가 할배도사께 치료를 받으러 갔었더니만 오늘따라 어디에 가신다면서 참선만 하고 가라 하시길래 그렇게 하고 나오려다가 내 안사람께서 재채기를 포함한 고통이 심한 지경이라서 밑져 보았자 본전이란 생각이 들어 할배도사께 아뢰었더니 아무리 바빠도 그냥 둘 수는 없다며 치료를 해 주신다.

물론 기관지 계통이 나빠서 오는 병인데 그 심한 정도의 차이는 마음먹기에 따라 달라질 수 있는 노이로제성 질환이라고 한다. 꽃가루하고는 전혀 무관하다는 표현이시다. 모든 신경이 가슴 쪽에 와 붙어버려 하반신이 표나게 차고 혈이 돌지 않을 정도라면서 만사에 마음을 너그럽게 먹고 살란다. 마음가짐에서 연유한다는 할배의 진단이 옳을 성싶다.

어제 있었던 기분 나쁜 일들이 심사가 매우 뒤틀렸던 게 사실이라서 그게 더 많은 고통을 준 것 같다. 좀 더 큰 포용력을 갖고 살 수는 없을까? 어떨 때 보면 대수롭지 않다고 생각되어 표현한 말이었는데도 그것을 쉽게 삭이지 못하고 오랫동안 짓씹는 성미라서 때로는 서로 간에 언성을 높이는 경우가 남녀가 만나 부부로 살면서 행복해지려면 30%의 사랑과 70%의 이해가 필요하다고 읽었다.
정말 옳은 얘기로 들린다. 50년간 길든 잡동사니 버릇들이
하루아침에 표나게 바뀔 수 있는 그런 정도까지는 아직도 당세 멀었다고는 생각하지만….

있었다.

그동안 20년을 넘게 같이 살을 맞대고 살아왔는데도 서로서로 감정을 충분히 이해 못해 주는 것은 애정의 결핍에서 오는 것일까? 물론 살다 보니 탐탁스럽지 않은 권태기도 있기 마련이었다. 세월이 지나면서 결혼 초에는 몰랐던 상대방의 단점이나 성격적 차이, 그 밖의 갖가지 언밸런스(不均衡)를 느끼기 시작하면서부터는 더러는 좀스러운 일을 가지고도 티격태격 다툼의 소란도 있게 마련이었지만, 반생을 살아온 지금에 와서 지나간 세월에 두 사람 사이에 있었던 대수롭지 않은 흉허물 정도는 때로는 간간이 들추어 보면서 잔여 인생을 사는데 양념 삼아 보는 것도 괜찮을 성싶은데, 그런 과거사의 표현이 아직도 자존심의 손상이나 인격의 모독처럼 느껴진다니, 부부 사이란 정말 '돌아누우면 남' 이라는 이야기가 거짓이 아니라는 생각이 들 때가 있다.

어제만 하더라도 나로서 보기로는 전연 신경을 쓸 필요가 없는 게 대수롭지 않다고 여기는 일인데도, 온종일 기분이 나빠 있었다는 것을 잠자리에 들면서 터뜨린 불만의 표현에서 잘 알 수 있었다. 아파트로 이사 가는 문제를 두고 왜 자꾸 할배께 언급해 질책을 듣게 하느냐는 내용으로 시빗거리다운 것은 아니었다.

남녀가 만나 부부로 살면서 행복해지려면 30%의 사랑과 70%의 이해가 필요하다고 읽었다. 정말 옳은 얘기로 들린다. 50년간 길든 잡동사니 버릇들이 하루아침에 표나게 바뀔 수 있는 그런 정도까지는 아직도 당세 멀었다고는 생각하지만, 그러나 지금부터라도 자질구레한 옳지 못한 생활 습성의

잔가지는 고르고 잘라가려 한다.

그리고 정작 어려운 것은 진작부터 세련되지 못한 경상도 사람들의 투박하기 이를 데 없는 성깔머리와 정제되지 못한 말투인데 이제부터라도 물 한 대접 마시고 난 기분으로 대처해 갈까 보다.

이제까지 진정 먹고 마시는 것에 대해서는 어느 정도까지는 마음을 비운 상태이지만 그 밖의 다른 행실 면에서는 아직도 닦고 길들여 가야 할 수양의 길이 멀고도 험난함을 알고도 남는다. 비록 어쭙잖은 일로 내 안사람의 분노를 사긴 했지만 나름대로는 마음을 비우는 데 정성을 다하고 있다.

할배 앞에 앉으면 누구를 막론하고 자기의 흉허물을 다 털어놓게 되고 다시는 과거의 잘못을 되풀이하는 일 없이 큰 욕심 부리지 않고 바르게 살아갈 것을 스스로 다짐하게 된다고 했듯이, 나 자신도 모르게 지난날의 이야기나 지금의 입장을 피력하고 나면 왠지 마음이 후련해지는 것을 느낀다.

이것이 종교적인 표현으로는 '회개하고 반성하는 것' 이리라. 물론 나 자신이 하고 싶지 않거나 반대하는 처지의 일에 대해서는 나도 모르는 사이에 잠재의식이 많이 작용한다고 본다. 그런 예가 어제 다툼거리였던 내용과 같은 것들이다. 2년 전에 당첨된 57평짜리 아파트로의 이사 문제에 대해 전 가족 중에서 나 혼자만이 반대함으로써 야기되는 묘한 기운도 모를 리 없다.

할배도사가 내린 처방처럼 이사를 하는 것이 내 운과는 맞지 않는다는 말씀을 믿어서가 아니다. 왠지 나는 시멘트로 된 감옥처럼 여겨지는 아파트보다는 흙을 밟고 땅 기운을 느끼면서 살고 싶다. 그래서 나도 모르게 지금 사는 곳을 옹호하려 드는 것이다.

나의 여리고 헤픈 마음에서 일어나는 감정을 주체치 못하고
아무렇게나 씨부렁거려 심기를 불편케 한 데 대해서는 용서를 받고 싶다.
제 몫도 못 챙기는 모질지 못한 주제에 말이다.

그러나 다시 생각해 보면 울타리는 자신이 만들고 그곳에 갇혀 사는 것이 우리이거늘 에고가 부여잡는 나의 욕망을 벗어나 올바르게 추구하는 것이 순리라는 점에서 분별심을 버리고 꿈에서 깨어나야 할 일이 우선이다. 그러면 거기에 서로가 행복한 자유세계가 있지 않을까? 가정의 화목을 위한 사랑은 아주 단순하다. 그 사랑이란 이상적인 사고가 필요치 않은 직감일 뿐 다른 이유가 없다.

아무튼 나의 여리고 헤픈 마음에서 일어나는 감정을 주체치 못하고 아무렇게나 씨부렁거려 심기를 불편케 한 데 대해서는 용서를 받고 싶다. 제 몫도 못 챙기는 모질지 못한 주제에 말이다.

앞으로 주의할지어다.

서른 이틀

바른 인식만이 고통과 불행을 극복한다

죽고 사는 것은 명에 있는 것이요,
부자가 되는 것이나 귀하게 되는 것은 하늘에 있느니라.
-「孔子」 중에서

치료를 받으러 드나든 지 오늘로써 꼭 한 달이 넘었다. 할배도사가 어제 18세의 소녀를 치료하고 나서부터 컨디션이 좋지 못하다 하시더니, 오전에 몇 사람만 치료하고 난 후 식사하러 가던 참으로 몸져누웠단다. 마침 일본에서 온 K, M씨와 저녁 약속도 있고 해서 할배께 예배만 하고 서둘러 호텔로 향했다.

한 달이란 시간은 짧은 기간이지만 내 생애에서는 실로 엄청난 변화를 안겨준 기간이라서 그 동안에 있었던 여러 가지 일들을 포함해서 돌이켜 보지 않을 수 없다. 나 자신이 많이도 변한 것을 누가 알겠는가? 스스로 물음에 대답해 본다.

우선 체중이 줄어들어 외모적으로 야위어 보인다는 사실만으로도 기분이 엄청 흡족해진다. 정신적인 면에서도 마음을 비워 간다는 엄연한 사실에 대해서는 본인 이외에는 알 수 없는 일이기에 건강문제에 관심을 두는 사람에게도 아직도 한참 설명이 뒤따라야 하리라 여긴다.

종교를 앞세운 치료방법은 예전부터 있어 온 사실이다. 예수가 문둥병 환

> 자기 자신이 그 기적 같은 효과에 대하여 진실로 믿고 따르는 정신적 자세가
> 치유의 중요한 동기로 봐진다. 나도 그간의 치료 효험에 대해서는
> 이곳을 드나드는 사람마다 평가의 기준이나 해석이 다를 수 있다는 데는 이의가 없다.

자들을 치료해 낫게 해 준 것이나, 또한 석가모니가 그랬다는 것은 성경이나 경전을 통해 읽고 들어 잘 아는 바다. 최근 예수교의 어느 종파 중에는 안수기도를 통해 반신불수인 환자를 즉석에서 일으켜 세우는 기적을 보여 주기도 한다.

또한 정상적인 종교가 아닌 무당들의 신굿이나 토속적인 신앙의식을 치르므로 해서 병을 고친 사례가 있었기 때문에 지성인들 사회에서 미신이라고 단정을 짓는 이러한 행위가 가난한 서민사회에서는 절대로 없어지지 않고 오늘에 이르기까지 오랜 세월 동안 민간요법으로 자리를 굳혀 온 것이 사실이다.

이러한 치료방법에 관해서는 자기 자신이 그 기적 같은 효과에 대하여 진실로 믿고 따르는 정신적 자세가 치유의 중요한 동기로 봐진다. 나도 그간의 치료 효험에 대해서는 이곳을 드나드는 사람마다 평가의 기준이나 해석이 다를 수 있다는 데는 이의가 없다. 오늘 오후 우리 사무실에서 본 한 장의 선전 팸플릿에서도 그랬다. 내가 치료를 받는 것과 크게 다를 바 없는 의술에 관한 긴 설명문을 곁들인 선전 팸플릿이었다.

이 쪽지를 주워서 내게 보인 사원의 심정을 알만하다. 그의 감정으로는 최근 들어 상사인 내가 치료를 받는 치료 효과에 대해서 자랑이 많은 것을 보고, 너무 심취해 있는 것으로 느낀 나머지 곳곳에 이러한 샤머니즘적인 치료처가 많이 있음을 알리는 한편, 믿을 만한 게 못 된다고 일깨워 주고 싶은 생각이 아니었을까 하는 어쭙잖은 생각도 든다.

그 쪽지의 내용으로 보아서는 부처님을 등에 업은 치료방법이 같다는 데

는 부인할 수 없었다. 다만 할배도사의 말마따나 신이 들린 사람이라 할지라도 어느 정도까지는 신통력을 발휘해서 즉흥적인 치유는 가능하지만 인체의 기본적 구조와 그 관계기관들의 조화를 도외시한 신통력만의 치료로는 근본적인 치유가 될 수 없으며 설사 단기적 효험을 얻었다 치더라도 오래 못 간다는 설명이다.

근본적으로 일상생활에서 얻은 병이나 사고 등을 통해 나빠진 부위에 혈관과 신경계의 맥을 다져서 정상적인 제 위치에 안치시켜 제 기능을 회복시키는 한편, 정상적인 식사요법이나 올바른 생활습성을 고착시켜서 육체의 빠른 회복을 돕기 위한 장기적인 물리요법으로 정상적인 기능을 유도해야 한다는 것이다.

여하간 나의 경우는 어떠한 나쁜 질병이나 아픈 데가 있어서 찾아간 것은 아니었지만 결국 암에 걸린 사람이 조기에 발견한 것처럼 기능이 약해져 있는 기관을 포함해서 전체를 점검해서 재생시킬 수 있는 보수리(補修理)의 기회를 맞게 된 것이라 보는 게 옳겠다.

할배도사께서 어제 나 없는 자리에서 우리 집 모녀더러 "당신네 가정은 이번 치료로 집 한 채를 팔아서 시주한다 해도 시원찮을 정도로 할배의 공덕을 입었노라"라고 하시더란다. 나 자신도 그 점에 관해서는 내심으로는 그 이상으로 고맙게 생각하고 있다. 언젠가는 그런 공덕을 받은 데 대한 대가를 치르고 살아야 할 것으로 생각하면서 말이다.

오늘 아침에는 출근하면서 그동안 비싼 값을 치르고 사다 먹던 약들을 죄다 갖고 와서 쓰레기장에 내다버렸다. 대개가 비싼 보약들이라서 필요한 사

할배도사께서 어제 나 없는 자리에서 우리 집 모녀더러 "당신네 가정은 이번 치료로 집 한 채를 팔아서 시주한다 해도 시원찮을 정도로 할배의 공덕을 입었노라"라고 하시더란다. 나 자신도 그 점에 관해서는 내심으로는 그 이상으로 고맙게 생각하고 있다.

람들에게 나눠 줄까 하다가 약을 먹는다는 사실이 궁극적으로는 안 좋다는 것을 알고서야 어찌 권할 수 있겠는가? 앞으로는 약을 먹지 않고서도 질병과 싸워서 이겨 나가리라는 신념으로 약의 무용론을 몸소 실천하려는 뜻에서였다.

어찌 약뿐이겠는가? 마음의 병을 다스림에는 또 다른 약이 필요하다. 이 또한 병들지 않은 깨끗한 마음을 갖는 것이 중요할진대 여태까지 세상살이 하면서 더러움에 찌들고 물들었던 마음을 말끔히 청소해 내고 깨끗이 비우는 것이 중요한 처방이 아닐까?

붓다가 말했듯이 고통에서 벗어나는 기적이나 진통제도 없고 죽음에서 벗어나는 처방과 약도 없다. 고통도 즐거움처럼 불행도 행복처럼 삶의 한 부분임을 자각하라는 것이 그분의 처방이다. 사물과 사태에 대한 바른 인식만이 고통과 불행을 극복하는 법일진대 절망과 불행은 늘 우리 곁에 있음을 그대로 받아들이고 감내하는 길밖에 없다.

내가 도를 완전히 닦은 도사가 아닌 다음에서야 지금으로서는 약을 갖다 버리듯 마음을 완전히 비운다는 것은 어렵다. 이 마음을 다스리는 약을 언젠가 필요로 하지 않게 되는 날이 있다면 그때쯤에는 내가 극락정토에 가 있지 않을까 생각한다.

서른 사흘

모로 가도 서울만 가면 그만

지혜로운 이는 쇠와 나무와 풀로 엮은 그 같은 사슬을 강하다고 하지 않는다.
보석이나 귀걸이나 팔찌를 가지고 싶듯이 자식과 아내에 대한 애착은 강하다고 한다.
-「法句經」 중에서

할배도사가 행하는 일반적인 치료의 순서를 보면, 처음 반듯이 누운 상태에서 한 손으로 머리 부위를 누름과 동시에 또 다른 한 손으로는 배 부위의 내장쪽을 이리저리 골라 짚어가며 압박한다. 이때 환자의 건강상태에 따라 그 고통을 할배도사가 대신해서 진통을 겪는 모습을 볼 수 있다.

예를 들어 음식을 잘 씹어 먹지 않아 위에 부담을 느끼게 되어 갑갑하거나 더부룩하면 연신 트림질을 해대고, 못 먹을 것을 먹었거나 잘못 먹어 얹힌 상태라면 그 심한 정도에 따라 구역질을 해댄다.

또한 환자가 술을 마셨을 때는 술트림을 하고 환자가 육체적으로 고단하고 피로하면 연방 하품을 계속하며 정신적으로 아주 괴롭거나 이상이 있으면 오만상을 찌푸리며 눈물까지 흘리는 일도 있다.

두상 쪽에서 얼굴의 각 부위, 그리고 목덜미까지에 걸친 지압이 끝나면 왼쪽과 오른쪽, 그리고 엎드린 상태로 번갈아 돌려 눕혀 가면서 명치에서 발가락에 이르기까지 고루 두루 지압으로 다스리는가 하면, 그 큰 손바닥으로 이상이 있는 일정 부위에 타격을 가하는 등 환자에 따라 그 도를 달리

원체 그동안 신체의 각 부위가 제 기능을 다 잃어
속빈 강정 같은 상태라서 세월의 골을 삭이며 시나브로 고친다는 생각으로 임해야지
단기간에 회복을 기대하기란 매우 어려운 지경이란다.

하면서 일반적인 치료를 끝낸다. 그리고 최종 마무리 단계로 오른쪽 엄지손가락에서 왼쪽 새끼발가락에 걸쳐 차례차례 실로 묶어 가면서 침으로 따고 핏방울을 짜낸다.

한 달 전에 이곳에 처음 와서 손발가락 끝을 침으로 딸 때 보았던 피의 색깔과 한 달이 지난 지금에 와서 보는 혈색은 눈에 뜨일 정도로 그 혼탁도가 여실히 다름을 알 수 있다. 정말이지 치료를 시작하던 초기에는 침을 쑤실 때 삐져나오는 핏방울의 새까만 정도가 마치 기름 덩어리처럼 느껴졌었는데, 지금은 제법 빨갛게 변해 가고 있어 내 몸에 흐르는 핏속의 콜레스테롤을 포함한 노폐물의 정화가 점차로 잘 이루어져 가고 있음을 쉽게 알 수 있다.

이런 증상들에 힘입어 회복의 정도가 어떠냐고 용기를 내어 할배도사께 물어보았더니 아직도 요원하단다. 원체 그동안 신체의 각 부위가 제 기능을 다 잃어 속빈 강정 같은 상태라서 세월의 골을 삭이며 시나브로 고친다는 생각으로 임해야지 단기간에 회복을 기대하기란 매우 어려운 지경이란다.

요즘 체중이 많이 줄고 컨디션이 좀 좋아졌다고 무리하거나 덤벙대다가는 영원히 구제불능의 지경까지 이르게 될 수 있으니 제발 온전히 낫고 싶으면 졸업시까지 까불대지 말고, 먹고 마시는 일에서부터 갖가지 행동에 이르기까지 할배도사의 지시를 엄수하란다.

지금 같아서는 무의식중에서나 그런 무언의 약속을 저버린 행동거지를 하게 될는지는 몰라도 제정신 상태로서는 설마 그렇겠는가 하는 생각일 뿐이다. 그래도 모른단다. 언제 어디서 얼토당토않은 일이 벌어져 화를 면하

지 못하는 구렁텅이나 허방에 빠져드는지도 모른다는 것이다. 그 뜻은 할배가 때로는 유혹의 손길에 말려드는가를 시험도 한다니 언제나 행동으로 옮기기 전에 침착하게 재고하는 습성을 가져야 한다는 것을 명심해야겠다.

지난날을 되돌아보면 한 달 전에 이곳을 찾아 들었을 때 사실 본인이 느끼기로는 다른 사람들처럼 신체부위의 어딘가가 아팠다거나 조금이라도 이상을 보인 곳이 있었던 것은 결코 아니었다. 다만 오후로 피로하다거나 무력증을 느끼는 정도로 50대에 들면서 신경을 많이 쓰는 직업인들에게 흔히 있을 수 있는 증상 정도로 가볍게 생각하고 있었던 것이 사실이었다.

그런데 벌써 신체의 각 부위가 90% 이상이나 넘게 제 기능을 잃고 있는 처지라고 했다. 마치 반죽음의 상태나 다를 바 없는 지경으로, 저승사자가 여태껏 안 잡아간 것이 희한스러울 정도라는 할배도사의 초기 진단에 설마 그렇게까지 나쁘겠냐고 나 자신의 건강에 다소 자신감을 가지면서 불만에 찬 도리질을 하지 않았던가?

아무렴 지금의 회복단계가 비록 고달프고 참기 어려운 상황이라 할지라도 말년에 자식들에게 짐이 되지 않도록 편하게 살 것을 생각하며 열심히 치료를 받는 길밖에 없을 것 같다.

그동안 내 주위 사람들에게도 치료의 효과에 대해서 틈나는 대로 자랑삼아 얘기해 왔다. 내 편안한 그것하고 남들이 내 편하다는 것을 이해 못하는 그것하고는 별개의 것일지 몰라도 힘자라는 데까지 좋은 것은 알리고 나쁜 것은 덮어서 좀 더 밝은 사회가 되도록 하는 데 작은 힘이라도 보탬이 됨직해서다. 치료의 효과에 대해서는 같은 병으로 고통을 받아보지 않은 사람들

나는 이 기간에 두 가지 큰 거둠이 있었다고 생각하는데,
하나는 좋아지는 건강상태이고, 다음으로는 치료효과도 효과이지만 그보다도
사람이 살아가는 도리 면에서 더 많은 감화를 받은 것이 중요한 얻음이었다고 생각한다.

이야 누구의 어떤 투병기라도 실감이 날 수 없기 마련이라고 생각한다. 왜냐하면 그것은 나보다 며칠 더 앞서서 이곳에 와서 치료를 받아온 내 안사람마저도 평소에 건강해서 그런지는 몰라도 크게 신통한 효과를 느끼지 못하는 것처럼 보이기 때문이다.

그런 점에서 평소에 친히 지내는 친구 중에서도 중견 의사로서는 우리 주위에서 두 번째 가라면 서러울 정도로 실력 있는 L박사가 내 의견에 동조해준다. '모로 가도 서울만 가면 그만 아니겠느냐' 는 쉬운 말로 그것이 종교에 의한 심령치료를 통한 정신적 치료이건, 또 민간요법에 따른 한방치료이건, 아니면 현대의술에 의한 치료이건 치료 방법과 과정이 어떻든 간에 병만 낫고 후유증 없이 건강만 되찾을 수 있다면야 인술을 업으로 하는 의사인 자기로서는 굳이 마다할 일이 아니라는 진보적 견해를 피력해 왔다.

그렇듯 나는 이 기간에 두 가지 큰 거둠이 있었다고 생각하는데, 하나는 좋아지는 건강상태이고, 다음으로는 치료효과도 효과이지만 그보다도 사람이 살아가는 도리 면에서 더 많은 감화를 받은 것이 중요한 얻음이었다고 생각한다.

덫에 걸린 삶, 생계를 위한 수단으로 흥미도 없는 일상에 발이 묶여 현실과 괴리되어 삶을 지혜롭게 운용하지 못하고 살아가면서 실행해야 할, 그리고 할 수 있는 인간의 기본적 도리인데도 평소의 생활을 통해 그것을 실천하지 못하고 살다가 위기에 봉착한 지금에서야 참답게 사는 것이 이런 것이구나 하고 겨우 느낄 수 있게 되다니 한심한 지경이 아닌가?

'죽기 전에 사람 되기 틀렸다' 라는 흔한 말의 진의를 되씹어 본다.

서른 나흘

정신을 집중하고 잡념을 떨쳐내라

이삭이 잘 익으면 거두어들이듯이 인생도 거둬들여야 한다.
어느 한 사람은 태어나고, 어느 한 사람은 죽는다.
-「老子」 중에서

오늘로 세 번째 마주치는 올해 열여덟 살짜리 덩치가 매우 큰 여자아이가 치료를 받고 있는데, 오늘은 표정이랑 행동하는 것이 쪼매 밝아 보인다. 어제 제 아버지라는 사람이 할배도사와 언쟁을 벌이고 갈 때는 숫제 비위에 거슬리는지 다시는 안 보낼 것 같더니만 그런 내색 없이 와서 조용한 모습으로 묻는 말에 꼬박꼬박 대꾸하고 앉아 있는 것으로 미루어 봐서는 할배도사와 그녀 아버지 사이에 모종의 타협이 이뤄진 것 같다.

초등학교를 졸업한 것이 학교 교육의 전부라는 것과 그 외의 시간은 거의 병원에서 다 보내다시피 했다는 것이 그녀의 측근들이 들려준 말이다. 지금도 그 여자아이의 병에 대해서 서울의 K의료원에서 실험대상으로 삼고 있을 정도로 희귀한 병이란다. 그동안 수년간을 한국에서 유명하다는 병원을 두루 돌아다니다시피 했는데도 병명이 나오지 않았다니 알다가도 모를 일이다.

잠깐 듣기로는 이 딸자식의 병 치다꺼리하느라고 집도 팔아 버렸는가 하면, 부부간에 별거해 사는 형편에까지 이르렀단다. 참으로 기가 찰 노릇으

> 잠깐 듣기로는 이 딸자식의 병 치다꺼리하느라고 집도 팔아 버렸는가 하면,
> 부부간에 별거해 사는 형편에까지 이르렀단다.
> 참으로 기가 찰 노릇으로 할배도사 진단으로도 이 여자아이에게는 아무런 병이 없단다.

로 할배도사 진단으로도 이 여자아이에게는 아무런 병이 없단다. 다만 정신을 다 빼앗긴 상태인데, 그것도 다른 사람처럼 신이 들렸거나 마에 시달리는 것도 아니고 육체적으로도 무병에다가 다른 처녀들처럼 육체적으로는 완벽하다는 진단이다.

그런데 길을 가다가 쓰러지기 일쑤이며 자주 정신이 몽롱해지는 판이니 큰 병이 아닐 수 없다. 정신집중이 안 되는 것은 물론이거니와 어릴 적부터 부모들에게는 자식이 아니라 애물단지인 자기 때문에 밤낮으로 실랑이나 싸움이 끊이지 않던 가슴 아픈 기억하며, 나이가 들면서 자기 병치료 때문에 재산을 축내고 부모가 남처럼 갈라선 뼈아픈 기억을 좀체 지워버릴 수도 없을 것이다.

지금도 그 당시의 감당하기 어려웠던 어린 날의 고뇌가 온 머릿속에 가득 차 있어 얼핏 보기에도 세상 살맛을 잃은 듯한 표정으로 느껴진다.

어제저녁 시간에 치료할 차례를 기다리고 있는데 술냄새를 풍기며 예의도 없이 옆자리를 비집고 걸터앉는 사람이 있었다. 그 사람이 당사자의 아버지라는 것을 쉽게 알 수 있었다. 맨 정신으로 들어올 수 없었던지 어디서 한잔 걸치고 들어 온 모양인데 그런 행동을 본 할배도사가 그냥 둘 수 있었겠는가? 손님과 약속이 있어 그렇게 되었노라는 답변부터가 누구를 향한 다소 불만 섞인 볼 메인 말대꾸라서 옆에서 보는 사람들로서는 민망스러운 처지가 아닐 수 없었다.

수년간을 크고 작은 병원을 찾아다니면서도 못 고친 병인데 자기 보기로는 무당이나 별 다를 바 없는 주제에 당장 오늘부터 먹던 약마저도 못 먹게

해서 오후 들면서 저렇게 비실거리는 것을 보고 가만히 앉아 있을 부모가 있겠느냐는 투로 대어든다.

할배도사는 그런 자세가 못마땅해서인지 도대체 딸의 병을 고치고 싶은 생각이 있느냐고 단도직입적으로 묻는다. 대답은 물으나 마나이다. 이 세상 누구인들 병든 자식의 고통을 그대로 두고 보겠는가? 병을 고치러 왔으면 의사의 의견을 얌전히 듣고 어떻게 해서라도 고쳐보겠다는 생각을 가져야 할 터인데 그동안 얼마나 시달렸으면 저렇게도 불신감만 늘었겠는가?

제아무리 신술(神術)에 능한 도사라지만 새로운 현대의술로도 안 되는 판인데 당신이 설마 내 딸의 병을 고칠 수 있으려고 하는 의구심 가득한 마음 가짐의 자세가 역력히 드러나 보인다.

정말 부부 사이에 자식이란 무엇인가? 인간의 감정이 낳은 동물 본능의 소산인가? 아니면 말하기 좋은 애정의 산물인가? 그들이 뿌린 씨가 아닌가? 그렇다면 씨를 뿌린 자가 기르고 가꾸어서 거둬들여야 할 의무가 있지 않을까?

가정에서 자식이 애물단지처럼 보이기 시작할 정도로 가정의 행복이 빛이 바래기 시작하자 그런 일로 언쟁이 잦아지면서 부부간에 애정이 금 가게 되고 종국에는 남남처럼 돌아섰다면 정작 벌 받을 사람은 씨 뿌리고 돌보지 않는 그들일 터인데, 왜 자식에게 저토록 심한 벌을 대신 주는 것일까?

어제 처음으로 치료를 받았고 오늘 오전에 치료를 받고 컨디션이 매우 좋았었는데, 오후에 들면서 갑자기 기운을 잃고 정신을 못 차리는지라 다시 이곳으로 데려와서 할배 앞에 앉혀두고 잡생각을 쫓고 있다고 했다.

또래의 딸을 키우는 아비의 심정일까? 그들 부녀가 나간 후
K사장더러 내일부터 저 딸아이를 공장에 데려다가 일을 시키라고 명령한다.
한 곳으로 정신을 집중하고 잡념을 떨쳐내면 고칠 수 있는 병으로 아무런 병도 아니라는 것이다.

그런데 반 술이나 된 듯한 자기 아비 되는 이는 그동안 고정적으로 먹어왔던 신경안정제를 먹이지 않아서 그럴 것이라는 자기 나름의 경험적 처방을 주장한다.

할배도사는 지금은 육류와는 상극이라면서 우선 낮에 무엇을 먹었느냐고 묻는다. 오전 치료를 마치고 집으로 가서 부녀간에 라면을 끓여 먹었단다. 라면의 양념을 만들 때 소고기를 포함한 육류를 넣어서 졸인 것임은 누구나 잘 아는 바이다. 어찌 되었거나 저런 딸을 가진 아비의 심정이야 오죽하겠는가 하는 생각에 내일 술을 마시지 않은 상태에서 조용히 이야기하겠노라며 뾰로통해서 나가는 그 사람을 뒤따라가 한 번쯤 믿고 딸의 치료를 맡겨보라고 권해 주고 싶은 심정이다.

또래의 딸을 키우는 아비의 심정일까? 그들 부녀가 나간 후 K사장더러 내일부터 저 딸아이를 공장에 데려다가 일을 시키라고 명령한다. 한 곳으로 정신을 집중하고 잡념을 떨쳐내면 고칠 수 있는 병으로 아무런 병도 아니라는 것이다.

제발 그런 상태라면 얼마나 좋겠는가?

서른 닷새

사형선고를 받고 집행을 기다리는 삶

쓸데없는 일은 말고,
급하지 않은 일은 그만 두고 다스리지 말라.
–「荀子」 중에서

일본에서 온 S사의 K씨와 F사의 H씨를 호텔로 보내고 치료를 받으러 갔었다. 문을 열고 들어가서 마루청의 의자에 앉아 있는 할배도사에게 인사를 해도 본체만체하고, 여느 때와는 달리 샐쭉해져서 반기지 않는 눈치인지라, 눈여겨보니 어딘지 떨떠름한 기분에 못마땅해 하는 표정이시다. 그래도 먼저 와 기다리는 사람들에게 눈인사를 나누고 할배 앞에 엎디어 절하고 나와서 마루청에서 차례를 기다리고 있노라니 손님들과 약속한 시각이 자꾸만 가까워진다.

그러다가 할배께서 진득이 기다리지 못한다고 노기를 띨까 봐서 떼를 쓸 수도 없는 처지라서 마음을 가다듬어 가면서 차례가 오기를 기다리는 판인데, 오늘따라 담배는 왜 그렇게 많이 태우시는지? 내 마음에서 이는 졸갑증이 시간을 바삐 재촉하나 보다.

모회사 Z부장이라는 분이 할배도사 턱밑에 앉아서 지난 밤새 있었던 불편했던 얘기를 세세히 설명해 드리다 보니 더더욱 치료의 속도와 차례가 늦어진다. 어제와 오늘은 머리가 빠개질 듯이 아프고 무거워서 야단이었다.

지난 한 달 동안 치료를 받으면서 적절한 양의 음식을 잘 가려서 많이 씹어 삼키는 데는 자신이 있어서 앞으로 먹고 마시는 일에 관한한 도인의 경지에 다다른 양 자랑해 왔으며 최근 이틀 동안은 아침저녁으로 죽만 먹었었다.

회사에서도 온종일 어지러운 증세로 시달리다가 강의를 하러 학교로 가고 오는 것조차도 부담이 될 정도여서, 또 음식을 잘못 먹었는가 싶어 걱정이 태산 같은 속에 하루를 보냈었다. 아닌 게 아니라 내 차례가 되어 할배도사 앞에 엎디는 순간부터 이틀 동안 그토록 두통을 느끼게 될 때는 무슨 이유가 있으려니 여겼던 예상이 적중하지 않을 수 없었다.

치료를 시작하자마자 나의 아픔을 대신해 표현되는 할배도사의 고역은 환자인 본인과 그 광경을 바라보는 방안의 모든 분에게 실로 송구스럽기 그지없을 정도였다. 사흘 전에 어디서 소고기류를 먹은 일이 있느냐고 물어보시지만 내 기억으로는 마음 켕기는 그런 일이 있을 수 없다.

언젠가 말씀하기를 음식을 먹고 나서 3일과 7일 후에야 그 결과가 나타난다고 하였지만, 3일 전 중식시간에 회사 식당에서 비빔밥에 소고기가 든 것을 보고서는 아예 특별히 부탁해 맨밥으로 먹었고, 저녁때 H형 생신 잔치에 갔을 때도 육류의 혼입 여부를 확인한 후 먹고 마셨음이 사실이다.

그런데도 할배도사에게 저토록 심한 고통을 안겨 드림과 동시에 당사자인 나에게는 이처럼 지독한 정신적 고문을 가해 오다니, 정말 다시는 의지적으로 버텨낼 수 없을 것 같아 점점 마음이 약해지고 자신감이 없어져 불안스러움이 머리를 쳐들기 시작한다. 지난 한 달 동안 치료를 받으면서 적절한 양의 음식을 잘 가려서 많이 씹어 삼키는 데는 자신이 있어서 앞으로 먹고 마시는 일에 관한한 도인의 경지에 다다른 양 자랑해 왔으며 최근 이틀 동안은 아침저녁으로 죽만 먹었었다.

그 이유는 요 며칠 동안은 치료 때마다 할배도사로 하여금 구역질이나 트림질을 많이 시키는 것 같은 죄책감이 들어 너무나 민망스럽기도 하고 면목이 없는 일이라서 언젠가처럼 음식을 잘 씹어 먹었다는 칭찬과 더불어 한 차례의 트림질도 시키지 않고 치료를 받고 싶어서였다.

그런데 오늘은 그게 아니다. 할배도사가 오만상을 다 찌푸리며 저렇게 심한 고통에 괴로워하심을 처음 보았다. 자기 스스로 어깻죽지에 북어짝 패듯 매를 쳐 다스려가며 할배를 불러 도움을 청할 정도이니 오죽이나 괴롭겠는가?

치료를 얼추 끝내고 땀을 닦으시면서 다시 이런 일이 있으면 꼼짝없이 죽기 십상이란다. 지레 그렇게 하여 낭패 나는 일에 대해서는 책임을 못 지겠단다. 정말이지 변명이 아니라 나만큼 음식에 신경을 쓰는 사람이 없을 것이라고, 곁에서 지켜본 내 안사람도 애가 달아서 나를 거들어 변호하지만 할배도사의 노여움이 역정으로 변해 좀체 가라앉지를 않는다.

남의 집에 가서 음식도 먹지 말란다. 운이 나쁠 때는 그 집의 액운마저도 나에게로 옮겨 올 수 있다는 이야기다. 무력해진 위의 기능 회복에 도움이 될까 하여 죽을 먹고 있는데도 왜 죽을 먹느냐고 야단치신다.

집에서는 육류를 포함한 금기식 외의 정성 들인 밥과 반찬이면 무엇이든 간에 먹어도 해가 될 것이 없으니 까탈 없이 자시란다. 치료를 다 받고 일어나 앉으니 할배도사를 쳐다볼 면목이 없다. 아예 굶고 살다가 죽는 편이 훨씬 마음 가벼운 일이겠다 싶은 생각이 절로 생겨난다.

몇 시간 전에 치료를 받기 위해 문지방을 넘어설 때 여느 때와는 달리 반가운 척도 않고 아예 쳐다보지도 않은 이유가 바로 거기에 있었고, 할배의

누구나 태어나면 피할 수 없는 삶의 필연적 과정인
병들고, 늙고, 죽어야 하는, 어쩌면 이미 사형선고를 받아 놓고
집행유예 기간을 사는 고통스러운 우리의 삶이 아닌가?

수칙을 어긴 것을 미리 알고 있었기 때문이란다. 할배도사가 거짓일 수 없지만 나 자신도 진정 고의성이 없었기에 망정이지 만약 의지력의 부족으로 육물을 삼켰더라면 어떠한 벌도 달게 받아야 할 것이다. 아직도 수양이 덜된 탓이리라.

먹기 전에 한 번 더 확인하고, 또 꼭 안 먹어도 배길 만하면 입에 가져가지 않았으면 될 일인데 배고파 죽을 입장도 아닌 터에 이것저것 안 가리고 흐벅지게 먹어 재낀 게 유죄였으리라. 정말 지금 같아서는 먹고 마시는 일에 아예 자신이 없어진다. 당분간 소처럼 주둥이에 망태기를 씌우고 살아야 할까 보다.

남은 삶을 집안에만 틀어박혀 채식만 하고 살 입장도 아니고, 때로는 육류를 주식으로 하는 외국 나들이도 해야 할 상황도 있다. 또한 회사를 운영하다 보면 대소 연회를 포함한 회식이나 주석에 자리를 비우지 못할 경우도 생길 텐데, 그 한계를 줄긋기하려면 어떻게 대처해 갈 것인가가 문제다.

이러나저러나 내 운명이 그렇다면 죽어가기는 매일반인데, 굳이 이 험한 길을 택할 것이 무엇인가? 그동안 살얼음 위를 걷듯이 어렵사리 버텨 온 길인데, 이런 괴로움을 당하니 오늘은 갑자기 화가 나 이쯤에서 퍼질러 앉고 싶은 생각이 꿀떡 같다. 누구나 태어나면 피할 수 없는 삶의 필연적 과정인 병들고, 늙고, 죽어야 하는, 어쩌면 이미 사형선고를 받아 놓고 집행유예 기간을 사는 고통스러운 우리의 삶이 아닌가?

누굴 탓할 것이 없다. 그동안 나 자신이 이렇게 되도록 해온 행위 그 자체 때문이다. 나의 행위가 할배(붓다)답지 못한 중생이기 때문이었다. 그러는

것이 다 수행이 부족한 탓이고 나를 찾지 못한 눈 뜬 봉사이기 때문이리라.

참자. 지금 당장 급한 것은 외국 손님들 치다꺼리하는 그것보다는 따뜻한 방에 누워 안정을 취하는 것이 선결문제라고 하기에 그분들을 모시고 간 K 부장께 전화를 걸어 저녁밥 대접을 잘해 드려라 부탁하고 일찍 돌아와 잠을 청한다.

한잠 늘어지게 자고 나면 비 온 뒤 하늘이 개듯 할는지…. 매우 괴로운 심정이 잠을 쫓는다.

서른 이레

뭇생명의 목숨을 귀히 여기라

까닭없이 천금을 얻는 것은
큰 복이 있는 것이 아니라 반드시 큰 화가 있느니라.
-「蘇東坡」 중에서

인간들처럼 무정하고 사악한 동물이 없을 것 같다. 불교서적을 읽으면서부터는 더욱 그런 생각이 든다. 경(經)에 이르기를, 이 세상에 사는 미천한 애벌레에서부터 고등 동물인 인간에 이르기까지 생명력을 지닌 모든 것을 일컬어 중생(衆生)이라고 했다.

인간은 약육강식(弱肉强食)이라는 자연의 먹이사슬 원리에 따라 모든 동식물을 해치고 산다. 낚시를 취미 삼는 사람들은 물고기를, 사냥을 즐기는 사람들은 날고 기는 짐승을, 그리고 아예 식용을 목적으로 기르는 것을 업으로 하는 사람들은 각종 가축류를, 더러는 산 채로 그 살과 피를 먹기도 하지만 대체로 불에 굽거나 끓인 물에 익혀 먹는다.

요리를 장만한답시고 옆에서 보노라면, 뱀장어나 개구리 따위가 죽을 때는 사지를 움츠리며 발버둥을 치는 모습을 본다. 조개나 게를 솥에 넣고 삶을 때도 마찬가지라 여겨진다. 예전처럼 맛있는 요리감인 양 아무런 생각 없이 업신여길 때와는 달리 지금에 와서 그것들도 고귀한 생명을 가진 중생이라는 생각으로 접하게 되니 너무도 엄청난 죄악감을 느낀다.

비록 입이나 눈이 있을지언정 말도 없고 소리를 지를 줄도 모른다고 산채로 끓는 물속에 넣고 삶거나 불에 굽고 지져대는 판이니 그 얼마나 큰 형벌인가? 시험 삼아 우리의 손을 그 뜨거운 물속에 담가 보자. 우리 몸이 무쇠가 아닌 이상 탈이 없을 수 있겠는가 상상해 보라.

수년 전에 언젠가 자라피가 몸에 좋다고 해서 자라요리 전문집에 가서 자라탕을 대접받은 일이 있었다. 자라탕을 요리하기 전에 자라의 피를 먼저 마시고 그 다음에 몸통을 조리해 탕으로 만든다고 했다. 물론 멱을 따서 피를 받는 것을 직접 눈으로 보지는 않았지만 평소에도 자라라는 것이 방생하는 영물임을 알고서는 그 목을 자르고 낸 피를 마시는 일이 마음에 내키지는 않았지만, 그래도 억지로 소주에 타서 마시고서는 그날 밤에 가려움증과 고열 그리고 복통으로 직사하게 고생을 한 일이 있다.

좋은 의미로 식중독이라 하겠지만 내 느낌으로는 간접 살생에 대한 벌을 받았다는 생각을 떨쳐버릴 수 없었다. 그런 후로는 여태껏 자라탕집 근처에도 안 간다.

약육강식이라지만 인간은 잔인하다. 생선을 토막 내고 회 뜨는 일에서부터 어패류나 산 낙지, 그리고 살아 펄떡이는 미꾸라지를 펄펄 끓는 물속에 집어넣는가 하면, 살아 꿈틀거리는 주꾸미를 머리부터 와작 씹어대고, 갓 잡은 짐승들의 쓸개나 간을 소금장에 찍어 삼키는 몬도가네식 행동이 여타 동물과 뭐가 다른가?

지금까지는 우리가 늘 하찮게 생각하고 식용으로 상식하다시피 하는 소리 못 지르는 중생에 관한 얘기였지만, 그보다 더 지능이 발달한 고등동물

좋은 의미로 식중독이라 하겠지만
내 느낌으로는 간접 살생에 대한 벌을 받았다는 생각을 떨쳐버릴 수 없었다.
그런 후로는 여태껏 자라탕집 근처에도 안 간다.

도 서슴없이 잡아 죽이고 먹어 치운다. 다 같이 몸에 혈기가 있고 자식과 어미가 있으며, 아픈 줄도 알고, 슬픈 줄도 알며, 살아남기를 좋아하고, 죽는 것을 싫어하는 그런 축생들을 노다지 살육한다.

이렇듯 생명이 있는 것은 모두 불성(佛性)이 있다는데, 그게 작거나 크거나를 막론하고 사람의 생명력이나 하등 다를 바 없음을 누가 모르랴? 음식 재료가 되는 동식물이 단순한 인간의 먹을거리가 아닌 다른 생명체임을 알면서도 만연해지는 생명 경시풍조에 때로는 위화감마저 들 때가 많은 게 현실이다.

산목숨을 죽여 그 고기를 씹는 자여! 그대들이 비록 그렇게 함으로써 건강한 몸을 유지할 수 있다손 치더라도 언제인가 죽음과 더불어 대항하지 않을 수 없을진대 그때 그 죗값을 어이한단 말인가? 하물며 귀신조차도 살생은 싫어한다는 얘기가 있음을 알라.

인류 역사와 더불어 지속하여 온 일이지만 지금도 보통 사람들이 제를 지낼 때 작게는 닭이나 양과 돼지 등을 잡아 제물로 쓰기도 하고, 때로는 더 큰 소나 말을 제물로 이용한다. 그래서 당장은 어른들께 효도하고 조상들을 섬기는 일로 잘하는 것 같지만 그게 다 벌 받는 짓임을 알아야 한단다.

또한 자기 개인의 영달이나 축하연을 위하여 축생의 생명을 앗아가며 큰 잔치를 베푸는 것도 앞에서 들먹거린 제사 때와 다를 바 없는 죄 될 일이란다. 여하간에 사람과 축생은 다 같이 고깃덩어리일 뿐이다. 고기가 고기를 먹어야 하는 물고 물리는 사바세계에 대한 하늘의 다스림이 없을 수 있겠는가?

그래서 할배도사는 육고기는 고사하고 멸치새끼 한 마리 들어간 국물일지라도 입에 넣지를 않으신단다. 도업(道業)을 닦는 사람으로서 인두겁을 쓰고 감히 축생의 육신을 먹을 수 있겠느냐는 가르침이다. 채식만 하고도 얼마든지 인간생활을 유지하며 건강히 살 수 있음을 볼 수 있지만, 그래도 요즘 세상에는 채식자를 보면 기이하다고 생각하는 사람들이 많다.

우리 또래가 어릴 적에만 해도 1년에 육고기 한 번 얻어먹기가 힘든 식생활을 했으니 그보다 이전에 태어난 세대들이야 채식을 위주로 살았고, 그것도 허기를 채우기에 급급한 삶이 아니었겠는가?

그동안 우리들의 생활이 나아지면서 식생활의 엄청난 변화로 인해 대다수 사람들은 채식만으로는 몸이 부실해지고 힘을 못 쓰는 줄 알고 있으므로 죽을 둥 살 둥 모르고 고기류를 즐겨 먹고, 또 자식들에게도 건강을 핑계 삼아 억지로 먹이려 든다.

도업을 닦는 사람이나 스님 중에도 병을 다스리기 위하여 꼭 육류를 섭취해야 할 때는 반드시 삼정(三淨)의 고기라야 한다는데, 그것은 죽이는 그것을 안 본 것(不見), 직접 듣지 않은 것(不聞), 자기를 위해 죽인 고기라고 의심하지 않은 것(不疑) 등이란다.

공자도 맹자도 사람은 본시 인(仁)이 근본이라 어질다고 했는데, 날고 기는 온갖 축생을 다 잡아 죽이려 드니 이게 될 말인가? 다시 한 번 일용하는 음식에 대하여 생각해 보며 삼키고 살자.

서른 아흐레

자연과 더불어 순리대로 살자

나는 나에게 젖을 주는 어머니인 자연을 귀중히 여긴다.
왜냐하면 어머니인 자연은 내 생의 근본이 되기 때문이다.
–「老子」 중에서

어제쯤 치료를 받으러 갔었으면 좋았을 텐데 그리 못한 것이 후회된다. 일부러 오라는 전갈이 있었는데도 우리 회사 직원들로 구성된 사진동우회의 첫 공식행사인 사진 촬영대회에 참가하기로 한 약속도 있고 해서 그랬다. 그런저런 일로 3일째 치료를 받지 못한 셈이다. 공식적으로는 십여 일간 할배도사가 당분간 컨디션이 좋지 못해 치료하지 못한다고 문간에 방이 나붙어 있었기 때문이었다.

할배도사가 제 위치에 돌아올 때까지는 나름대로 견뎌내야겠다고 여기던 참인데, 고맙게도 J사장님께서 같은 곳에 머무르고 있으니 고단하거나 불편하거든 찾아와도 좋다는 전갈을 보내왔다. 오후의 일과를 대충 마무리 짓고서 느지막하게 양산시 석계에 위치한 좌삼리란 동네를 찾아갔었다.

최근 들어 환자들도 많아 눈코 뜰 새 없이 바쁘기도 했었지만, 개중에는 할배도사의 기(氣)를 너무 많이 앗아간 환자들이 수두룩해서 기력의 회복을 위해 월말까지 조용한 이곳 산동네에서 휴식하고 계시는 셈이란다.

지금 머무는 곳은 수년 전에 J사장께서 이 시골 마을에 별장 삼아 지은 지

오래 되지 않은 집 한 채를 사들여 그동안 이웃에 관리인만을 두어 아무도 살지는 않고 방치하다시피 해 왔다는데, 그래도 그런 느낌은 전혀 없고 집 안에 훈기가 가득해 보인다. 200여 평의 너른 대지 위에 여느 시골집과는 달리 제법 쓸모 있게 구조를 갖춘 건물 모양새와 뜰 안의 몇 그루 키가 큰 나무들이 운치를 더해 첫눈에 마음에 든다.

원체 말수가 적은 J사장은 그저 사둔 것이 이렇게 되었노라는 얘기인데, 그동안 가족 중에서 누구나 마음과 몸이 불편할 때는 이곳에 들러서 하루 이틀씩 묵었다 갈 수 있도록 난방 설비에서부터 취사도구와 잠자리까지 제대로 구색을 잘 갖추어 놓았다. 가까운 변두리 산수 좋은 곳에 이런 집이라도 하나 가졌으면 싶은 부자스러운 욕심이 슬며시 생길 정도로 운치가 있었다.

할배도사가 말하는 우리 식구, 즉 그를 믿고 따르는 J사장의 친인척을 포함해서 가까운 사람들만이 이 집의 위치를 알고 부담 없이 무상으로 드나드는 것이 아닌가 하는 느낌이 대번에 들었다. 어쨌거나 내 요량으로는 여기 모인 사람들은 이따금 서로 어울려 흉허물 없이 할배의 길을 따라 인생을 논할 수 있는 유일한, 또는 선택된 사람들이 아닌가 하는 생각이 든다.

그런데 거기다가 우리 가족을 포함해 이 거처를 드나들 수 있도록 배려해 준 J사장과 할배도사에게 고마운 인연의 끈을 느낀다. 오늘 저녁은 아예 이곳에서 저녁밥까지 먹고 밤 10시가 넘은 시각에 헤어져 시골길을 달려 돌아왔다. 시골스러운 운치에다 치료까지 받은 터라 흐렸던 정신까지 개운하게 맑아지니 그런대로 기분이 좋은 밤이다.

진정 대자연의 조화를 흩트릴 수도 없거니와 그 대세에 반하여 역류를 고집해서 살아남을 수 없음을 알기에 대자연의 신비로움과 모든 위력을 신의 뜻인 양 헤아리며 자연인으로 돌아가 스스로 미물임을 자처하고 사는 것이 옳다고 믿어온 터다.

이즈음 치료를 받기 시작한 지가 한 달쯤 지났는데도 불구하고 요요현상인지는 몰라도 고단함과 무료함을 느끼는 오후가 되면 머리가 무겁고 어지러움이 가시지 않아 어지간히 고생스러웠다. 그런 증상을 느끼게 되는 이유는 그동안 몸의 살점이 얕은 부위는 거의 혈과 신경이 통하게 치료를 받은 셈이나 아직도 깊은 곳에 내재하는 머리 윗부분으로 통하는 정맥이나 동맥이 완전히 뚫리지 않아 그렇단다.

물론 50여 년을 살면서 비뚤어지고 망가진 부분들이 하루아침에 제자리로 돌아들어 완쾌되기를 바라는 것은 억지기에 어차피 시간을 두고 서서히 치유해 가는 방법밖에 별도리가 없지 않겠는가? 생각은 그리하면서도 삐딱한 마음이 생기는 것은 아직도 수양이 모자라 졸갑증을 참지 못하기 때문이리라.

4월의 들녘을 감도는 맑은 공기를 마셔가며 그 속에서 욕심을 버려가는 사람들과 담소하며 시간 가는 줄도 모르고 하루의 반나절을 유쾌히 보낸 셈이다. 내가 시골 출신의 촌놈이라서 그런지 시골은 항상 마음에 안정을 안겨 준다. 정말 사람이란 자연과 가장 가까이 있을 때, 가장 순수해지는 것 같다는 의견에 별로 토를 달아 반대할 까닭이 없다.

그래서 옛날부터 성인(聖人)들은 말해 왔었나 보다. "자연으로 돌아가라. 그리고 순리대로 살라"고…. 진정 대자연의 조화를 흩트릴 수도 없거니와 그 대세에 반하여 역류를 고집해서 살아남을 수 없음을 알기에 대자연의 신비로움과 모든 위력을 신의 뜻인 양 헤아리며 자연인으로 돌아가 스스로 미물임을 자처하고 사는 것이 옳다고 믿어온 터다.

할배도사도 그 점에 대해서 강조를 많이 하신다. 최근 들어서 무지한 인간들이 산업개발이란 빌미로 우리가 살아가는 지구의 자연 생태계를 파괴하는 일들이 지구 곳곳은 물론이거니와 지구를 둘러싼 대기권마저도 심한 몸살을 앓고 있다는 사실에 혼찌검이 나야겠단다.

크게는 전쟁으로 부수고 불태워서 회복이나 재생할 수 없게 하는가 하면 고도성장의 산업화를 추진하는 과정에서 발생하는 각종 공해의 유발로 인한 자연 생태계의 파괴를 비롯하여 정신적 안주를 외면한 물질만능의 사조에 순수한 인간성마저도 송두리째 빼기고 사는 것으로 본다.

이제 들이마시고 숨을 쉴 공기며 물도 잃어 가고 있다. 산업공해에 찌들고 그 치다꺼리에 질려 인간성 상실은 물론이고 인간이 살아갈 터전을 스스로 망가뜨려 간다. 지금도 그러하다고 보지만 머지않은 날에 수십 배에 달하는 그 죗값을 톡톡히 받게 되리라는 것은 아무도 부인하지 못하리라.

한 낱의 쓰레기도 줍고 한 방울의 물도 아끼며 사는 참다운 지혜를 발휘한다면 좀 더 숨쉬기 편하고 눈뜨기 보드라운 세상이 되지 않을까? 나 하나만 생각하지 않는 내가 되는 것이 힘든지라 모두 종잡을 수 없는 허랑방탕한 짓들로 자연을 짓이기며 사는 게 아닌가?

아담 후세인이란 간 큰 자는 이렇게 큰 땅덩어리를 다 태우겠다고 그들 땅에 있는 유전에다 불을 지르고 나섰다. 많지 않은 자원을 없애는 것도 문제지만 그것으로 인한 공해를 어떻게 감당할 것인가? 제 무덤 제가 파니 각가지 재앙으로 벌 받기에 십상이다.

마흔 하루

뜻이 없는 시주는 시주가 아니다

위대한 사상은 반드시 커다란 고통이라는 밭을 갈아서 이루어진다. 갈지 않은 밭은 잡초만 무성할 뿐이다. 사람도 고통을 겪지 않고서는 언제까지나 평범하고, 천박함을 면치 못한다. 모든 곤란은 차라리 인생의 벗이다.
– 힐터

세상을 살아가려면 우리에겐 필요한 것이 대단히 많다. 제일 먼저 요구되는 것이 의식주(衣食住)라는 기본적 욕구를 충족시키는 일일 것이다. 오늘날에 와서는 문화의 급속적인 발달로 인간의 기본적인 욕구 문제는 어느 정도까지는 해결된 것으로 여기지만, 그러나 실제로는 그렇지 못하다는 데 문제가 있다.

이 지구상에 기아와 빈곤 속에 많은 백성을 먹여 살리지 못하는 나라들이 많아 기아선상에 헤매는 인간들이 부지기수라는 것은 뉴스 매체를 통해 잘 알고 있는 사실이다. 우리나라만 하더라도 쌀이 남아돈다는데, 그래도 결식 아동과 굶고 있는 사람이 많다니 무엇인가 그리고 어디엔가 잘못되어도 한참 잘못된 데가 있는 것 같아 씁쓰레한 생각이 든다.

북한의 동포들이 부족한 쌀을 가져가고 그 대가로 남쪽에 부족한 공산품의 원료를 가져오겠다고 대서특필이더니, 이제 와서는 되지도 않는 말꼬투리를 달아 없었던 얘기로 하잔다. 제삼자인 미국이 농산물을 팔아먹지 못할까 봐서 그러는지 그 일에 관해 아니꼬운 소리를 하는 통에 그렇지 않아도 무척 화가 나 있는 우리 젊은이들로부터 공격의 화살이 된다.

최근 일련의 사태들로 보아서는 한 나라의 경제에서부터 한 집안과 그리고 개인에 이르기까지 경제력의 효능만큼 위대한 힘을 지닌 것이 없는 양하다. 소련의 경우만 보아도 그 당당했던 시절의 위엄은 온데간데없고 온 나라가 굶주림으로 추하게 변모해 가고 있음을 본다.

개인의 경우도 마찬가지다. 한때는 떵떵거림이 주변의 지축을 울리고도 남던 사람들도 더러는 언제 그런 좋은 시절이 있었냐는 양 쪽박을 차고 거리에 나앉아 한 끼의 허기를 채우기에도 급급한 신세로 전락한 사람들이 우리 주변에도 많다.

오늘 낮에 어떤 여인이 한참이나 닭똥 같은 눈물을 흘리고 갔다. 왈 할배의 제단 위에 얹혀진 꽃들을 공급해 주는 꽃집 아줌마란다. 생활수단으로 꽃을 팔아 살림을 꾸려 가는데 이악스럽고 열심이라는 소문이 나 있었다.

그런데 언제부터인가 할배도사가 보기로는 이 인정 많은 아줌마가 어떤 일로 고민에 쌓여 있는 것을 알고, 본인더러 사연을 물어본 결과는 돈거래 관계로 뒤끝이 안 좋아 괴롭다는 대답이었단다. 그런 속사정을 듣고 돈을 빌려주는 일일랑은 다시는 하지 말 것을 신신당부해 보냈는데, 협잡에 걸려 또 다시 기백만 원을 하루아침에 떡 사서 먹은 꼴이 되었다는 것이다.

돈놀이한다는 것이 남만 좋은 일시키는 운세라서 제발 그런 어리석은 일을 하지 말라는 할배도사의 충고를 무시했던 결과로, 지금 와서 가슴앓이해야 하는 비극에 들게 되었다는 것이다. 그 여인이 돈 찾을 방법과 그리고 찾을 수 있다는 희망을 얻으러 왔다가 잔뜩 꾸중만 듣고 사라진 후 할배도

돈놀이한다는 것이 남만 좋은 일시키는 운세라서
제발 그런 어리석은 일을 하지 말라는 할배도사의 충고를 무시했던 결과로,
지금 와서 가슴앓이해야 하는 비극에 들게 되었다는 것이다.

사는 한 달쯤 전에 있었던 또 다른 일을 기억시킨다.

이 집에 드나들고 얼마 되지 않았을 때, 내가 보기로는 24세가량인 얼굴이 매우 반지르르하고 때깔이 고운 처녀가 이곳에 와서 치료를 받는 것을 보았는데, 그녀도 남에게 돈을 빌려주면 모두 남 좋은 일만 시키는 운세라서 수시로 만나면 제발 돈놀이는 하지 말고 살라고 당부했던 일을 기억한다.

그러나 그녀도 이자 몇 푼 생기는데 재미를 붙여, 할배도사의 충고를 지레 듣지 않더니만 한 푼도 거둬들일 수 없는 지경이 되었고, 그로 인해 스스로 화병이 들어서 지금 어디론가 사라지고 소식이 없단다.

돈이란 있다가도 없어지는 법이지만 임자가 따로 있기 마련이란다. 돈의 참뜻을 모르는 자는 돈을 갖고 있을 능력이 없다는 것으로 그 귀하고 소중함을 자기 자신이 땀 흘리고 노력해서 벌어 보지 않고서는 모른단다. 그런 어려움을 모르는 자에게 빌려주었으니 받을 방법이 없다는 결론이시다.

돈의 진미를 아는 사람에게 돈을 빌려주지 않는 한 돈을 빌려줄 때 아예 받을 생각을 말라는 뜻 깊은 교훈을 남긴다. 일의 대가에 대해서도 그런 말씀이시다. 노력했으면 노력한 대가는 응당 받아야 한다는 것이다. 무엇 때문에 대가 없는 노력을 지급할 것이며, 봉사가 아닌 헛고생을 할 필요가 있느냐는 것이다.

뜻이 없는 시주는 시주가 아니란다. 바른 일을 하고 바르게 대가를 지불받는 일 속에서 행복한 생활의 창출을 기대할 수 있다는 것이다. 그러나저러나 지금 이 시각에도 그 알량한 돈 때문에 죽느라 사노라 싸움질에 한창인 것이 요지경 같은 우리 인간이 사는 사회 아닌가?

마흔 나흘

자제할 수 있는 의지력을 가져라

죄가 있으니 있는 줄 알고 죄가 없으니 없는 줄 아는
바른 생각을 가진 사람들은 착한 곳에 이르리라.
-「法句經」 중에서

서울 출장, 외국인들 내방, 고객 접대 골프, 2/4분기 이사회와 영업 회의, 그리고 회사를 막설하는 간부 직원들의 송별회 등등으로 하여 줄줄이 행사로 바쁜 속에 또 일주일을 보냈다. 바빠서 아플 틈이 없어서 그런지, 지난 월요일 이후로 치료받는 것을 몇 차례 걸렀음에도 육체적으로는 이렇다 할 성가신 일 없이 수월케 지냈다.

이런 행사들이라는 게 모두 사람과 만나는 일이다 보니 마시고 먹는 일이 수반되기 마련이다. 그런 자리를 같이하는 많은 분들이 나의 변해 버린 식성에 대해 의아해 한다. 왜냐하면 한 회사에서 긴 시간 동안 얼굴은 맞대면서도 내가 치료를 받고 있다는 사실에 관해서 상세히 들은 바가 없기 때문이다. 여하튼 이처럼 회식하는 기회가 자주 있을지라도 음식에 대한 금기사항만은 이 앙다물고 지켜나가야 한다는 나의 굳은 각오에 소홀할 수 없다.

제 손으로 떠서 제 입으로 넣는 먹고 마시는 일조차 저 스스로 조정할 수 없다면 그건 반 푼어치의 가치도 없는 인간이라고 작정한 터 아닌가? 다시는 이런 일로 벌을 받고 아파할 이유가 없고, 그를 빌미로 벌을 받는다는 것

> 여름밤의 반딧불 세례를 받아 혼쭐이 났던 어떤 아줌마는 할배도사가
> "또 개똥불 꼬락서니를 한 번 더 볼래?"라고 으름장을 놓을라치면
> 다시는 기억조차 하고 싶지 않다고 도리질을 한다.

은 결국 의지력과 자제력의 결핍이요, 자기 자신에 대한 기만일 수밖에 없다고 못 박은 지 오래다.

할배가 내린다는 벌이 무서워서라기보다는 굳이 먹을 필요가 없고, 또 먹으면 몸을 망가트린다는데 하등 먹어야 할 이유가 있는가? 만병이 음식에 기인한다는 사실에 전적으로 동의를 해 가는 판국에 주의를 게을리 할 수는 없는 노릇이다.

오늘은 할배가 내리는 벌에 대해서 그동안 듣고 본 바를 간추려 보려고 한다.

이곳을 드나드는 사람들 가운데서도 직접 벌을 받아보지 않은 사람은 그 희한스럽고 괴기스러움을 알 턱이 없다. 한편 죄에 대해 벌을 받은 사람 이외에는 그 고충을 모르리라는 것도 당연지사다. 먼저 여름밤의 반딧불 세례를 받아 혼쭐이 났던 어떤 아줌마는 할배도사가 "또 개똥불 꼬락서니를 한 번 더 볼래?"라고 으름장을 놓을라치면 다시는 기억조차 하고 싶지 않다고 도리질을 한다.

이야기인즉슨 이곳 출입을 열심히 하는 30대인 그 여인은 큰 교통사고를 당한 후 병원에서 기초치료를 마치고 물리치료가 요구된 회복기부터 지금에 이르기까지 할배도사를 찾아와서 치료를 받음으로써 많이 좋아져 가고 있다는데, 얼마나 큰 사고였는지는 몰라도 눈 가장자리에 아직도 흉터가 남아 있다.

그래서 부끄럽거나 무안한 일에는 손바닥으로 얼굴 가림질이 버릇이 되어버려 그럴 때면 마냥 그러지 말라고 꾸중 받는 여인이다. 독신이라는 그

녀가 어떠한 몹쓸 짓을 저질러 벌을 받았는지 그 내용에 대해서는 당사자와 벌을 준 할배 밖에 모를 일이지만 좌우간 할배의 노여움을 샀는지라, "눈에서 개똥불 나는 꼬락서니를 봐야 그 짓을 안 할 건가?"라는 호통이 있고 난 이후로 어두운 골목길에 들어서기만 하면, 그야말로 수많은 개똥불이 앞을 가리는 바람에 걸음을 제대로 걸을 수 없을 뿐 아니라, 무서움과 고통 속에 한동안 호되게 혼겁을 당했었노라고 했다. 그리고 다시는 그러지 않겠노라고 할배 앞에 엎디어 여러 번 빌고 난 후에서야 그 괴로움의 사슬에서 풀려나게 되더란다.

또 한 예는 이곳에 부지런히 드나드는 작은 K사장 부인의 경우인데, 시어머니의 병이 재발한 사유가 제 남편의 외도 때문이라는데 화가 난 부인은 제 남편은 절대 그렇지 않다면서 항의하고 덤벼들다가, 정 그렇다면 할배 앞에서 '관세음보살'을 외며 기도를 해 보자는 할배도사의 제안에 따라 그렇게 하기로 동의하고 심판을 받게 된 일이 두서너 달 전에 있었단다.

그러기로 작정한 당사자는 남편에 대한 신뢰와 애정을 철석같이 믿어왔었고, 이런 일로 해서 남편의 명예를 실추시키고 싶은 생각은 털끝만큼도 없었기 때문에 정작 자신이 넘쳐 있었단다.

또 그뿐이었겠는가? 한참 팔팔한 30대 초반인 혈기왕성한 젊은 사람들에게는 늙으신 부모들이 즐겨 찾아드는 이런 무당소 같은 곳에 대해서 내심으로는 늘 못마땅하게 생각하고 있었던 것도 숨길 수 없는 사실이 아니었겠나 싶다.

그래서 한 편에서는 믿거나 말거나 두고 보자는 쪽이고, 한 편은 잔뜩 불

무당의 짓궂은 소리로만 여겼던 할배의 존재를 그 길로 인정하게 되고,
할배도사의 말씀을 하늘같이 믿더라는 것을
그녀의 시어머니와 그때 그 자리에서 그 광경을 목격한 사람들의 뒷얘기로 들었다.

신에 찬 상반된 상태로 시작된 게임으로 관음 정진에 들어갔는데, 10여 분간 '관세음보살' 을 잘 외워 나가다가 한방 가득히 앉은 사람들 모두가 배꼽을 잡고 웃는 풍경이 벌어졌다는 것이다.

본인이 열심히 외운 염불이 별스러운 노래가 되고 가지런히 모았던 두 손이 춤을 추는 꼴이 되면서 관전하고 있던 다른 사람들을 웃기고 있었으니 말이다. 그래서 무당의 짓궂은 소리로만 여겼던 할배의 존재를 그 길로 인정하게 되고, 할배도사의 말씀을 하늘같이 믿더라는 것을 그녀의 시어머니와 그때 그 자리에서 그 광경을 목격한 사람들의 뒷얘기로 들었다.

또 다른 J씨는 사진 촬영에 남다른 취미가 있다고 했다. 취미 이상인 프로의 경지라서 병을 고치기 위해서는 이제 삼가라는 할배도사의 명령이 여러 차례 있었는데도 불구하고 아직도 미련을 못 버리고 있다는데, 그런 입장에 대해서는 사진에 취미를 가진 나로서도 충분히 그의 심정을 이해하고도 남을 만하다.

그 일로 하여 그가 여러 번 벌을 받고 통증을 호소하며 다시는 그러지 않겠노라 다짐하는 바를 내 눈으로도 두어 차례 직접 보았다. 그러고 또 훗날 심한 통증을 호소하며 잘못되었음을 자기 입으로 털어놓는 것으로 보아 자제할 수 있는 의지력이 약한 것이 아니면 할배도사의 말마따나 그러는 것이 제정신에서 행해지는 것이 아닌 듯이 보였다.

여러 날 전에는 뼈마디가 쑤시는 지독스러운 아픔으로 잠을 못 자는 고통을 주겠다더니 실제로 간밤에 여측 없이 애를 먹었다며 할배 앞에서 용서를 빌기도 했고, 때로는 온종일 잠재우는 벌 등 다양하였다는 것은 그의 회고

담을 통해 잘 들어 안다. 물론 제일 큰 벌이사 염라대왕의 부름을 받는 것인데, 그런 경우의 대상은 주로 오랜 시간에 걸쳐 치료함으로써 죽음의 경지에서 겨우 건져낸 사람들이다.

그들이 이곳을 졸업(치료를 끝냄)할 때 이제부터는 이러저러한 습성으로 주어진 삶을 살아야 하노라고 가르쳐 주고, 그렇게 살겠노라고 철석같이 다짐을 받았는데도 약속을 저버린 결과로 다시 중병을 얻어 찾아왔을 때 할배(부처님)가 자기도 몰라라 하고 뒤돌아 앉아 버리는 경우가 최후의 통첩이란다. 도를 닦고 또 도술을 부리는 할배도사 자신도 잘못하면 벌을 받는다는데 그가 벌을 받는 것은 이 집의 단골인 J사장이 제일 많이 보았단다.

희한스런 벌로는 기도 중에 머리가 사타구니 사이로 들어가 뒷궁둥이 부분에 걸린 채로 염불을 하고 있음도 목격했다는데, 마치 그 형상은 뼈가 유연한 어린 서커스 소녀처럼 보이더라고 했다. 정말 우리 같은 늙다리들로서는 이제는 뼈가 굳을 대로 굳어버려서 흉내는커녕 도저히 상상하기조차 힘든 동작을 시킨단다.

아무튼 속히 잘못을 뉘우치고 용서를 빌면 본래의 상태로 되돌려 주지만 때로는 스승인 할매도사가 계시는 대구까지 가서 사죄함으로써 비로소 곤욕스러운 벌을 벗어날 때도 간혹 있단다. 이런 일을 당하고 나면 다시는 죄짓는 일을 하고 싶지 않겠지만 사람이다 보니 그것을 가리기가 힘든 것 같다.

그 밖에도 죗값을 당하는 일들이 비일비재하여, 더러는 신기하기 이전에 지레 겁을 먹고 공포심에 젖기도 한다. 이래서 평소에 고치기 어려운 인간

> 한편으로는 이런 염력에 관한 현상들에 대해서 미신적인 시각으로 보고 부정하거나,
> 또는 여린 마음에서 공포심을 견뎌내지를 못하고 중도에서 탈락함으로써 제 명을
> 이어 나가지 못하는 사람도 많아 보인다. 아무렴 죄를 짓지 않고 참답게 산다는 것이 어렵다.

들의 되어 먹지 못한 버릇이나 악한 심성을 고치는 계기가 되는 것 같다.

그러나 한편으로는 이런 염력(念力)에 관한 현상들에 대해서 미신적인 시각으로 보고 부정하거나, 또는 여린 마음에서 공포심을 견뎌내지를 못하고 중도에서 탈락함으로써 제 명을 이어 나가지 못하는 사람도 많아 보인다. 아무렴 죄를 짓지 않고 참답게 산다는 것이 어렵다.

눈만 뜨면 벌어지는 생존 경쟁의 틈바구니에서 나 혼자만 바로 살아간다고 될 성싶지는 않아 최소한 남들과 같거나 비슷한 방법으로 살아가려고 애쓰다 보면 노상 다툼이 일게 마련이리라.

근묵자흑(近墨者黑)이라 했던가? 일반 사람들 생각으로는 먹물들인 옷을 입은 스님들이나 까만 천 속에 자기의 모든 것을 감추고 사는 수녀님들만은 그래도 속세인들과는 달리 선한 사람이겠거니 여기며 사는데, 스님이나 수녀들조차도 차를 몰다가 트릿할 때 욕지거리를 잘하더라는 어느 동승자의 얘기를 듣고 웃고 넘긴 때가 더러 있었다.

남에게 욕하고 싶으면 제 주둥이를 때리고 사는 습성을 기르란다.

마흔 엿새

내 몸의 주인은 나이다

꿈속 허공에 핀 환각의 꽃을 무어라 애써 붙들려 하는가?
얻고, 잃고, 옳고 그리고 그름을 한꺼번에 놓아 버릴지어다.
-「信心錄」 중에서

최근 들어 친구들로부터 위로의 전화를 많이 받는다. 이제 단식을 그만두는 게 좋겠다는 자기들 나름의 진단이다. 그만큼 관심을 둔다는 것이 정말 눈물겹도록 고맙다. 치료의 내용을 조금이라도 들어서 아는 친구들, 특히 병원을 경영하는 의사인 친구들이 더 관심이 많다. 단식은 단식으로 끝나야 하고 언젠가 또 늘어날 체중인데, 굳이 굶어가며 억지로 살을 뺄 이유가 없다는 얘기다.

정상적으로 먹고 적절한 운동을 통해서라면 신체에 무리가 없을 터인데, 무엇 때문에 그렇게 장기적으로 금식을 해가면서까지, 그것도 궁극에 가서 정신적인 결함을 유발할지도 모르는 종교적 배경이 강한 심령치료에 중점적으로 얽매인다는 것이 썩 기분에 드는 일은 아니라는 것이다.

그렇듯 누구보다도 잘 어울리는 주말의 골프 친구들 간에는 내가 화제의 주인공이 될 수밖에 없다는 것은 잘 안다. 매주 일요일 안 빠지고 함께 어울리고 운동하며 즐기던 터인데, 그럭저럭 어울리지 못한 지가 벌써 50여 일을 헤아리게 되었으니, 이제나 저제나 하고 기다리는 그들로선 궁금하지

> 한동안 급속도로 변화를 보이던 치료효과가 점차 늦어지고 있는 데다가 언제까지라는 치료의 기간이 분명하게 정해지지 않음으로써, 혹시 영구히 헤어나지 못하는 지경에까지 이르게 되는 것이 아닐까 하는 정신적인 갈등을 느끼기 때문이다.

않을 수 없으리라는 것은 쉽게 짐작할 수 있는 일이다.

아닌 게 아니라 그들의 걱정하는 바가 전연 수긍이 가지 않는 게 아니다. 요즘 들면서 전보다 자주 생각하게 되지만 정신적인 의지력이 약한 사람은 중도하차가 필연적이겠다고 느낀다. 한동안 급속도로 변화를 보이던 치료효과가 점차 늦어지고 있는 데다가 언제까지라는 치료의 기간이 분명하게 정해지지 않음으로써, 혹시 영구히 헤어나지 못하는 지경에까지 이르게 되는 것이 아닐까 하는 정신적인 갈등을 느끼기 때문이다.

사람이 제아무리 강한 의지력의 소유자라 하더라도 견딜 수 있는 한계가 있을진대 보통 사람에게서 그 한계를 초월하는 의지력을 요구한다는 것은, 물론 당사자로서는 최선을 다하는 것이겠지만 그 실행 여부는 판이하지 않을 수 없다. 남을 두고 얘기하기보다는 내 자신의 처지만 하더라도 그동안의 치료효과가 의미하는 것이 일반 시중의 단식원이나 병원들에서 단식하는 경우와 매우 다르다고 느낀다.

이제 수 주일간 치료를 받았으니 예상한 대로 몇 kg의 체중이 줄어들었고, 설사 뒷날 하나마나한 지경에 이르게 될지는 몰라도 당장은 아무런 아픈 데 없이 금방이라도 날아갈 듯이 개운함을 느껴야 치료한 보람도 있고, 또 더 좋은 컨디션을 위한 치료의 지속여부도 결정짓게 되는 것이 누구나 갖는 보편적인 생각일 텐데 실제 그렇지 않기 때문에 초짜로서는 죽을 맛이다.

컨디션이 좋다가도 이따금 골머리가 아파져 올 때면 괜스레 짜증이 나고 별로 시작한 게 아닌가 하는 생각도 들 때가 있다. 물론 할배도사의 얘기대로라면 다 썩어빠진 육신을 이끌고 와서 며칠 동안 치료를 받은 거로 해서 당장 새사람으로 바꾸어 주리라고 믿는 성급하고 야마리 빠진 생각일랑 하지 말아야겠지만, 그러나 불쌍한 일반 중생들이야 그렇게 생각하기란 힘들지 않겠는가?

한 열흘간 할배도사가 불편해서 치료의 공백 기간이 있었는데 이때를 기점으로 제법 신실하다고 믿었던 신도들마저도 인내심이 바닥나 버렸는지 치료받기를 그만둘까 하는 생각들로 정신적 갈등에 고민하고 있다고 듣는다.

그런 뒷담화를 들은 할배도사는 '그러려면 그렇게 해 보라' 는 말로 따끔한 일침을 놓는다. 선택은 오직 한 가지다. 죽는 연습을 실컷 하다가 빨리 죽느냐, 아니면 지금 마음먹었을 때 정성들여 치료를 받아 완치할 생각을 하느냐 하는 것이다.

인간은 정말로 간사한 동물이다. 마음을 비우고 산다는 것은 아무나 할 수 있는 일이 아님을 안다. 본인이야 애당초 어딘가 불편해서 찾아왔을 뿐이지만 할배도사가 볼 때는 할배와 인연을 맺게 되어 있기 때문에 찾아오게 된 것인데, 그것을 모르고 치료마저 받기를 마다하고 훌쩍 떠나 제 맘대로 살다가는 언젠가 재생이 어렵도록 아주 불편해지면 그때는 다시 찾아오게 되어 있노라는 예견이다.

설마 하는 데서 치료를 중단하고 마는 사람들의 일반적 심정이 아니겠는가? 물론 아픔의 정도만큼이나 신념도 강해지겠지만 당장 죽음의 지경을 당해 보지 않은 사람들이야 도중하차가 부지기수다. 하긴 병의 차이가 문제 그런 뒷담화를 들은 할배도사는 '그러려면 그렇게 해 보라' 는 말로 따끔한 일침을 놓는다.
선택은 오직 한 가지다. 죽는 연습을 실컷 하다가 빨리 죽느냐,
아니면 지금 마음먹었을 때 정성들여 치료를 받아 완치할 생각을 하느냐 하는 것이다.

겠지만 내일 당장 나가서 종전과 꼭 같은 생활로 즐겁게 살라며 졸업하는 사람도 얼마나 많은가?

오늘 있었다는 얘기지만 언젠가 언급했던 이곳의 단골인 정신착란증으로 고생하던 그 처녀도 이제 정신이 들어 정상인이 되니까 눈꺼풀 수술을 비롯해 몸속의 흉터 수술까지도 했으면 좋겠다고 여자로서의 욕망을 토로하더라고 전한다. 인간이기 때문에 어쩔 수 없는 욕망이 아닐까? 비록 그것이 자기 운명으로는 과욕일는지 모르지만…. 답은 오직 하나뿐인 것 같다.

견디고 참아야 한다.

마흔 여드레

참된 삶을 사는 한 길밖에 도리가 없다

우리의 할 일은 정진이다.
진리를 체험한 사람들은 다만 그 길을 가리킬 뿐이다.
그 길에서 명상을 실천하는 수행자는 악마의 사슬에서 벗어나리라.
-「法句經」 중에서

기도하고 살아가야 할 운명이란다. 기도란 인간이 어떤 목적의식을 갖고 자기보다 위대한 더 큰 힘과 능력의 소유자에게 빌어 소망하는 바가 이뤄지기를 바라는 정신적 욕구인 것으로 알고 있다. 기도하라는 참뜻은 깨우치지 못했어도 어느 정도 육체적 건강을 회복하고 나니 이제 정신적 건강이 요구되는 시점에 도달한 것으로 여기고 싶다.

명산대찰에 찾아가 기도하기를 좋아하고 산신각이란 곳마다 엎드려 치성 드리기를 즐기시는 장모님께서도 무속인에게 내 점괘를 넣기만 하면 큰스님이었어야 할 운명이라 한다고 말씀했었다. 어제는 머리도 아프고 해서 치료를 받으러 갔으면 좋았을 것을 그러지 못한 것이 후회스러운 심정이었는데, 할배도사께서도 어젯밤에 나를 두고 공부를 해 보니, 내가 뒷골이 쑤셔 고생하고 있더란다.

그가 공부(아마도 유체여행인 듯 여겨짐)한다는 얘기는 치료를 받는 신도들에게는 늘 관심을 두고 보살피고 있어서 만약 일신상에 악운이 스미면 그곳이 비록 할배 앞이 아니더라도 즉석에서 액땜의 조처를 해 준다고 한다.

할배도사가 치료를 해 보면, 대체로 조상님들 중에 누군가가 나타나서 서둘러 병을 고쳐 주시고 잘 되게 해달라는 간청을 하기 마련인데 그동안 50여 일을 치료해 왔어도 우리 집 조상님들 중에는 아무도 찾아오는 이가 없어 이상하단다.

아무튼 내가 고단해 하는 원인에 대해 그의 진단으로는 일전에 내가 밖에서 물을 잘못 마셔서 그렇다고 한다. 마침 어제가 뱀(蛇)날이었는데 나에게는 뱀날이 불행한 날이란다. 음력의 근간을 표시하는 12간지(干支) 중에서 열이틀마다 뱀의 날이 돌아온다.

사람마다 자기가 갖는 행과 불행을 가리는 날이 있어서, 그날이 되면 멀리 나서는 여행이나 밖에서 물 한 모금 마시는 일에 이르기까지 주의를 해야 한단다. 조상이 돌보지 않는 사람은 이날에 주로 큰 액운이 닥쳐 대체로 큰 사고가 자주 일어나는 편이란다.

별소리 다 듣겠다 싶은데, 우리 선대 어른들께서 아무도 나를 돌봐주지 않기 때문에 조상들이 돌봐주지 않는 만큼 자신이 부처님께 기도해서 그 공덕으로 살아가야 한단다. 전생(前生)에 내가 무엇이었기에 빌어먹을 웬놈의 운명이 그렇게 지지리도 복도 없이 기구하다는 말인가?

할배도사가 치료를 해 보면, 대체로 조상님들 중에 누군가가 나타나서 서둘러 병을 고쳐 주시고 잘 되게 해달라는 간청을 하기 마련인데 그동안 50여 일을 치료해 왔어도 우리 집 조상님들 중에는 아무도 찾아오는 이가 없어 이상하단다. 이것은 비단 나뿐이 아니라 같이 치료를 받는 우리 식구 모두에게 그러하기는 마찬가지라니 더더욱 이상하다.

가족 중에 종교가 다른 사람이 있냐고 묻지만 우리 집안에는 다른 종교(敎)를 신봉하는 자는 없고 무교이거나 대부분이 친불교(親佛敎) 쪽이다. 조상들을 잘 모셔야 그 집안이 잘 풀려나가며 자손들도 번성한다는데, 내가 알기로는 아버지 대에서부터 여태껏 조상님들 제사만은 남들 못지않게 정성

들여 착실히 지내며 산다고 자부하고 싶다.

가족 중에서도 구순을 바라보는 우리 모친은 아주 옛날 사람인데도 젊은 시절부터 무당을 찾는 일이나 푸닥거리 등은 제일 싫어하셨고, 절간에 가셔서 절 한 번 하시지 않은 성품인 것은 부인 못 한다. 그러나 이미 고인이 되신 지 오래인 부친께서는 말년에는 반 스님의 경지로 천수경 같은 불경도 많이 외우시다 돌아가신 분이다. 그런데도 조상에게 불충이란다면 매우 이해하기가 힘들다.

여하간 할배도사의 말대로라면 나에게는 한 사람의 조상도 보살펴 주시지 않는다니 부처님께 귀의하여 우바새(재가신도; 在家信徒)로 살아갈 운명인가 보다. 그러나 오래 치료를 하다 보면 대체로 조상님들이 찾아오기도 한다니 내 하기 나름인가 보다.

불가(佛家)에서 말하는 윤회설(輪廻說)에 따르자면, 나의 전생이나 우리 선대에 있었던 업(業) 때문이라고 여겨지지만 어차피 내게 주어진 피할 수 없는 업보라면, 이제 남은 이승생활을 하는 동안 온갖 것을 팽개치고 퍼질러 앉아 참된 삶을 사는 한 길밖에 별다른 도리가 없다.

도대체 나는 무엇인가? 조용히 명상에 들거나 눈을 감은 채로 수천 번 되뇌어본다고 쉽게 얻을 수 있는 해답 같지는 않다. 실체(實體)는 무상(無常)이라고 하지만 나는 엄연히 존재하지 않는가? 모든 것이 나로부터 시작이요, 그것이 곧 내 마음이거니와 일체(一切)가 유심(有心)으로 부처님은 늘 내 마음 속에 있다 하지만 설사 훗날 부처님과 더불어 살고 있음을 깨닫게 될지라도 부처님과 나는 늘상 너무나 먼 거리에 있어 다다르기 힘듦을 어쩌랴.

그동안 할배도사의 치료를 받고 얼마만큼 호전되어 좋아하던 60대 여인이
혼백이 되어 깊은 밤에 찾아와서 하직인사를 하더라는
할배도사의 얘기에 머리끝이 쭈뼛 서고 등골이 오싹해진다.

신라시대의 의상대사가 말한 것처럼 지금으로서는 '한 걸음 한 걸음 내딛는 그 자리가 도착점이요, 도달하는 그곳이 바로 시작점이다' 라는 신념으로 현실에 충실히 임하는 수밖에 없을 것 같다.

지금 제아무리 애쓴다 한들 똑소리 나는 대답을 얻기가 무던히도 어려워 오직 나의 공염불인 희망 사항일 뿐이다. 다만 지금 가까이서 볼 수 있는 중생들의 아픈 삶과 고뇌에 찬 생활 속에서 그 미천하고 어리석음을 통해 벌을 받고 살아가는 모습들에서 그렇게 살아가는 것이 아니구나 하는 자그마한 깨달음으로 사람의 길을 찾아가는 것만이 최상의 방법이겠다.

오늘도 삶과 죽음에 대한 갈림길을 두고 많이 생각하게 하는 일이 있었다. 중풍으로 시달리던 한 여인의 죽음에 관해 비보를 전해 들었다. 그동안 할배도사의 치료를 받고 얼마만큼 호전되어 좋아하던 60대 여인이 혼백이 되어 깊은 밤에 찾아와서 하직인사를 하더라는 할배도사의 얘기에 머리끝이 쭈뼛 서고 등골이 오싹해진다.

D동에서 약국을 경영하는 남편과 N병원에서 수간호원으로 근무하는 큰딸조차도 할배의 도력을 알아줄 정도로 되기까지는 그들 나름대로 약사와 간호사로서 뿐만 아니라 남편과 딸 노릇에 최선을 다했겠으나 현대의학으로는 완치가 어렵다는 것을 실감한 연후에야 마지막인 양 결단을 내려 할배한테 찾아왔었다고 들었다.

할배도사와의 약속이란 간단한 내용이었고 그것은 곧 자기 자신과의 싸움이었다. 올해 4월 한 달이 당신의 운명을 결정하는 고비이니 제발 며칠만 잘 참고 견디면 수(壽)를 다하면서 편안한 여생을 보낼 수 있다고 기를 쓰며

가르쳐 왔었고, 당사자도 그 믿음에 신실한 편이었다는 것이 그동안 치료를 같이 받던 사람들의 평이었다.

그런데 최근 들어 치료를 열심히 받은 덕에 컨디션이 매우 좋아지자 지난 두어 주일 앞의 일요일에 빠른 회복을 축하하는 뜻에서 남편과 육고기 파티를 즐긴 것이 저승으로 가는 급행열차표가 된 셈이란다.

지난번 언젠가 할배도사 앞에 와서 전날 먹고 얹힌 쇠고기를 토하는 곤욕을 치르던 그 장본인이 바로 사자가 되었다니 정말 믿기지 않는다. 할배도사의 한탄 섞인 말씀처럼 불쌍한 중생이 가르쳐도 깨우치지 못하고 기어이 죽음의 길을 택하고 마는 것을 어쩌겠는가?

죽을 운에 닿으니 어렵다는 수삼 일을 넘기지 못하고 불운하게 기어이 명(命)을 다 하고 마는 것이 인생이라니…. 허무하다.

쉰 하루

오늘 내가 살고 있음의 의미를 알라

우리가 참으로 자유롭게 그리고 모두 평화롭게 살려면, 자비와 지혜의 길을 걸어야 한다.
자비 앞에는 적이 없고, 지혜 앞에는 어려움이 없다.
–「부처님 말씀」 중에서

진종일 머리가 무거운 상태에서 지내다가 두어 시간 먼저 회사를 나섰다. 자동차의 운전이 어려울 것 같아 시험실 K군에게 부탁하여 할배한테로 데려다 달랬다. 앞서 와 기다리던 두 사람의 차례를 마친 후 곧이어 치료를 받았는데도 여느 때와는 달리 그렇게 시원한 감을 느끼지 못했다. 머리가 어지럽고 무겁기는 치료를 받기 전이나 하등의 차이가 없는 속에 혼자서는 넘어지지 않으려고 애쓰며 조심스레 걸어서 집으로 향했다. 중간에 내 안사람이 마중해서 되돌아오기까지 짜증스러운 마음만 수북할 뿐이었다.

할배도사는 이제 나 자신이 아픈 데를 스스로 다스릴 수 있을 거라고 힌트를 주시지만 범인(凡人)의 경지에서 한 뼘도 벗어나지 못한 주제에 아직은 그러기가 어려울 수밖에 없는 노릇이다. 이렇게 몸이 불편해지면 마음도 나약해지나 보다. 어떤 부정을 탈 만한 사연이 있었는지, 아니면 또 먹지 말라는 음식을 삼키지나 않았는지, 갑작스런 체중 변화에 따른 요요현상인가 등등, 몸이 불편하니 별의별 생각이 다 찾아든다.

오늘은 토요일이라서 할배도사가 제자들을 데리고 산으로 야간기도를 하러 간단다. 나더러는 아직도 몸이 부실한 상태라서 동행할 수 없음을 헤아린다. 사실이지 심산계곡에 가서 밤새껏 벼랑 끝에 앉아 공부한다는 것이 얼마나 힘들겠는가에 대해서는 상상만 해 보아도 알 만하다. 결국 모르는 것이 약이라는 것은 최근 며칠 새 기도를 해 봄으로써 알게 되었다.

버티고 앉아서 늘 같은 주문의 염불만 외는 것이 무엇이 그렇게 대단할까 했었는데, 막상 5월 초하루부터 새벽 네다섯 시에 일어나 세수를 한 후 남쪽을 향해 절 4배를 올리고 나서 좌정하고 '관세음보살(觀世音菩薩)'을 소리 내어 외면서 관음정진을 해 왔으나 아직은 기도의 진의를 모르기 때문인지는 몰라도 한 시간을 버텨내기가 여간 어렵지 않다.

50여 분 정도가 지나면 하체가 무너져 내리는 아픔에 기도를 중단하지 않을 수 없게 되고, 종국에는 2,3분 방바닥에 엎드려 누웠다가 발의 저림이 가시고 나서야 겨우 일어나 다시 큰절 4배를 올릴 수 있는 형편이다. 이곳 선배들 말마따나 참다운 정성을 들인 기도란 아무나 하는 게 아니라는 것을 알았다.

참선은 어떤 것인가. 우선 기도 중에 어떤 것을 마음속에 떠올리며 무엇을 생각할 것인가. 어떤 경로를 통하여 무아지경(無我之境)에 들 것인가. 오랫동안 기도를 하다 보면 자연스레 어느 경지에 닿게 된다지만 한 시간이란 긴 시간을 무상(無想)의 경지에 임한다는 것은 실로 어렵겠다.

길은 물어 가는 길이 가장 빠른 법이라고 했다. 여러 종교서적이나 심령세계에 대해 많은 글을 읽어서 남들처럼 그렇게 부정적 시각이 아닌 우리 연구소의 ○박사의 의견처럼 잠재의식의 개발을 위한 일반적인 정신통일 불교는 부처님을 믿는 종교가 아니라 인과관계를 비롯한 우주질서와 존재의 실상을 철저히 인식하고 본래의 자아에 눈을 떠 온전한 사람이 되는 길이라 했다. 기도 정진한다는 것은 새로운 이치를 깨닫기 위해서가 아니라 본래의 깨달음을 드러내기 위한 수행이란 점을 강조하고 있다.

훈련과도 상통할 것 같아서 우선은 머릿속에 무엇인가를 떠올리며 기도를 해야 하는 것이 참선의 바른 길일 것같이 느껴진다.

책에서 본 거처럼 불교는 부처님을 믿는 종교가 아니라 인과관계를 비롯한 우주질서와 존재의 실상을 철저히 인식하고 본래의 자아에 눈을 떠 온전한 사람이 되는 길이라 했다. 기도 정진한다는 것은 새로운 이치를 깨닫기 위해서가 아니라 본래의 깨달음을 드러내기 위한 수행이란 점을 강조하고 있다.

그래서 스스로 무엇을 깨칠 것인가에 대해 노력해 보지만 그렇게 쉽사리 누구에게나 얻어질 해답도 아니고, 석불(石佛)인 할배의 얼굴 모습이나 할배도사의 각가지 표정을 클로즈업시켜 보지만 금세 다른 짓궂은 형상들로 일그러지고 흐트러져 버리는 것이 고작이다. 아직 믿음이 부족하고 공부가 약해서 그러함을 안다. 그러나 가능하다면 이른 시일 안에 그 기법을 터득하여 어떤 경지에 들고 싶을 생각뿐이다.

월요일 저녁나절에는 할배도사가 기도의 바른 길을 인도해 주시겠단다. 그렇지 않으면 백날이 가도 제대로 기도가 안 될 뿐만 아니라 긴 시간을 앉아 버티고 있을 수도 없단다. 진작부터 기대가 커진다. 그래서 사전에 예습을 하는 뜻으로 몇 가지 책을 펼쳐보았다.

우선 염불의 목적과 실존적 의미를 챙겨 보니 아미타불이나 관세음보살의 본원력에 의지해서 정토에 태어나는 것이며 그들의 힘에 의존하는 타력적 신앙으로 자력적인 근본불교와 차이가 있다고 했다. 대상이 어느 부처이건 그들 명호를 일념으로 부르다 보면 어느새 모든 번뇌 망상이 사라지면서 맑고 고요한 마음으로 세상을 바라볼 수 있다는 것과 현재의 마음이 곧 부처이니 이를 찾는 것이 염불의 실존적 의미라고 한다.

또 천태지의 대사가 확립했다는 수행법을 보니 마음을 고요히 가라앉히고 모든 존재를 있는 그대로 보라는 지관(止觀) 수행을 가르치고 있다. 그러나 체계적인 부처님 공부를 하지 못한 상황에서 모든 지침이 쉽게 와 닿지 않는다.

마침 불도에 근기(根機)가 있어 부처님의 성은을 받았다는 S씨 사모님께서 주신 책자가 도움이 많이 된다. 나름대로 새벽기도를 50여 분 정도 하고 나서 독서에 열중했다.

"기도란 왜 하며 누구에게 하는 것인가? 부처란 무엇이며 나 또한 무엇인가?" 하는 의미를 알 듯 말 듯한 지경에 이르게 된다. 참답게 산다는 의미를 너무나 간략하게 적기는 했어도 심오한 우주의 진리를 그런대로 잘 묘사한 것으로 생각한다.

나(我)라는 개체의 육체적 구성과 정신적 구성을 설명하고 나의 본체가 무엇임을 설명하고 있다. 과학적 논리성보다는 종교적 입장에서 인간의 의미를 포괄하고 있다고 보아야겠다. 우리의 몸을 질량적인 면과 정신적인 면의 양면 세계로 설명하려 들기 때문에 다소 어렵지 않을 수 없다.

흙이 될 살과 뼈, 물이 될 땀과 피와 눈물 등, 그리고 열(熱)과 에너지로 전환될 체온과 기(氣)로 이뤄진 우리의 육신이 개체의 형상(色)을 지니고, 육감(六感)을 느끼는 기관(眼,耳,鼻,舌,身,意)을 통해 모든 것을 감지(受)하고, 그를 느껴(相), 행동으로 나타내고(行), 인식의 갈무리(識)를 할 수 있는 복합체로 되

"기도란 왜 하며 누구에게 하는 것인가? 부처란 무엇이며 나 또한 무엇인가?" 하는
의미를 알 듯 말 듯한 지경에 이르게 된다. 참답게 산다는 의미를
너무나 간략하게 적기는 했어도 심오한 우주의 진리를 그런대로 잘 묘사한 것으로 생각한다.

어있다는 것이다.

또한 육신을 잃어버린 것이 혼이요, 사람이 죽어서 육체를 떠났던 혼백이 인연에 따라 새로운 생명체에 찾아들어감으로써 내세(來世)에 환생하게 되는 것으로 윤회(輪廻)의 이치를 부여하고 있다. 오늘 자기가 살고 있음의 의미를 깨우치는 것이 참다운 삶으로 가는 길일 것 같다.

쉰 사흘

비우고 버려야 새것을 채울 수 있다

스스로 자신을 일깨우라.
스스로 자신을 보살피라.
자신을 지키고 반성하면 그대는 안락하게 살게 되리라.
-「法句經」 중에서

할배도사가 나를 치료해 준 뒤에 전날 약속한 대로 나의 기도를 인도해 주신 것을 뒤에서야 알았다. 기도를 다 끝내고 나서 J사장의 설명을 듣고서야 비로소 '그랬었구나' 하고 느낀다. 내가 기도에 몰두하고 있던 중에 4,5분간의 짧은 시간이긴 했지만 할배도사가 큰 소리로 염불을 외우던 것이 바로 나의 기도력을 증진시키기 위한 주문이었다고 한다.

지금까지 공부한다는 것이 관세음보살(觀世音菩薩)이라는 다섯 글자를 소리 내어 외우는 것인데, 그것조차도 다른 것을 생각하거나 옆 사람의 기도 소리에 이끌리면 순간적으로 순서나 글자가 다르게 외워지고 만다.

그뿐 아니라 10여 분도 아니고 한 시간 정도를 같은 주문을 외운다는 게 매우 어렵다. 그것은 수양이 덜 되고 공부가 약하기 때문이라는 것을 잘 알기는 하지만 우리 같은 애송이로서는 쉽게 도달할 수 없는 경지임은 분명하다.

조용히 명상에 들어 자기 자신을 그 속에 빠져들게 하는 방법들이 알려졌지만 역시 오랜 수련에 의해서만 가능하다는 것을 알려주신다. 머지않아 모든 잡념은 배제되고 흰 구름을 타고 다니며 중생을 제도(濟度)할 수 있게 되

비우고 버리지 않으면 새것이 들어설 수 없다는 것을 알지만 비우고 내려놓음의 많고 적음에 따라
평화로움이 달라지고 완전히 내려놓으면 완전한 평화와 자유를 알게 될 것이며,
그때는 세상과의 더 세고 거친 싸움이 끝날 것이라는 태국의 고승 아잔차 스님의 말씀을 떠올린다.

는 날이 올 때까지 열심히 공부하라 일러 주신다. 참으로 어려운 주문이다. 삶에 대한 집착은 인간이 가진 가장 원초적인 성향이고 모든 생물이 가진 생존욕구 아닌가?

또한 적당한 집착은 삶의 원동력이라 배웠기에 그를 바탕으로 열심히 살고 있지 않은가? 구도의 길을 지향하며 진정한 삶을 살아가려는 사람에게는 집착과 욕망의 집에서 벗어나야 하는 출가정신이 필요함을 알겠으나 버리고 비우는 일은 결코 소극적인 삶이 아니라 지혜로운 삶의 선택일진대 화택(火宅)에 그대로 안주하려는 재가중생으로서는 쉽지 않은 일이다.

비우고 버리지 않으면 새것이 들어설 수 없다는 것을 알지만 비우고 내려놓음의 많고 적음에 따라 평화로움이 달라지고 완전히 내려놓으면 완전한 평화와 자유를 알게 될 것이며, 그때는 세상과의 더 세고 거친 싸움이 끝날 것이라는 태국의 고승 아잔차 스님의 말씀을 떠올려 본다.

50여 분에 걸친 공부를 끝내고 눈을 떴을 때는 할배도사도 자기 자신의 공부를 위해 어두운 밤인데도 불구하고 쏟아지는 빗속으로 서둘러 떠나고 없었다. 참다운 공부란 피눈물 나는 고행이 수반되지 않고서는 얻을 수 없다고 강조하시더니 오늘따라 폭우가 내린다는 일기예보가 있었는데도 불구하고 억수같이 쏟아지는 비를 맞으며 절벽 위에 앉아 참 공부를 하시겠다고 그 길로 서둘러 가셨나 보다.

비록 며칠 동안에 불과하지만 새벽 다섯 시가 되면 거르지 않고 곧바로 일어나 딴에는 마음을 가다듬고 기도를 해 왔었다. 참다운 기도가 무엇인지도 모르고 애만 쓰고 있노라 말씀드렸더니, 할배 앞에서 공부할 때 당신께

서 한 차례 나의 기도를 인도해 주고 나면 바른 기도가 되리라고 하셨기에 이제부터는 참마음으로 공부를 하게 되리라 믿는다.

할배도사가 강조하는 바처럼 신도들이 공부를 많이 해서 스스로 깨우쳐 애를 먹이지 않고 바르게 살아가 주기만 하면 자기가 피나는 공부를 안 해도 되지만 그렇지 않을 때는 이곳을 찾고 따르는 중생들을 대신해서 고행의 길을 걸어야 함을 몇 차례 이야기한 바 있다. 그런 고행에 대해서는 이 자리에서 일어나는 일만으로도 내 눈으로 봐서 잘 아는지라 이 어두운 악천후 속에서 할배도사가 정성을 다하여 부처님께 드리는 중생을 위한 애원의 기도소리가 생생히 귓전에 들려오는 것 같다.

땅에서 넘어진 자 땅을 딛고 일어나라. 마음을 다친 자 마음을 딛고 일어나라. 그리고 머뭇거리지 말라. 바로 지금일 뿐, 다시 시간은 없다고 가르치는 임제선사의 글귀를 되새긴다.

할배도사를 따라나서야 하는데 그렇게 하지 못했음을 뒤늦게 들먹이는 식구들이다. J사장도 기도하다가 기침으로 일관하더니 공부가 안 된다며 밖으로 나와 할배도사와 동행하지 못한 것을 늦게사 후회한다. 지난 토요일에도 야간기도를 갔었다가 추위에 고생했다고 들은 바 있다.

그래서 오늘은 선뜻 따라나서고 싶은 생각들이 없었는지도 모른다. 지금 가는 곳이 천성산 미타암 가는 계곡의 무지개 폭포라는 것은 들어서 알지만 할배도사는 때때로 그곳에 가서 공부하기를 자청한다.

큰 바위들이 높이 솟구친 벼랑 끝일수록 기도하는 데 안성맞춤이라지만 공부가 덜된 우리는 아무리 담이 크기로서니 그 높고 험한 바위 위에 올라

할배도사가 강조하는 바처럼 신도들이 공부를 많이 해서 스스로 깨우쳐 애를 먹이지 않고
바르게 살아가 주기만 하면 자기가 피나는 공부를 안 해도 되지만 그렇지 않을 때는
이곳을 찾고 따르는 중생들을 대신해서 고행의 길을 걸어야 함을 몇 차례 이야기한 바 있다.

가 앉기조차 겁나는 지경인데도 불구하고 그런 데서라야 정신이 바짝 들고 공부가 제대로 될 수 있다고 강조한다.

정신이 바로 박히지 않고 올바른 마음이 아니면 수십 길 낭떠러지로 곤두박질을 해야 할 판이니, 죽기 아니면 살기로 제대로 공부를 하지 않을 수 없기 때문이란다. 어려운 얘기다. 도를 닦는다는 게 어렵다는 것을 날이 갈수록 더 잘 알 수 있다.

오늘도 할배의 길을 걷고 있는 금정산 B암의 주지스님과 총무스님이 할배도사를 찾아와 어떻게 하면 이 어려운 길을 잘 헤쳐 나갈 수 있겠느냐고 길을 묻고 간다. 예사로 생각하기는 스님들이야 몇 십 년씩 공부를 하셨고, 이미 중생들을 제도하는 보살이므로 능히 자기들의 길을 헤쳐 나갈 줄 아는 터라 생각했는데 그렇지 않다는 것을 아는 밤이다.

고운 얼굴의 비구니들께서 고민스러운 얼굴을 지우지 못한 채 한숨을 쉬며 빗속으로 나서는 모습을 보니 안쓰럽기만 하다. 당분간 마을에 내려오지도 말고 얌전히 절만 지키고 앉아 공부나 열심히 하라는 처방만 일러 보낸다.

어떤 영문인지 그 내용이야 잘 모르지만 40여 일 전에 그런 풍파가 닥칠 것을 예상하여 일체의 조심을 하랬는데도 그러지 않은 것을 지금에 와서 누구의 탓으로 돌리려 하느냐고 나무랄 뿐이다. 성불하리라고 산사에서 밤낮으로 정진하는 비구니들도 공부가 모자라는 판이라니 우리 중생이야 만사가 죄짓는 일뿐이지 않겠는가?

세상살이 참 힘들다.

쉰 이레

건강에는 귀천이 따로 없다

도(道)는 만물로 하여금 자기를 완성케 하고서도 자기의 공이 있다고 자랑하지 않는다.
도는 만물을 감싸고 길러 내면서도 주권을 행사하지 않는다.
-「老子」 중에서

오늘은 공부방에 세찬 회오리바람이 인다. 할배도사가 마음이 상해도 많이 상했다. J사장이 구석진 곳에 앉아 '모든 잘못이 자기에게 있으니 용서해 달라' 는 말을 되풀이하는 것을 보고 뭔가 이상하다고 여겼었는데 알고 보니 서울에서 치료차 오셨다는 회장님이란 60대 후반의 낯선 사람 때문이었다.

후에 알고 보니 전직 대통령 친척으로 든든한 국영기업의 책임자였는데 지금은 건강상 뒷전에 물러나 있지만 그 명성과 권위는 여전하다고 들었다. 그런데 이해가 안 되는 점은 그렇게 당당한 분이라면 한국의 내로라하는 유명 의료원에서 현대적 의술에 의존하거나 아니면 외국에 나가서 치유할 수 있을 텐데 어떤 연유로 여기까지 치료를 받으려고 오는지에 대해 자못 궁금하기 짝이 없었다.

아무튼 사연이 있어서 그럴 테지만 더는 물어볼 데가 없었다. 다만 오늘따라 할배도사가 그러는 것이 내 짐작으로는 여느 사람을 막론하고 이곳에 치료를 받으러 왔을 때 정신자세부터 바꾸어 놓는 기초단계로 보인다. 그들

할배도사가 가르치는 바대로라면 인간은 가진 자나 없는 자나
가릴 것 없이 할배 앞에서는 다 마찬가지 신분인데
귀하면 얼마나 귀하고 높으면 얼마나 높겠는가 하시며 호되게 다그친다.

두 노인네가 지닌 현재까지의 속세(俗世)에 찌들어 있는 심성을 바로잡는 방법으로 그분들께 잘못된 바를 바로 언급할 수가 없어 만만한 J, K사장한테로 불똥이 튀게 하여 간접적으로 깨닫게 함이 아닌가 여겨졌다.

서울서 김해공항에 도착하는 과정에서부터 여러 대의 차를 오가게 하는 것은 친절이기 이전에 기름의 낭비요, 고급 호텔에 머물며 치료를 받으려는 마음자세가 도대체 틀려먹었다는 것이다. 도(道)를 닦는 사람들이 할배 앞에 와서 기도부터 할 줄은 모르고 나름대로 귀한 사람이 온다고 해서 정신들을 못 차리고 시끌벅적하게 버릇없이 날뛴다는 불호령이다.

할배도사가 가르치는 바대로라면 인간은 가진 자나 없는 자나 가릴 것 없이 할배 앞에서는 다 마찬가지 신분인데 귀하면 얼마나 귀하고 높으면 얼마나 높겠는가 하시며 호되게 다그친다. 그러나 J사장의 입장은 사뭇 다를 수밖에 없음을 알기에 안타깝다.

사전에 이런 곳이고 이런 분위기라는 것과 병을 고칠 목적이라면 치료받는 기간만이라도 일단은 모든 체면도 팽개치고 어떠한 창피도 용케 견디어내야 한다는 것을 J사장에게서 사전에 기초교육을 받았기 망정이지 지금의 할배도사의 노기나 나무람은 영락없는 고문이다.

그런 것을 알아차린 그분들도 자기 때문에 그런 혼란스러운 사태가 벌어졌고, 또한 소란해졌음을 알고서 수십 번 미안하다는 말로 용서를 빌고 있었다. 조금 시간이 흐르고 나서야 분위기가 바뀌어 들었지만 그래도 할배도사의 노기가 사그라지지 않는다.

오늘부터는 서너 달 금했던 벌주기를 다시 시작하시겠다고 선언하고 나

선다. 그동안 중단했던 벌에 대해서는 그 내용이 어떤 것인가 잘 모르지만 당장 방안에서 기도하는 사람들의 행동이나 눈빛에서 두려운 것임을 느낄 수 있다. 폭풍이 다소 잦아진 후 다들 심드렁한 기분을 털어 버리려는 듯 할배 앞에 다소곳이 앉아 공부에 열중한다.

모회사 J부장은 내가 알기로는 벌을 많이 받는 사람으로 여겨지는데 그가 기도하는 중에 무의식적으로 하는 이상한 행동에 대하여 옆자리의 다른 사람들이 웃어대는 것을 보면, 한시도 바른 자세가 못되고 이상한 몸놀림으로 할배도사한테 노다지 큰소리로 꾸중을 듣는 편이다. 자기 딴엔 정성을 들여 기도에 심취하고 있는데 시간이 지나다 보면 가지런히 모았던 두 손의 모양새가 마치 부처님의 양팔처럼 한 손은 위로 향하고, 또 한 손은 무릎 위에 얹혀 있다.

공부라는 게 그렇게 쉬운 줄 아느냐며 자기가 지금의 도사(道士)란 경지에 이르게 되기까지는 살을 깎는 아픔으로 공부해 이룬 것임을 최근 들어 수십 번 강조하신다. 몇 날 기도를 해 보면서 할배공부가 쉬운 게 아니라는 것을 안다. 기도하기 시작하여 일주일이 흘렀어도 아직 한 시간을 넘겨 본 바가 없을 정도로 가당찮게 힘든 일이다.

뼈가 굳어 가부좌는 취할 수 없는 처지이고 양반좌를 한 무릎 밑의 양다리와 아랫도리에 무진장한 진통을 느껴 더는 참지를 못해 무너져 내리게 됨으로써 급기야 기도를 중단하고 퍼질러 앉고 마는 지경으로 옆에서 보기와는 생판 다르다.

그 시점에서 참고 견디면 다음부터는 몇 시간씩 좌정하고 공부를 해도 괜

> 이제부터는 일주일에 한 번씩만 치료를 받아도 되겠다고 하신다.
> 정말 요새 젊은 아이들 말마따나 기분이 좋은 것 같다.
> 처음 시작할 때만 하더라도 마치 죽은 송장인 양 취급하는 바람에 얼마나 괴로워했었던가?

찮다는데, 지금으로서는 기도를 마친 후에도 한참 동안 엎디어 있어야 하체에 신경이 돌아와서 겨우 일어설 수가 있을 정도이다. 현재로는 집에서 기도할 때나 이곳의 할배 앞에서나 마찬가지로 더 버틸 가망이 없다.

아직도 아랫도리에 군살이 많아서 그런지 다른 사람들처럼 평발 치기도 거북한 정도라서 너무 성급한 기대가 아닌가 여기면서도 가까운 날 죽는 셈 치고 할배 앞에서 이 고난의 순간을 참고 견디어 볼 생각이다.

여하간 오늘은 한 차례 큰 소란이 일었다. 전 식구를 싸잡아 기합이 빠져 있음을 나무랐고 정신들 차려서 공부하란다. 그래서 비좁은 방 안에 10여 명의 신도가 들어앉아 기도하다 보니 온방이 떠나갈 듯한 열기로 후끈거려 전신에 땀이 밴다. 할배도사의 말에 의하면 신도들을 되게 꾸짖고 사람 되게 교육하는 것을 할배가 가장 좋아한다는데 오늘따라 방안이 훈훈해지는 것도 모두 다 그런 할배의 조화 속이란다.

오늘따라 치료를 받으면서 유달스레 할배도사의 손에서 전해지는 체온이 불같이 따뜻하다고 느꼈었는데 역시 오늘은 기(氣)가 넘친다고 하신다. 여느 때와 같이 치료를 끝내고 난 후 할배도사는 나에게 우등생의 은전을 베푸셨다. 이제부터는 일주일에 한 번씩만 치료를 받아도 되겠다고 하신다. 정말 요새 젊은 아이들 말마따나 기분이 좋은 것 같다. 처음 시작할 때만 하더라도 마치 죽은 송장인 양 취급하는 바람에 얼마나 괴로워했었던가?

조금 전까지만 해도 몇 달이 걸려 치료가 끝날는지? 거기다가 끝난 다음에도 예전처럼 제자리로 돌아가게 되는지, 아니면 나 자신에 의한 의지적인 삶 자체를 아예 포기하고 하늘의 뜻에 맡긴 채로 미지수의 남은 삶을 보낼 수밖에 없는 숙명론에 엇갈려 혼자서 오라지게 갈등을 느끼지 않았던 가?

물론 오늘의 이 조처가 나 자신이 이뤄온 56일간의 고된 자기와의 싸움에서 이긴 결과라는 것은 잘 안다. 또한 오늘의 이 결과에 대해 스스로 자만하거나 지금부터 해 나갈 공부를 게을리 할 마음은 털끝만큼도 없다. 다만 할배가 품속에 안고 거두어주신 자비심에 고맙고, 할배도사가 베풀어 준 사랑의 손길에 깃들 수 있었던 가르침에 죽도록 감사할 따름이다.

더욱 이 길에 정진하리라. 우리 집의 평화와 사랑을 찾아주신 부처님께 늘 감사하는 마음으로 살아갈 것이며, 힘이 된다면 미처 깨닫지 못하고 방황하는 한 사람의 중생이라도 더 가까이해서 참된 삶이 무엇인가를 얘기하며 살아가리라.

예순 날

모두가 제정신일 때 건강한 사회가 된다

큰 것은 작은 것에서 생기고 많은 것은 적은 것에서 일어난다.
원수를 덕으로 갚는다.
어려운 일은 쉬운 곳에서부터 풀어야 하고, 큰 일은 사소한 일에서 시작해야 한다.
-「法句經」 중에서

세상 돌아가는 꼴이 말이 아니다. 식자(識者)들 간에는 이 나라가 어찌 되려는지 그 암담(暗澹)함에 한숨을 토한다. 나라가 망하려 드는지 정치해 가는 꼴을 보고 젊은이들이 분신자살(焚身自殺)을 이곳저곳에서 장난처럼 하고 있다. 정치하는 자들은 그 원인을 서로 남에게 떠넘기려 든다.

할배도사가 오늘따라 국운(國運)의 쇠함을 걱정한다. 요즘 나라 되어가는 꼬락서니가 정말 말이 아니라는 데 동감이다. 그래서 할배도사가 공부하던 중에 10명의 스승 중에 한 분이신 녹두장군으로 불리는 전봉준 할아버지를 찾아보았더니 명쾌한 대답 대신 뒷짐을 지으시고 마당을 뱅뱅 돌며 국가의 장래에 대해 걱정을 태산같이 하시더란다. 최근 들어 국가의 변고를 예견하는 갖가지 조짐들이 나타난다고 듣는데 그런 것 중에 별스러운 것이 더러 있다.

우선 밀양(密陽)의 표충사에 있는 비석으로 이 비석이 눈물을 흘리는 것과 국가의 희비사가 점철됐었다는 것은 자주 들어온 터이다. 그런데 최근에 이 비석이 눈물을 자주 흘린다고 전한다. 또한 요즘 쥐들이 국화꽃을 다 잘라 먹어 할배의 방에 장식할 몇 송이의 국화(菊花)마저도 구하기도 힘든가 하면, 전국 방방곡곡에 자라는 대나무들이 다 말라 죽을 것이라는 게 할배도사의 예언이시다.

이 땅의 정기(精氣)가 다 쇠하나 보다고 점치는 것이 한두 사람의 시시콜콜한 말장난 같은 걱정만은 결코 아니다. 나라가 잘 되려면 그 나라 국민이 모두 제정신들을 차려야 하는데 다들 언제부터 이렇게들 부티내며 홍청망청 잘 살게 되었는지 가진 자는 가진 자들대로 가난한 자는 그들 나름대로 완전히 중구난방(衆口難防)이라고 한탄이시다.

무궁화(無窮花)가 우리나라의 꽃이라는 것은 누구나 아는 사실이지만 국화(國花)에 왜 그렇게 벌레가 들끓고 꽃이 추해 보이는지에 대해서는 관심을 가져보는 국민은 눈 닦고 찾아봐도 없다고 되물음 하신다. 국화로서의 무궁화가 의미하는 바는 우리 민족의 은근과 끈기를 표상하는 민족정신에 그 의미를 부여하지만 그 꽃 자체는 별로 예쁜 데가 없고 다른 아름다운 꽃들에 비해 많은 애착이 가지 않는 것이 사실이다.

무궁화를 사랑하는 것도 국가를 사랑하는 것이며, 국민 개개인이 바른 국가관과 올바른 정신이 들면 나라꽃 역시 해맑고 병들거나 시들지 않는 꽃으로 아름답게 자라게 된다는 것이다. 우리만이라도 삽작거리에 무궁화를 심자고 제안하신다. 그래서 할배 앞에 모인 우리 모두의 정성과 자기의 초능력으로 기원하여 벌레가 먹지 않는 깨끗하고 아름다운 나라꽃으로 가꾸어서 우리 식구(할배도사를 따라 공부하는 사람들)의 맑은 정신을 보여주잔다.

오늘따라 할배도사가 화를 삭이지 못하고 고래고함이시다.
J사장을 비롯한 이 집에서 가장 신임하고, 또 열심히 할배의 길에 정진하고 있는 제자들을 향해
얼굴을 맞대고 삿대질을 하며 변명할 틈도 주지 않고 나무란다.

나라꽃인 무궁화보다 일본국화인 사쿠라(벚꽃)를 좋아해서 벚꽃놀이 가는 우리에게 민족의 정기를 되살리기 어렵다니 다시 한 번 이것이 의미하는 바를 되씹어 봐야 하리라. 언제인가 다시 그들의 속박에 얽혀들 것을 미리 걱정하지 않을 수 없는 현실들을 어떻게 설명할 것인가?

오늘의 이 난국을 진실로 걱정하고 책임져야 할 어른들이 선조들에게만 모든 잘못을 되돌려 탓하면서 오늘의 역사를 위해 값없는 짓들로 국력이나 정력을 낭비하고 있다. 그러면서도 그런 것에 대한 책임이나 잘못에 대한 반성의 빛은 눈곱만큼도 없고 서로의 당리당략이나 자기의 이권들만 챙기려 드는데 가슴 아파하지 않을 수 없다.

어디 그뿐인가? 설사 지금의 세대들에게는 그런 기대를 저버렸다손 치더라도 차세대에 안겨줄 미래의 비전을 제시할 현안(賢眼)의 빛마저 없고 보니 어린 학생들인들 어찌 화가 나지 않겠는가? 누구에게 이 어려운 상황을 탓할 것인가? 최루탄 가스는 그런 어른들이 마셔야 할 산물이다.

오늘따라 할배도사가 화를 삭이지 못하고 고래고함이시다. J사장을 비롯한 이 집에서 가장 신임하고, 또 열심히 할배의 길에 정진하고 있는 제자들을 향해 얼굴을 맞대고 삿대질을 하며 변명할 틈도 주지 않고 나무란다. '한 놈도 제정신이 올바로 박히지 않은 상태에서 이 짓을 하면 뭘 하느냐'며, 모두들 뿔뿔이 흩어져 제 갈 길을 가라는 고함질이시다.

여태까지 한 번도 본 일이 없는 성난 해일 같은 노여움이다. 화가 난 연유는 며칠 전에 치료차 왔던 모 재벌의 회장님께서 오늘 치료를 마치고 서울로 돌아간 모양인데 차를 타고 공항으로 가면서 J사장더러 하신 얘기가 화

근이 된 것이었다. 자기가 치료를 받아보니 다 좋고 괜찮은데 어린아이들에게만은 고기나 우유를 먹여서 성장을 촉진해 주는 게 좋을 것같이 생각되니 할배도사에게 한 번쯤 권유해 보라는 그분 나름대로 마지막 소감을 피력했다는 것을 J사장으로부터 전해 듣고서였다.

그동안 할배한테서 치료를 받고 공부를 하면서 모든 병의 근원이 우리의 일용하는 먹고 마시는 것에서 비롯한다는 것을 터득한 나로서는 음식물의 선택과 영양을 섭취하는 것이 개인이나 국민건강에 대단한 중요성을 가진다는 것을 강조하고 싶다. 그리고 그것을 국민운동으로까지 승화시켜 실천토록 하고 싶은 심정인데 이것을 발병의 원인과 치료요법의 근본으로 삼고 있는 할배도사에게는 그분의 제안이 자존심을 건드리는 의견으로 받아들여진 것 같다. 이런 말참례가 할배도사에게는 너무나 속이 상하고 자존심이 꺾인 듯 느껴진다. 할배의 길을 가는 수행자 말고는 치료받는 기간만이라도 육고기를 삼가고 주의하라고 했을 뿐인데 자기가 무엇을 안다고 그런 넋두리를 남겼느냐다.

5공화국 시절에 별(星)을 세 개씩이나 달았고 지금은 국영기업체의 상위직에 있는 자가 미알지게 그런 밉살스러운 후렴을 남겼다는 데 재삼 화가 났고, 오늘의 이 난국과 젊은이들을 정신적, 육체적으로 멍들게 한 장본인들이 그따위 정신자세이니 이 나라의 장래가 어찌 되겠냐고 노발대발이시다.

이제부터는 녹슬 대로 녹슬어 버린 어른들과는 상종도 하지 않겠다며 저 순진하고 때 묻지 않은 어린 꼬마들이나 다스려서 그들에게 희망을 걸고 사시겠단다. 정말 헤아리기 힘든 가르침에 절로 숙연해진다.

예순 하루

가족이라고 모든 것을 이해할 순 없다

눈을 자제하는 것은 착한 일이고, 귀를 자제하는 것은 착한 일이다.
코를 자제하는 것도 착한 일이고, 혀를 자제하는 것도 착한 일이다.
-「法句經」 중에서

어제는 막내를 데리다 할배도사한테 치료를 받게 했더니 역시 예상한 대로 막힌 데가 많다. 심하게 구토를 하고 피로에 못 이기는 양 하품을 하며 몸소 자기 등을 쳐가면서 진통을 겪는 할배도사의 모습을 보면서 당사자인 제 딴에는 앞으로는 음식 먹는 데 주의해야겠다고 느끼는 계기가 되었으리라 짐작한다. 아무리 말로 해서는 그들 나이에 '설마' 라는 항변밖에 없을 것은 뻔한 일이다.

어릴 때부터 그랬었지만 유달리 얼굴에 혈기가 많아 선머슴애처럼 검게 보이는 건강체질이라서 선천적으로 그렇게 타고 났을 것이라고 믿어 대수롭잖게 생각해 왔었다. 그러나 나이가 들어가니까 본인이나 딸 가진 부모의 마음은 달덩이같이 희고 고운 피부이기를 바라는 것이 희망사항일 수밖에 없었다. 그래서 어떻게 하든지 다스려 주어야겠다고 여겨 왔었는데 하늘이 도와 할배를 만나는 계기를 얻게 된 것이다.

할배도사의 진단 결과로는 예상했던 대로 육고기 좋아하는 식성을 나무라면서 나이가 어려 회복이 빠르므로 사나흘만 치료를 받으면 좋아지겠다고 진단하시는지라 정말 다행스러울 뿐이다. 이곳에 드나든 이후로 자식들의 건강을 책임지고 있는 주부의 역할이 얼마나 중요한가를 다시 한 번 생각하며 하루빨리 우리 집사람의 마음과 정신자세가 옳게 변해야 함을 지적한다.

이제부터라도 육류는 우리 집 식탁에서는 완전히 몰아내었으면 하는 바람이 나의 작은 신앙처럼 변해 가는 판인데도 식탁을 책임진 사람이 그것을 실행하지 않음으로써 생기는 뒤탈을 어떻게 유도해 나가야 할지 심히 망설여진다. 내 안사람의 경우 늘 같이 치료를 받으면서도 나처럼 큰 효험이나 변화를 못 느끼는 것 같고 믿음과 더불어 정신적 변화의 폭이 더딘 것으로 느껴져 안타까운 심정이다.

오늘은 둘째 녀석이 건강상태가 나빠 휴가를 주겠으니 데려가 회복시켜 보내라는 학원 쪽의 예기치 않았던 기별을 받고 놀란 제 어미가 두어 시간 걸리는 먼 데까지 가서 데려왔었다. 일전에 할배도사의 이야기로는 부모가 열심히 기도하면 어른의 액운이 더러는 자식들에게로 밀려나는 수가 있으니 기도할 동안은 닭고기나 돼지고기 등은 먹이지 말도록 당부를 하기에 다음 주말에 집에 다니러 오면 그런 얘기를 일러 줄 참이었다.

학원에서 생일을 맞이하는 학생들의 경우 대체로 통닭 잔치를 자주 베푼다고 들었기에 혹시나 즐겨 나눠 먹고 난 후 그것으로 인한 탈이 아닌가 하여 적이 걱정되었는데 할배도사가 진단한 결과로는 식사로 생긴 것이 아니고 잡생각이 들어 정신적인 갈등 탓이라고 한다.

다 큰 녀석이 집 생각이야 별로 안 나겠지만 공부해 갈수록 한계를 느끼

여하간 올해는 우리 부부에게는 행운의 신이 멀리 떨어져 있다는 것을 몇 차례 들어 알기에
웬만큼 정신을 가다듬고 생활하지 않으면 불운이 찾아들 것 같은 심정이라서 단단히 각오하고 산다.
정말 종전보다는 자식들에 대한 애정의 깊이가 달라져 가고 있음을 나 자신도 느낀다.

게 되어 성적 향상과 대학의 진학문제 등을 비롯한 날이 갈수록 초조한 마음이라는 것을 알 만하다. 잡념이 가득해지면 머리가 어지럽고 모든 것이 귀찮게 여겨지는 것은 당연하겠지만, 그러나 중도에서 망설이거나 포기할 일이 아니지 않는가? 우선은 따뜻한 애정과 정신적 위로가 필요하다는 생각이 든다.

이곳에서 시간을 지체하다 보니 결국 할배 앞에서 밝혀진 일이지만 본인의 실토에 따르면 친한 친구가 모진 병으로 시한부 인생을 살게 되었다는 소식을 듣고 여린 마음에 잠을 이루지 못하는 모양이다. 한참 감수성이 예민한 나이에 접어들었기에 그 커다란 고민을 혼자 감당하기는 당분간 어려울 것은 뻔한 이치리라.

자식이 많다 보면 그들이 당하는 괴로움도 부모의 것이 되기 마련이다. 다만 세대의 차이나 감성(感性)에 따른 그 깊이나 폭이 다를 뿐이다. 쓸데없는 일로 바보처럼 고민하고 있다고 나무람질이나 윽박지르기를 해서 그가 괴로워하고 있는 거추장스러운 잡념들을 깨끗이 가셔줄 수 있는 처지가 아니라는 것을 안다.

여하간 올해는 우리 부부에게는 행운의 신이 멀리 떨어져 있다는 것을 몇 차례 들어 알기에 웬만큼 정신을 가다듬고 생활하지 않으면 불운이 찾아들 것 같은 심정이라서 단단히 각오하고 산다. 정말 종전보다는 자식들에 대한 애정의 깊이가 달라져 가고 있음을 나 자신도 느낀다.

왜냐하면 그들이 나 자신의 분신(分身)이라는 것을 깨달았기 때문이다. 그들이 잘 되고 못 되는 일이 모두 다 우리 부부의 일거수일투족의 행동이나

심성에서 비롯될 수도 있고, 자식들이 바라는 만큼의 애정이 결핍함에서 올 수 있는 문제들이기 때문에 부모로서는 만사에 애정 어린 보살핌으로 모범을 보여야 그들이 따라 배우고 익힌다는 사실이다.

그들이 나의 분신으로서 세상살이를 배우고 익혀 나가기 때문에 모름지기 부모로서 해야 할 역할이란 값으로 정할 수 없이 중요하다는 것을 깨달은 이상 이제는 쉽사리 그들을 내 소유물처럼 대하거나 인격을 배제한 가족이라는 개념만으로 대접해서는 안 된다. 완전한 인격체로서 사회생활을 영위해 가는 데 올바른 정신으로 굳건히 살아갈 힘을 길러주는 것이 부모로서 해야 할 도리(道理)라고 본다.

예전 우리가 자랄 때와는 너무도 판이하게 급속도로 변모해 가는 오늘의 다양한 산업사회의 잡다하고 오염된 생활환경과 여건 속에서 제정신 차리고 제자리 지키며 건전하게 자라나 제몫을 해 주기를 바라는 간절한 소망만이 온 마음속에 비좁을 뿐이다.

다시 한 번 나(我)라는 존재를 생각해 본다. 가정적으로는 내가 아버지이기 이전에 나도 자식이요, 형님이기 이전에 동생이요, 삼촌이기 이전에 조카이니까 어찌 나와 내 몸이 내 것이라고 주장할 수 있겠는가?

사회적으로도 그러함은 마찬가지이다. 한 직장에서의 정신적 지주가 되어 그들의 생활을 걱정해 줘야 하는 상사요, 몸담고 사는 직장의 살림을 돌보고 키워야 하는 큰 머슴의 관계가 아닌가? 그러한 이상 서로가 얽히고설킨 인연으로 살아야 하는 필연적 관계를 어찌 마다할 수 있겠는가?

참나를 찾는 길이 보일 듯 말 듯하여 안타깝다.

예순 이틀

행복은 감사하는 마음

착한 사람은 착하지 못한 사람의 스승이 된다.
좋은 스승은 착하지 못한 제자를 떠나서 스승이 될 수 없고,
또 제자는 스승을 떠나서 제자가 될 수 없다.
-「老子」 중에서

수요일이면 대학에 강의가 있는 날이지만 시국이 하도 어수선하고 학교마다 데모하느라고 최루탄 가스와 화염병이 난무하는 판이라 수업을 하게 될는지 어떨지 궁금증을 가진 채로 캠퍼스를 찾았다. 예상과는 달리 학교 안은 조용한 분위기였고 요소마다 나붙어 팔랑거리는 플래카드나 닥지닥지 붉은 글씨로 써 붙여진 대자보(大字報) 속에서만 그들 나름대로 현 정권에 대한 도전적 문구들이 가득할 뿐이다.

비록 한 학기의 수업이지만 새 건물의 낯익은 강의실의 계단을 오르면서 '스승님께 감사한다' 는 대자보를 보는 순간 아직도 어느 한 모퉁이에 살아 숨 쉬는 제자와 스승 간의 끈끈한 사랑이 남아있음에 고마움을 느낀다.

교무실에서 강의시간을 기다리는 동안 4학년 총대와 P양이 스승의 날을 맞아 감사드린다며 가슴에 꽃을 달아준다. 6년간 대학에 강사 노릇을 하면서 스승의 날에 대학생들로부터 선물을 받기는 3년 전에도 한 번 있었던 일이지만, 이번 학기의 수강생들은 휴강(休講) 한 번 없이 열심히 배운 데다가 스승의 대접까지 해 주는 데 고마운 마음이 들었다.

다 모인 강의실에 들어가서 스승이라 존경해 주고 선물과 꽃으로 오늘을 기려준 것에 대하여 진실로 고맙다고 인사하고 난 후, 오늘의 이 난국을 살아가는 데 대학인의 슬기를 발휘해 물리적 힘이나 숫자에 편승한 떼심이 아닌 지성으로 주어진 문제들을 해결해 나가 줄 것을 당부하며 수업에 임했다.

공자(孔子)의 말씀처럼 스승은 어디에나 있다고 생각은 한다. 그러나 참스승이란 무엇일까? 한 사람의 인격 형성에 얼마만큼 영향을 미쳤느냐에 따라 스승으로서의 존경도가 달라지는 것으로 보인다. 최근 할배공부를 하면서 느끼는 바로는 어떠한 형태로든 간에 나에게 가르침을 주고, 또 가르침이 되는 객체는 모두가 스승이라고 생각한다.

이는 곧 모든 것이 다 마음으로부터 시작된다는 부처님의 기본적인 가르침에서 얻을 수 있는 대답이다. 그러나 일반 중생들이 스스로 제 갈 길을 깨우친다는 것이 쉬운 일이 아니다. 오늘 할배도사가 기뻐하던 일 중의 하나가 이러한 자기성찰에 의해 깨우침으로 하여 새로운 인생관을 찾게 된 J군의 아빠에 관한 얘기다.

그는 내가 보기로는 30대 중반쯤의 젊은이로 T골프장에서 수년 동안 주방장을 맡아 일하고 있으며, 그의 부인 역시 같은 직장에서 오랫동안 근무한 관계로 그 골프장을 드나든 나와는 낯설지 않다. 그는 지병으로 직장에 휴직계를 내고 여기에 와서 치료를 받고 있는데 겉으로 보기에는 멀쩡해 보였다. 무슨 병이기에 치료를 받는가는 잘 몰랐었지만 최근 알고 보니 목 부분의 디스크로 몇 년 동안 고생을 해 왔고 그 치료를 위해 유명세가 붙은 병원은 두루 다녀 봤지만 신통치가 않아 지난달부터 이곳을 찾게 되었단다.

부인과 장모 그리고 네 살짜리 꼬마 J까지 이 집에 자주 드나드는 열성파에 속할 정도로 효험을 보고 있단다. 한 직장에 오래 있다 보니 그 직장에 대해 회의를 느끼는 정도에 비례해서 건강도 나빠지고 일하기도 싫어져 자꾸만 이 현실을 탈피하고 싶은 생각에 병이 난 것으로 보인다.

그러나저러나 우리 같은 문외한의 눈에도 부자병(富者病)처럼 보였는데 당사자의 말에 의하면 일을 하러 직장에 나가면 몸이 아프고 집에서 놀면 아무렇지도 않다는 희귀한 증상을 두고 단순히 디스크에 기인한다고 진단하기에는 무리처럼 보인다. 그런 그에게 좋은 처방으로는 강한 정신적, 육체적 훈련밖에 없다는 것을 아는 할배도사께서는 힘든 공부를 시켜 본인 스스로가 문제를 해결하게 했었는데 그 방편을 택했던 것이 주효했었다는 말씀이시다.

지난번 밤에 억수로 쏟아지는 폭우 속에서 그와 단둘이서 양산 무지개 폭포가 있는 계곡에 들어가 고된 공부를 하고 나서야 비로소 그는 자신을 찾게 되더란다. 그날 밤 폭우 속에서 기도하고 찬물에 들어갔다 나오게 하였더니 반죽음 상태가 되어버린 그를 가까스로 기를 찾아 되살려 주었단다.

그의 부인이 대신 들려준 이야기로는 그날 밤에 힘든 기도를 드리고 있을 때 그곳의 폭포수 위로부터 광채가 풍기고 부처님이 나타나더니 바르게 살아갈 가르침을 주시더라고 전한다.

휴직 중인 직장이 정작 싫으면 진작 그만두고 J사장네 회사에 나가 운전사 노릇이라도 하며 심기일전(心機一轉)하여 새 마음으로 살아가겠느냐고 물었더니, 그는 천부당만부당하다고 펄쩍 뛰면서 이제부터라도 옛날로 되돌아가서 충실히 살겠노라고 답하더란다.

그래서 그는 어제까지의 휴직 중이던 직장에 다시 나가기로 작정했고, 또 다시 새롭게 태어난 기분으로 보람을 갖고 자기의 본업인 주방 일에 온힘을 쏟고 살겠다며 오늘 첫 출근을 했단다. 여하간 그는 제 길을 찾은 것 같다.

예순 나흘

믿지 않으면 이룰 수 없다

너희는 자기 본성에서 의지하여 진리대로 행동하여라.
이대로 살아간다면 항상 나와 함께 있으리라.
모든 것은 덧없으니 게으르지 말고 부지런히 정진하여라.
–「부처님 말씀」 중에서

이 한 주일은 할배도사의 심기가 매우 불편하다는 것은 알고도 남음이 있다. 그렇게 따르던 제자들이 일시에 등을 돌리고 다들 뿔뿔이 헤어져 갔으니 말이다. 나 자신만 해도 그처럼 정답던 사람들이 같이 있어 줄 시간에 자리가 채워지지 않는 냉랭함이 느껴지는 판인데 할배도사야 오죽하겠는가?

어떤 고난이 닥치더라도 참사람으로 살겠다고 밤낮으로 찾아들어 열심히 기도하던 제자들에게 며칠 연달아 눈물이 나도록 꾸짖기도 하고 그럴 때마다 자신의 공부가 부족해서 그러함을 누누이 지적했던 이유가 무엇인가를 곰곰이 생각해 보지만 내 요량으로는 그렇게 한 할배의 큰 뜻을 알 수가 없다.

그들 모두가 일시에 칼로 물을 베듯이 발걸음을 싹 끊는 것을 보고서 짧기는 하지만 할배 공부를 한 사람들에게 이런 일이 있을 수 있을까 반문해 보지만 잘 이해가 되지 않는다. 언젠가 할배도사 자신의 입으로 예언했던 대로라면 이곳에 닥칠 한 차례 세찬 풍파는 피할 수 없는 일이겠지만, 그러나 믿기지 않는 일이라서 그들 중에 한두 사람은 할배 품으로 되돌아오리라

점칠 뿐이다.

여하튼 나 혼자서라도 심기가 편안치 않을 성싶은 할배도사 곁에서 조용한 저녁 시간으로 인생 공부나 더 할까 하는 판에 외국에서 손님들이 밀어닥치니 만사가 내 뜻만으로 되는 것이 아님을 안다. 겉으로는 밝게 보이려고 애쓰는 할배도사의 심정을 모를 리 있겠는가마는 달리할 방법이 없다.

오늘은 10여 일만에 나를 치료하시면서 이제 졸업을 해도 좋음을 알리신다. 더는 할배도사가 치료를 하지 않아도 나 자신이 스스로 다스릴 수 있고 그동안 노력한 것으로 보아서는 탈 없이 지낼 수 있겠단다. 그 사이 지내면서 보니 심성을 바로 하고 지시를 잘 따라 주어 빨리 치료가 된 결과라 하신다.

집으로 돌아와 막상 졸업했다니까 뒤에서야 내 안사람이 내게 일러 준 얘기이지만 낮에 치료를 받으러 갔더니 나처럼 의지가 강하고 말 잘 듣는 사람만 있으면 병 고치기는 문제가 없겠다고 말씀하시더라는 것이다. 앞으로도 치료기간에 지시한 사항대로 잘 따라주고 항상 몸 관리를 철저히 하면서 심신이 올바른 자세로 살아간다면 다시는 건강문제로 찾아올 일이 없을 것이란다.

그러시면서 "이 집에 드나드는 사람은 다 미쳤다고들 하니 교수님(할배도사는 나를 그렇게 부르기도 한다)도 그런 소리 안 듣게 내일부터는 아예 찾아오지 마세이"라고 말씀하셨다기에 씁쓸한 여운이 남는다.

아마 요 근래에 할배를 저버리고 이 집에서 발길을 돌린 사람 중에서 어느 누가 악담하는 것을 전해 들으신 모양인데 오늘따라 그런 말을 두어 차

앞으로도 치료기간에 지시한 사항대로 잘 따라주고
항상 몸 관리를 철저히 하면서 심신이 올바른 자세로 살아간다면
다시는 건강문제로 찾아올 일이 없을 것이란다.

례 하시는 것을 들으니 뒷맛이 떨떠름해진다. 그동안 일어난 사항으로 보아 할배를 험담하는 사람은 꼭 벌을 받는 것으로 아는데 누가 그랬는지 몹쓸 소리를 했다 싶어진다.

그나저나 내가 항상 얘기해 온 사실이지만 내 건강을 이곳에서 찾았고 그로 인해 내가 편해 좋으니 어느 누가 뭐래도 좋을 뿐이다. 이 모든 것이 부처님의 자비 없이는 이뤄질 수 없는 일이다. 정말 나로서는 기적을 얻은 셈이다.

100여 일 남짓한 기간에 체중이 약 9kg이나 줄어들었고, 그런 육체적 변화에 이어 심하게 코를 고는 일, 속에서 냄새나는 일, 앞니로 음식 씹기, 두통에 의한 어지럼증, 보잘 것 없는 정력, 숨 가쁘고 약하던 심장, 속으로 열이 차서 시뻘겋던 얼굴, 차갑던 손발, 더운 것을 못 참던 고약한 성질 등등 실로 많은 변화를 가져다주었다.

그리고 밖으로 나타나는 변화로는 늘 배가 부르니 식후에는 물론이고 조금 긴 시간을 마룻바닥에 앉아 있을라치면 제 몸을 가누지 못해 바로 앉아 있기가 거북해 기대거나 눕기를 즐겨 했을 뿐 아니라, 등이 굽고 배만 튀어나와 올챙이 폼이더니 요즘에는 어깨가 펴지고 펑발치고 앉는 것이 더 편하다. 이제까지 입던 바지들이 너무 헐렁해져서 새로 맞추거나 줄이지 않고 입으면 마치 희극 배우 찰리 채플린이 즐겨 입던 통 큰 바짓가랑이 모양이다. 정장을 해 보니 그동안 잘 어울리던 양복들도 비옷을 걸친 것처럼 헐렁하다.

또 한편 정신적인 변화로는 쓸데없는 욕심을 더러는 버리고 살 수 있는

마음의 여유를 얻었음은 물론이거니와 참다운 삶을 산다는 것이 어떤 것인가를 알게 된 것이 매우 값진 것이라 할 수 있다. 그뿐만 아니라 종전에는 미처 느낄 수 없었던 우리 가정에 깃든 따스한 행복감에 더욱더 고마울 뿐이다.

또한 우리 내외 사이에도 20여 년 동안 살을 섞고 살면서도 요즘같이 부부의 따스한 정과 잔잔한 애정을 가져본 일은 드물었다고 여겨진다. 자식들에 대한 애정도 마찬가지다. 하나같이 내 분신이요, 내 품 안에 있으므로 소중스럽고, 귀엽고 애착을 더 둔다. 정말 이처럼 행복을 안겨주신 부처님의 자비에 감사할 뿐이다.

인생을 살면서 큰 고난의 늪이나 죽음 직전에까지 닿아 본 일이 없다면 결코 자기의 천성처럼 길든 습성을 하루아침에 바꿀 수는 없는 것으로 믿어왔다. 초고속 삶을 향해 질주하다 보면 고통이 따르기 마련이다. 그게 다 지나친 욕구 때문이리라.

때로는 그런 고통의 의미를 알고 스스로 극복이 가능하리라 생각하지만 욕망과 능력의 폭과 수준에 따라 한 발짝도 진전을 못하는 경우가 일쑤다. 그렇듯 육체적 고통은 현대의학으로 어느 정도 치유가 가능하지만 정신적 고통의 해결은 더욱더 어렵기 마련이다.

그러나 나는 그런 엄청난 충격 없이 그동안 참스승을 만남으로써 건강도 되찾았고, 새로운 인생을 덤으로 얻었고, 거기다가 얄팍하기는 하지만 삶의 의미도 찾았다. 큰 뜻에서 불교는 인간의 고통을 치유하는 의학이고 부처는 마음의 병을 치유하는 의왕(醫王)이다.

나는 그런 엄청난 충격 없이 그동안 참스승을 만남으로써 건강도 되찾았고,
새로운 인생을 덤으로 얻었고, 거기다가 얄팍하기는 하지만 삶의 의미도 찾았다. 큰 뜻에서
불교는 인간의 고통을 치유하는 의학이고 부처는 마음의 병을 치유하는 의왕이다.

이제 졸업(卒業)의 참의미를 되씹고 살려고 한다. 졸업이란 시작을 뜻한다고 읽었다. 할배와의 약속을 저버린다면 스스로 나를 포기하는 결과가 될 것이며, 그동안 어렵사리 찾은 행복에의 꽃길을 벗어나 진흙 속의 험한 길을 가야 하는 결과밖에 없음을 잘 안다. 인생은 그냥 사는 것이 아니라 훌륭하게 사는 것이라고 말한 소크라테스의 외침처럼 행복 또한 강도(强度)가 아니라 빈도(頻度)이다.

이제부터 모든 길은 내 마음속에 있다. 지난날에는 육체의 모든 문제를 초월하여 정신세계의 안식을 얻기란 매우 힘든 일로 알아왔다. 육체가 병드는 원인이 정신상태로부터라는 것과 병이 낫는 것 또한 그렇다는 것을 터득하기도 어려운 일이었다. 그러나 이제 믿음을 통해서만은 가능한 얘기가 된다는 것을 알았다. 믿음의 힘은 무궁무진하기 때문이다.

지난날 내 머릿속에는 육체의 모든 문제를 초월하여 정신세계의 안식을 얻기란 많이도 힘이 드는 일로 믿어 왔고, 성직자처럼 구도의 길을 가는 사람들의 세계에서나 가능한 일로 우리같이 속세에 때 묻고 찌든 보통 사람들에게는 너무나 거리가 먼 생활철학으로 믿어 왔었다.

그러나 지금 이 시점에서는 전연 다른 견해를 갖는다. 육체가 병드는 이유가 정신적으로부터 시작한다는 것과 병이 낫는 것 또한 정신자세의 소산이라는 것을 터득하기까지는 실로 깊고 긴 터널을 지나온 기분이다.

그러나 이 모든 것이 인간으로서 지닐 수 있는 한계 이상의 초능력에 의한 힘 내지는 평소에 다져진 자기를 극복할 수 있는 신실한 믿음을 통해서만 얻어낼 수 있는 산물인 것으로 생각된다. 진정 믿음이란 그 힘의 강하고

세기가 우리 보통 사람들이 상상하는 이상의 무궁무진한 것임을 이제 살포시 알 것 같다.

조금 전 TV 화면을 통해서 보았던 티베트공화국의 왕사(王師) 링린 포체의 총명한 눈빛이 내 기도 속에서 떠나지 않음도 전지전능한 힘의 소유자가 있음을 의미하기 때문이리라. 도대체 그는 누구인가? 지금으로부터 칠팔 년 전 환생(還生)을 예언했던 고승(高僧)이 아닌가? 다시 태어나겠다던 곳과 사람을 통해서 환생의 기적을 보여주고 있는 본인이 아닌가? 실로 믿기지 않는 사실이기에 어안이 벙벙할 따름이다.

내일모레면 부처님 오신 날이라서 우리나라의 불교 지도자의 초청을 받고 중생들의 구제를 위해서 왔다는 또록또록한 그의 눈망울에서 종교의 힘을 느낀다. 그가 환생하겠다는 때와 장소가 일치한 사실과 태어나서 철이 들면서 전생을 살고 있을 때 거느리던 제자들을 알아보았고, 그가 생전에 애용하던 물건들을 그대로 가리키더라는 것 등으로 틀림없는 예언의 주인이었음을 알려준 글을 읽은 바 있었다. 그래서 더욱 내세(來世)를 믿게 되는 심정이다.

예순 닷새

관세음보살님 안녕하세요

쌓아올린 꽃무더기에서 많은 꽃다발을 만들 수 있듯이,
사람으로 태어났을 때 착한 일을 많이 해야 한다.
-「法句經」 중에서

실로 오랜만에 뜻있는 의미를 지니고 와 보는 고향이라서 더욱 애정을 느끼는 기분이다. 예전 같아서는 뱃길이 아니면 내왕하기 힘들었고, 그것도 온종일 걸려 고향을 찾던 일이 이제 자가용을 타고 달려보니 2시간 반밖에 걸리지 않아 세상 살기 많이도 좋아졌다는 생각을 아니 할 수 없다. 그것은 마치 지금 고향을 지키며 사는 주인공들이 모두 낯선 사람들로 바뀐 것과 다름없는 매우 큰 변화다.

오늘 고향길에 오르게 된 큰 이유가 둘인데, 그 하나는 해마다 사은회(謝恩會)를 베풀어 주던 제자들이 올해는 그 무대를 모교가 있는 시골로 바꾸어 그동안 가까이 계시면서도 소원했던 은사님들 중에 참석이 가능한 분들을 다 모시기 위해 경치 좋은 남해 금산복골(錦山福谷)에 위치한 아담한 큰 식당에다 자리를 마련했기 때문이었고, 또 다른 이유는 시골에 계시는 고모부님께서 이 세상을 하직하셨기 때문에 문상해야 하는 것이 목적이었다.

중간에 길이 막혀 예정보다 30여 분 늦게 도착하였더니, 저녁 7시 반으로 이미 식이 시작되어 서로 자기소개를 하고 있는 중이었다.

70고개를 넘은 C선생님과 P교장선생님을 비롯해 30여 년이란 세월이 흘러버린 인제 와서 그 당시의 뽈뽈했던 동료 선생님들을 대하니 감회가 깊었다. 게다가 십여 살 아래인 제자들이라지만 우리 집사람이 보기에는 개중에 나보다 늙어 보이는 제자들도 있다니 인생무상(人生無常)을 실감하는 자리가 아닐 수 없었다. 정말 언제인가는 비워 주어야 하는 자리이기에 겸손만이 나를 행복하게 하는 것임을 안다.

옛날을 회상해 보노라면 그 당시 교훈처럼 정말 그들이 공부하고 착하고 쓸모 있는 일을 하는 학생으로 자라나 줄 것을 바라는 마음으로 열심히 가르침에 바빴음을 상기해 본다. 수십 년이 흐른 지금에 와서 그 시절의 노고에 고마워하는 그들의 옛 모습을 더듬어 보며 지금에는 같이 늙어가는 주제에 예전에 은사였다는 이유만으로 어깨에 힘줄 것이 못됨을 안다. 그러나 그들의 표정에서 진실한 고마움을 발견할 수 있다.

아무렴, 마음은 있어도 실행으로 옮기기 힘든 일이건만 이렇게 뜻있는 자리를 마련해 주어 순수했던 옛 시절의 기억을 더듬어 한 인간으로서 걸어온 지난날의 보람을 되새기게 해준 데 대하여 진실로 고마움을 느낀다.

한두 시간 어울려 담소하며 지난 시절을 되새기다가 예정했던 일정을 위해 서둘러 자리에서 일어났다. 우리나라 3대 관음성지로 알려진 금산의 보리암에 올라 기도하기 위해서였다. 오늘따라 그믐밤이라 초승달에 어두운 그림자를 드리운 금산(錦山)의 8부 능선에 차를 세워두고 산정에 자리를 잡은 산사(山寺) 보리암(菩利菴)을 향해 지척을 헤아리기 어려운 깜깜한 오솔길을 따라 우리 내외간에 오붓이 손을 맞잡고 걸어가노라니 선선하게 느껴지

금산의 8부 능선에 차를 세워두고 산정에 자리를 잡은 산사 보리암을
향해 지척을 헤아리기 어려운 깜깜한 오솔길을 따라 우리 내외간에 오붓이 손을 맞잡고
걸어가노라니 선선하게 느껴지는 산정의 새벽 공기가 청정하기 한량없다.

는 산정의 새벽 공기가 청정하기 한량없다.

일부러 찾아오기도 힘 드는 일이거니와 어차피 찾아온 명산이니, 내친김에 기도나 하고 오자는 것이 우리 내외의 예정된 스케줄이었다. 앞이 보이지 않는 어두운 산길을 더듬어 저벅거리고 가면서 내 안사람께서 얘기 삼아 내게 한 말이지만 그동안 많이도 변한 나를 되돌아본다.

예전 같아서는 이 늦은 시간에 이런 곳에 올 마음도 없었겠거니와 무서운 기가 가득한 이 깊은 산속을 둘이서 걷는다는 것은 아예 엄두도 못 낼 일을 당신이 하는 것을 보니 변해도 많이 변했다는 얘기에 그렇노라고 수긍을 하면서 불빛이 빤한 산사를 찾아드니 자정이 훨씬 넘어 있었다.

먼저 절간을 돌아 흐르는 샘으로 가서 차가운 물을 찍어 발라 먼지를 씻은 후에 대웅전에 이르니 기도를 마치고 법당을 나서는 나이 드신 보살님께서 축담으로 내려서시면서 이 늦은 시간에 멀리서 찾아든 우리의 성의에 놀라며 복 받을 일이라고 칭찬이시다.

평소에도 그렇다더니만 초파일이 가까운 터라 참배객이 많다. 관음전에 올라서면서 갑자기 이런 생각이 든다. 이곳을 찾는 불자들은 자기가 이루고 싶은 소망만 원할 뿐 그들 중에 관세음보살의 안녕이나 자비심에 대해 고마움을 표하는 사람이 있을까?

자리를 잡고 정성을 들여 108배를 올리기 시작했다. 그동안 집에서 매일 새벽으로 절을 해 온 경험으로는 70여 차례쯤 지나치면 온 전신이 땀에 젖기 시작한다. 내 안사람은 '관세음보살' 을 되뇌면서 매번 절을 올리고, 나는 대신 마음속으로 절한 횟수를 헤아려 나가면서 예불을 했다.

많은 여인이 쉬지 않고 수백 배의 절과 병행해 관음 정진을 하노라니, 조용한 산사의 법당 안에는 높낮이가 다른 기도소리의 불협화음과 정성이 어울린 열기로 가득하다. 절하는 것에만 정신을 집중하면서도 여느 절처럼 황금색으로 칠한 크고 장엄한 자비스런 부처님의 형상이 아니라 다른 절간에 비해 제단에 모신 유리 상자 속에 갇힌 입상의 부처가 너무 작고 왜소한 점이 별스럽게 느껴졌다. 하긴 통도사 대웅전처럼 아예 불상이 없는 절도 있지 않은가?

한 가지 소원을 세워 열심히 기도하면 꼭 효험을 베푼다는 이 절의 부처님을 머릿속에 떠올려 가면서 축원할 생각으로 불단(佛壇)에 모신 불상을 기억 속에 깊숙이 간직할 양으로 매번 일어설 적마다 눈을 떠서 바라보는 과정에서 다소 희귀하게 여겨지는 일이 있었다.

절을 하다 보면 무릎이 아플 거라며 커다란 밤색의 방석을 깔았는데 그 위에 하얀 쌀 한 톨이 떨어진 것은 아마 90여 차례의 절을 올릴 때쯤이었다고 여겨진다. 내가 일어서고 엎드리면서 절을 하는 방석 위에 조금 전까지만 해도 그 자리에 없었던 한 톨의 쌀 낱을 발견한 것이다.

쌀 한 톨에 대해서 평소에 집에서 생활할 때에야 그 중요성이나 특별한 의미를 부여할 바가 아니었으나 그동안 할배 공부를 하면서 배운 바로는 그 뜻이 사뭇 다른 영감(靈感)으로 받아들여졌다. 입으로 관세음보살의 명호를 외면서 절을 올리는데 정성을 들이다 보니 순간적 과민 반응일까? 물론 신도님들이 불단에 올린 공양미가 떨어졌을 수도 있다.

아무튼 108배를 끝내고 그 한 톨의 쌀일망정 부처님께서 주시는 복이거

쌀 한 톨에 대해서 평소에 집에서 생활할 때에야
그 중요성이나 특별한 의미를 부여할 바가 아니었으나
그동안 할배 공부를 하면서 배운 바로는 그 뜻이 사뭇 다른 영감으로 받아들여졌다.

니 생각하고 입속으로 삼켰다. 땀이 식을 때까지 앉아 염불기도를 하려고 했더니만 이 늦은 밤에 우리 내외의 행적을 물어서 이 높은 산 속 절간까지 찾아든 동생들의 부름을 받고 법당을 나선다.

몸도 마음도 씻은 듯 가벼운 느낌이었다.

예순 이레

중생에게 아픔을 일깨워 주는 날

네 허물을 지적하고 꾸짖어주는 어진 사람을 만났거든 그를 따르라.
그는 감추어진 보배를 찾아준 고마운 분이니 그를 따르라.
그런 사람을 따르면 좋은 일이 있을 뿐이다.
-「法句經」 중에서

내일이 '부처님 오신 날' 이라 축제의 분위기다. 부처님을 모신 곳이면 제등(提燈)을 달아 불을 밝히고, 그 위대한 힘의 소유자 앞에 저마다 화평의 기원을 드리는 봉축행사가 열리는 불교의 연중행사에서 가장 큰 명절이다. 일전에 몇 간의 신도와 할배도사 사이에 이곳의 할배 방에도 제등을 다느냐 마느냐로 논란을 벌인 일이 있었다. 절간이라면 1년 농사를 거둬들이는 날로 생각되지만 할배는 1년 내내 농사를 짓는 셈이니 그렇지 않다는 것이 할배도사의 해석이시다.

그래서 등(燈)은 준비하되 등값이라는 명목으로 10원이라도 받지 않겠노라 하신다. 신도들이 와서 등값의 의미를 새기며 금액 미상의 봉투를 할배 앞의 제단에 올려 두거나 할배도사 앞에 내어놓고 가는 것을 억지로 마다하고 되돌려 손에 쥐어 보낸다.

1년 중 하루는 자기가 반대로 봉사하는 마음에서라며 받아들이기를 거절한다. 또한 등을 다는 데에도 오늘은 절대 반대하시고 내일 아침부터 일찍 오는 순서대로 자기가 직접 이름을 써서 달도록 지시한다.

오늘 밤이 지나면 바로 내일은 큰 명절을 맞는데도 할배도사 얼굴에 씁쓸한 기분이 깃드는 것은 어째랴. 마치 우리가 한창 어릴 때 명절이 되면 고향에 찾아오는 피붙이 중에 어느 자식이 왜 못 오는지 섭섭해 하시는 어머님의 궁상거림이 많으시던 그런 기분처럼 보인다.

일전에 부처님 오신 날의 진정한 의미를 아느냐고 갑자기 물으시기에, 이 어두운 사바세계에 오셔서 어리석은 중생들에게 깨우침을 주신 석가모니의 태어난 날을 기념하여 공덕을 기리는 날이라고 했더니 그 의미를 달리 해석하신다. 부모의 은혜와 그 공덕을 기리는 날이란다. 즉 탄생의 기쁨에 앞서 아픔의 고통을 일깨워 주는 날이라는 것이다.

그러한 뜻도 모르고 이 세상 중생들은 축제의 기분으로 날뛰는 날이 되어 버리고 말았단다. 등값의 의미도 퇴색하여 중생의 능력을 평가하는 하나의 가치기준이 되는 수가 있어 마음 아픈 일이 아닐 수 없다며 다음과 같은 회고담을 남긴다.

언젠가 시골 어느 절에 들렀더니 등을 달려는 한 노파더러 요즘 세상에 오천 원짜리 등이 어디 있느냐며 등값을 놓고 그 값의 작고 많음을 따지는 스님을 보았을 때 실로 가슴이 아파 공부가 부족함을 느끼는 계기가 되었다는 말씀이었다.

옛날 같으면 스님들도 바랑을 등에 짊어지고 집집이 찾아다니며 몸소 공양할 곡물이나 시주를 얻는 탁발행위가 수양의 한 방편이었지 않은가? 한 톨의 곡식이 부여하는 의미와 노동의 값짐에 대한 대가를 스스로 느껴가며 도를 닦아온 것에 비하면 지금은 절간에 앉아 신도들의 시주로 편안한 수행을 하게 되었으니 세상은 너무나 많이도 변했다.

오늘 밤이 지나면 바로 내일은 큰 명절을 맞는데도 할배도사 얼굴에 씁쓸한 기분이 깃드는 것은 어째랴. 마치 우리가 한창 어릴 때 명절이 되면 고향에 찾아오는 피붙이 중에 어느 자식이 왜 못 오는지 섭섭해 하시는 어머님의 궁상거림이 많으시던 그런 기분처럼 보인다. 하긴 이곳에 풍파가 불어닥친 지도 벌써 일주일이 넘었다.

살다 보면 사람이 가장 외로울 때가 있는데 대체로 가족이나 가까운 사람과의 이별이 첫째고, 다음이 시도했던 일이 실패로 끝났을 때나 억울한 일이나 터무니없는 오해를 살 때라고 했다.

J사장을 비롯하여 몇 사람의 단골 신도들이 다 같이 입과 귀를 모은 듯 하루아침에 할배에게서 등을 돌리고 여기에 나타나지를 않은 지가 일주일이 넘는 것 같다. 그들이 설마 그렇게까지야 하겠는가 하는 마음이었는데 정말이지 내일 당장 큰 명절을 앞두고도 얼굴마저 내밀지 않는 데에 재삼 놀랍다.

하루도 빠짐없이 이곳에 살다시피 하던 분들이 아니었는가? 초파일만 지내면 액운을 넘길 것인데, 그 며칠을 참고 넘기지 못하고 그런다는 할배도사의 걱정 아닌 애원이 씁쓸하게만 들린다. 할배의 영역을 떠나서 하루 한시도 편히 살기가 힘들다는 사실에 대해서는 누구보다도 잘 아는 그들이기에 설마 오늘은 돌아오겠지 하는 바람이 진정 수포가 되는 것 같아 덩달아 기분이 언짢아진다.

회자정리(會者定離)라는 사바세계의 속성을 모르지는 않지만 그래도 그동안 어떠한 인연에서건 간에 참되게 살겠다고 부처님 앞에 무릎을 꿇고 절하며 한 솥밥을 먹어온 처지가 아닌가? 그들이 떠나버리고 오지 않는 깊은 이유야 모르는 바이지만 내 생각으로는 적어도 그들만큼은 할배 앞에 엎디고 절하는 것을 게을리하지 않고 살아갈 사람들이라고 철석같이 믿고 있다.

회자정리라는 사바세계의 속성을 모르지는 않지만
그래도 그동안 어떠한 인연에서건 간에 참되게 살겠다고
부처님 앞에 무릎을 꿇고 절하며 한 솥밥을 먹어온 처지가 아닌가?

그가 궁상거리는 것을 되새겨 보면 할배도사 스스로가 정(情)을 끊기 위해서 그러지는 않는 게 분명한데, 여러 날 간 연달아서 시나브로 정나미가 떨어질 정도로 심한 꾸중이 있었음은 사실이었다. 신도 중에 어떤 분은 그러는 데에 항의나 하듯이 자기네의 차를 고의로 받아버려 수십만 원의 손해를 자초하기까지 했었다니 실로 어처구니가 없다.

그래도 그들의 이런 단체행동이 자기의 공부가 부족해서 그러함을 알고 그들을 용서해 주고 그들이 잘 되기를 빌어 주어야 한다고 말씀하시는 것을 듣고, 부처님의 인자만큼이나 크신 할배도사의 넓은 사랑을 다시금 느낀다.

예순 여드레

늘 깨어 있으라

오계(五戒)

1. 살생을 하지 말 것　2. 도둑질하지 말 것　3. 사음하지 말 것
4. 거짓말하지 말 것　5. 술을 마시지 말 것

-「부처님 말씀」 중에서

석가모니(釋迦牟尼)께서 이 세상에 오신 음력 사월 초파일, 부처님 오신 날이다. 지금부터 헤아려 2535년 전의 일인 셈이다. 무지한 중생들이 사바세계의 삶에서 고통을 참고 이겨내는 감인(堪忍)의 세계를 몸소 깨닫고, 광명의 진리를 펼쳐 모든 중생을 일깨워 주고, 사랑과 자비가 가득한 정토(淨土)를 장엄하여 평화와 자유를 이 땅에 내리신 크나큰 은전을 기리는 잔치가 온 누리에 가득하다.

오후 네 시 반경이나 되어서 하던 일을 얼추 마무리 짓고 일본서 오신 두 K씨를 태우고 범어사(梵魚寺)로 갔었다. 갈수록 번잡해져 가는 연중행사로서의 부처님 오신 날에 대한 참의미는 깊어지는 것인가?

10여 분이 걸리는 산사로 가는 길가에는 아예 걸어서 오르는 참배객들과 줄 잇는 차들로 장관을 이룬다. 이러한 광경을 처음 보는 두 어른께서는 일본에서 구경하기 힘든 종교적 행사이므로 그들 입에서 탄성이 연잇는다.

절 경내로 들어서니 더욱더 가관이다. 하늘이 안 보일 정도로 대소의 등으로 덮여 있고, 그 아래로 비집고 다니는 사람들의 틈바구니에 밀리다시

10여 분이 걸리는 산사로 가는 길가에는 아예 걸어서 오르는 참배객들과
줄 잇는 차들로 장관을 이룬다. 이러한 광경을 처음 보는 두 어른께서는 일본에서
구경하기 힘든 종교적 행사이므로 그들 입에서 탄성이 연잇는다.

피 하며 되돌아 나오는데도 꽤나 시간이 걸렸다. 그런 중에도 두 K씨에게 권하여 부처님께 참배시키니 분위기에 휩싸여 일본식 참선으로 맞는다.

이 수많은 중생을 제도하기 위해서 선사들은 엄청난 고행의 길을 걸어야 했음은 두 말할 나위 없다. 두 분을 호텔로 모셔다드리고 할배도사가 기다리는 공부방으로 갔다. 오늘따라 더욱 경건한 마음으로 4배를 드리고 나니 할배도사께서 서둘러 음식을 내어오게 하신다.

밥과 나물 등 오직 식물성으로만 갖추어진 잔칫상을 받아 할배 앞에 앉아서 맛있게 공양을 들었다. 물론 어제와 오늘 대식가인 두 K씨를 모시고 다니면서 잘 먹었지만, 그래도 정성이 깃든 덕에 나름대로 맛있는 음식이었다. 식사하면서도 J사장님을 비롯해 그토록 정들었던 사람들이 곁에 있었으면 얼마나 좋을까 하고 혼자 속으로 들먹여 본다.

이 거룩한 잔치에 할배도사 혼자서 뒷짐 짓고 안팎으로 다니면서 손님을 맞이하는 것이 다소 안쓰러워 보인다. 그러나 그런 심정은 오직 나 혼자만이 갖는 것이라고 여기면서 더 넓은 마음에서 오늘의 명절을 맞으리라 생각는다. 한 시간 남짓 앉아 있는데도 어제와 마찬가지로 과거 할배도사한테 치료를 받아 효험을 본 사람들은 잊지 않고 찾아와 주는 것 같다.

그동안 바빠서 못 찾아뵈었노라며 오늘같이 좋은 날에서야 찾아왔으니 그간의 소홀했음을 용서해 달라는 말을 곁들여 등이라도 하나 켜달라고 봉투를 내미는 성의를 보이는 분들도 있으나, 할배도사는 오늘은 어떤 일이 있어도 마다하신다. 시장에서 하루에 단돈 오천 원 벌기도 힘들다는 한 아주머니도 만 원권 지폐 한 장을 봉투에 넣어 할배 앞의 제단 위에 얹어두려

다 제 뜻대로 못하고 밀려난다.

남자라고는 나 혼자 방안에 앉아있기가 민망스럽던 차에 때맞추어 내 안사람이 할배를 참배하러 왔기에 함께 다시 절하고 나섰다. 두 외국인과 약속된 식당으로 가서 식사를 거든 후 얼큰하게 반술이나 된 두 분을 모시고 실로 100여 일만에 술집으로 2차를 하러 갔다.

그동안에도 두 차례나 오셨지만 치료받는 것을 핑계 삼아 다소 등한시했던 것이 사실이다 보니 내 진심이 어떻든 간에 종전처럼 그렇게 따스한 정이 식은 것으로 오인할 것 같아서 오늘은 내일 떠나는 송별회 삼아 아가씨들이 있는 룸살롱으로 모셨다.

두 어른이 그 큰 병의 양주를 다 비울 때까지 옆에 앉아서 술청을 들며 내색하지 않고 우롱차만 홀짝거리고 있으려니 참으로 지겹다. 그러나 어쩌겠는가? 구김살 없이 즐거워하는 그분들이야말로, 과거부터 오늘에 이르기까지 내게 베풀어 주신 바가 오늘의 나와 우리 회사의 발전으로 연결된 것이 아닌가? 오늘 얻는 것이 비록 어제보다 못하다 하여 어제 큰 득을 주신 분들을 소홀히 하고 괄시해서야 어찌 복 받을 짓이겠는가?

인간적으로 티 없는 성품에다 늘 건강하여 아무것이나 청탁 불문하고 잘 잡수실 수 있는 식복하며 어디 하나 흠잡을 데 없는 인간관계를 유지하면서 욕심 없이 성내지 않고 늘 부지런히 일하는 것이 심신을 건강히 하고 사는 비결 같아 고맙다.

지난날 마시고 뛰며 어울려 법석을 떨 때는 몰랐었는데, 조금 뒷전에 밀려나 앉아 있은 서너 달 사이에도 우리 사회의 놀이 문화가 많이도 변하고

인간적으로 티 없는 성품에다 늘 건강하여 아무것이나 청탁 불문하고
잘 잡수실 수 있는 식복하며 어디 하나 흠잡을 데 없는 인간관계를 유지하면서
욕심 없이 성내지 않고 늘 부지런히 일하는 것이 심신을 건강히 하고 사는 비결 같아 고맙다.

있다는 것을 단박에 알 수 있을 정도라 거듭 놀랐다. 누구의 잘못도, 허물도 아닌 양 인식되어 가는 오늘의 금전만능 사상에서 비롯한 향락주의를 개탄하는 분들이 자주 거론하던, 이 세태가 너무 잘못 되어가고 있다는 얘기가 실감난다.

젊은 남녀들이 힘 드는 일을 기피하고 편안히 돈 버는 술집에만 모여드는 이유와 하루가 멀다고 남의 돈으로 술 퍼먹는 사람들이 있는 한 이 사회의 바른 질서를 기대하기란 힘들 것 같다. 그래도 나 자신만이라도 이 영역에서 빨리 졸업한 것을 다행스럽게 여기며, 한 시간을 동석해 준 대가로 4만 원의 팁이 너무도 아깝다고 생각하며 일어서려는데 할배께서 난데없이 물세례를 퍼부어 정신을 차리라고 하신다.

그건 분명히 어떤 계시였다. 무슨 얘기냐 하면 내 머리 위편에 설치되어 있던 에어컨에서 오줌 줄기보다 센 물줄기가 미처 피할 사이도 없이 쏟아져 내리는 것을 어찌 우연이라 넘겨버릴 수 있겠는가?

개업한 지가 얼마 안 되는 터인지라 올해에 새로 사서 가동한 지가 수 사흘밖에 안 되는 새 에어컨인 데다, 기능상 내 방에 있는 것과 똑같은 형태라서 앞쪽으로 물이 쏟아질 이유가 없어 상식적으로는 도저히 설명하기 어렵게 만든다. 이 술집에서는 예전에 자주 찾아 들던 큰 손님으로 대접받던 처지라서 그동안 내가 발걸음을 끊고 소원해진 이유를 여러 채널을 통해 잘 듣고 아는 낯익은 호스티스 K양은 대번에 그것이 벌을 받는 것임을 알고 섬뜩해졌다.

별것 아닌 일에 과민반응을 하는 것 같아 계면쩍스럽기도 하다. 사나이

대장부가 우연한 일이려니 생각하고 말 일을 간사스럽게 미신적인 측면에서 삿된 것에 비유하는 것 같지만, '늘 깨어 있으라' 는 할배도사의 충고가 한시도 뇌리를 떠나지 않는 요즘에는 진정 그것이 어떤 짓이고, 어떤 형태의 언행이든 간에 양심에 가책이 되고, 죄 될 일은 영원히 멀리하고 살아가라는 경종으로 느껴진다.

먼 길을 걸어오면서 할배가 항상 나와 같이 있음을 확인해 주신 데 대해 고마움을 느꼈고 오늘 밤 낭비한 시간과 돈과 언행에 대하여 할배의 너그러운 용서가 있기를 빌었다.

예순 아흐레

지렁이도 밟으면 꿈틀거린다

자기와 타인의 잘못을
부끄러워하고 미워하는 마음이 의(義)의 근본이다.
-「孟子」 중에서

남보다 조금 더하는 노력이 자신의 보람을 이루는 데 커다란 삯이 되어 돌아온다고 믿으며 생활해 왔다. 그래서 소싯적부터 다부진 각오로 살아왔다. 일을 두고는 그대로 못 배기는 성미다. 이런 습관은 부친의 영향을 가장 많이 받은 것 같다. 부친께서 시키시는 일이라면 땅불나게 해치워야 했다. 쥐방울만한 그 시절에 벌써 일복에 겨워 이웃의 또래들에 비해 지지리도 복 없음을 한탄하며 닭똥같이 흘렸던 눈물만도 몇 됫박은 될 성싶은 기억이다.

어릴 때 이웃에서 같이 자란 고추친구인 단짝은 철이 들면서 완전히 앵돌아져 버렸다. 그들 부모는 내 부지런함을 항상 그의 게으름으로 계산하여 닦달해대었으니, 어린 심정으로는 늘 잣대가 되는 나를 좋아할 리 있었겠는가? 그 여파가 늙어빠진 오늘에까지 이른다.

그래서 자식을 기르면서 남과 비교해 잔소리해대는 어른은 옳지 못하다고 여긴다. 지금에도 그런 야단으로 동심을 금가게 하고 그늘을 드리우는 어른들이 있으리라.

지금 자식을 키우는 처지가 되어 생각해 보니 자식은 다독거려 주는 그것만큼 다그치고 닦달해서 제 소임을 다하게 하는 훈련이 필요하다고 여기며, 그래야 후에 커서 옹골차고 대찬 삶을 누리는 밑거름이 되는 것 같다. 어린이는 스스로 어른이 된다는 분명한 사실은 머리칼이 희게 세면서 자기가 살아온 과거를 되돌아보는 데서 쉽게 안다.

내 기억으로는 어릴 때부터 죄짓는 일과 그 죄에 대한 대가와는 어떤 상관되는 관계가 있음을 믿고 자라왔다. 지금도 지워지지 않는 어린 시절의 기억인데, 이웃 동네에 서너 살 위인 땅딸막하게 생긴 망나니 형이 있었다. 어린 우리 또래에게 어떻게나 해코지하고 다니는지 그 무법자 앞에서는 꼬리 빠진 닭처럼 겁이 나서 설설 기며 피해 다닐 정도로 밉상이었다.

그렇던 그가 어느 명절날 전깃줄에 걸린 연을 떼러 올라갔다가 감전되어 팔이 잘리는 신세가 된 것을 보고 어린 심정에도 천벌을 받는구나 여겼다.

그 밖에도 그 시절에 매우 표나게 거들먹거리며 재고 다니면서 행패깨나 부리던 알량한 이웃의 망나니들은 다 같이 인생의 뒤끝이 안 좋은 것을 보고 자라면서 인과(因果)라는 것은 반드시 헛되지 않으며, 빚 갚음은 피할 수 없는 것임을 믿게 되었고, 그래서 착하게 살아야지 하는 쪽으로 심성이 야물어든 게 아닌가 생각해 본다.

그런 세월 속에 철이 들면서 지연(地緣)이나 학연(學緣) 등으로 많은 사람과 각가지 인연을 맺고 더불어 살아오면서 그들마다 사람 됨됨이를 가늠해 보면, 어릴 때의 초기 성격 형성의 단계에서부터 환경요건과 가정교육의 중요성이 얼마나 큰 비중을 매기는가와 훗날 그로 인한 잘잘못을 고스란히 알 수 있음을 부인 못한다.

행패깨나 부리던 알량한 이웃의 망나니들은 다 같이 인생의 뒤끝이 안 좋은 것을 보고 자라면서
인과라는 것은 반드시 헛되지 않으며, 빛 갚음은 피할 수 없는 것임을 믿게 되었고,
그래서 착하게 살아야지 하는 쪽으로 심성이 야물어든 게 아닌가 생각해 본다.

내 가까운 주변에서 보아도 고삐 풀린 망아지가 되어 싹수없는 망나니, 속 빈 강정처럼 허우대만 날씬한 겉치레꾼, 늘 거드름만 피우는 놈팡이, 겸양과 아부를 적절히 구사하는 간사스러운 밉상이, 어른도 모르고 예의라고는 아예 엿 사서 먹은 버르장머리 없는 녀석들. 그러나 그런 무수한 잡동사니 속에서도 그래도 더러는 제 밥값을 챙길 줄 아는 부류가 있어 이 사회가 조화를 이루어 나가는 것 같다.

이제 우리 어른들이 그런 책임을 통감하고 정신을 가다듬어 자식들에게 본디의 인간다움을 가르치며 살 때가 아닌가 여겨진다. 이 세상을 사는 일에 독불장군이 있을 수 없다. 다 같이 어울리고 기대면서 돕고 살아야 한다는 간단한 사회정의를 인식하고 제 혼자만 잘 되기를 바라는 심보나 속물근성을 과감히 버리고 수모와 박대받는 서러운 삶을 사는 사람이 없는 정의로운 사회를 만들어 가야 하리라.

진실로 죄짓지 않는 사람다운 사람으로 살아가야 한다는 데 이의가 없으면서도 그것을 실행하기가 어려우니 한심한 일이 아닐 수 없다. 이제 한 번쯤 우리 다 같이 하느님이나 부처님이 되어 좀 더 넓고 큰 안목으로 우리가 사는 세상을 관조해 보자.

우리 인간이 보기에 구더기는 똥구덩이에 살고 있어 더럽고 고통스러울 것 같고, 개나 닭들은 사시사철 맨발로 바깥에 살면서 저보다 힘이 있고 덩치 큰 짐승 때문에 성가실 것 같이 여겨지지만, 실제로 우리 인간이 그들을 보고 안쓰럽게 생각하는 만큼 그렇게 고통스럽거나 불편함 없이 그들 나름대로는 신나게 사는 것을 볼 수 있을 것이다.

만약 천상에 사는 하느님 같은 초능력자가 우리 인간을 포함하여 중생들이 우글거리고 사는 이 땅덩어리를 내려다본다면 우리 인간 세계도 이와 다를 바 있겠는가? 밀고 당기고 바락바락 악쓰며 산다고 야단법석을 떨며 축생들과 더불어 축생처럼 사는 부류도 있을 것이고, 서로가 해코지하는 일이 없다면 저들 나름대로는 자연의 순리를 따라 질서를 지키며 편안히 살아가리라 봐진다.

정말 그렇듯 큰 투시경으로 비춰볼 수 있다면 우리 인간들도 보잘것없는 먼지와 다름이 없는 하나의 미물이 아닐까? 그것은 마치 현미경을 통해 들여다보았을 때 박테리아들이 사는 마이크론 단위의 미시세계가 있고, 그보다 더 크게는 우리 맨눈으로도 관찰이 가능한 개미들의 세계와 비교될 수 있음을 알자. 이처럼 우리 인간세계를 축소해 보는 뜻에서 한 번쯤 개미집을 들여다보고 비교해 보자. 그들 무리는 어찌 살고 있는가?

그와 마찬가지로 하느님께서 우리 인간세계를 내려다보며 관찰하고 있다고 믿자. 그리고 우리 생활상을 낱낱이 눈여겨본다고 치자. 그들이 비록 미물의 생명체이지만 그들 나름대로 어떤 질서에 따라 부지런히 물어다 나르고 영역을 확보해 가면서 살아가고 있음을 알 수 있으리라.

그들 눈에는 너무 커서 형체가 보이지 않는 못된 개구쟁이 인간들이 천신만고로 힘들여 지은 집을 발로 짓이겨 뭉개거나 흙으로 덮어 버릴 때, 또는 짓궂게 오줌을 싸 갈기는 장난으로 인하여 개미들의 세계는 일시에 아수라장이 되고 말 것이라는 사실에 눈여긴다면, 우리 인간세상도 그런 미물의 것과 다름없는 처지가 아닐까?

하느님께서 우리 인간세계를 내려다보며 관찰하고 있다고 믿자. 그리고 우리 생활상을 낱낱이 눈여겨본다고 치자. 그들이 비록 미물의 생명체이지만 그들 나름대로 어떤 질서에 따라 부지런히 물어다 나르고 영역을 확보해 가면서 살아가고 있음을 알 수 있으리라.

이 땅 위에 폭우가 쏟아지고 태풍이 불고 지진이 일어나는 천재지변의 일들을 두고 개미들의 세계와 비교해 보는 마음의 자세가 된다면 신의 섭리를 인정하게 될 것 같다. 다른 일개미들처럼 부지런히 일은 안 하고 싸움질만 하며 여왕개미의 궁둥이만 밝히고 따라다니는 놈팡이가 있다면 개미 관찰사는 족집게로 가려내어 격리하려 들 것이고, 개구쟁이 어린이라 하더라도 못된 놈을 잡아내어 작살을 내든지 다리를 댕강 분질러버리는 해코지를 서슴지 않을 것이다.

만약 인간세계를 내려다보는 염라국의 사자가 이런 인간의 무리를 보았을 때도 별반 다를 바 없는 형벌을 가하리라. 인간도 보잘것없는 매우 작디작은 하나의 미물이다. 그런 미물들이 기고 뛰고 솟아본들 그 무엇이겠는가? 바람에 날리는 한 톨의 먼지에 불과하리라.

제발 제정신 차리고 사람답게 살자.

일흔 날

죽음을 앞두고 후회하는 일

끝을 조심하기를 처음과 같이 하면 실패하는 일이 없다.
-「老子」 중에서

치료받을 차례를 기다리면서 뒷전에 앉아있노라면 병이라는 것은 사람의 귀천에는 무관하게 찾아오는 것이구나 하는 생각이 든다. 그뿐만 아니라 성별이나 형체와도 별 관계가 없다는 느낌이다. 다만 귀천에는 다소의 차이가 있어 아파서 드러눕는 장소가 고급스럽고 호화스러울 뿐이라 여겨진다.

오늘은 예쁜 여인들이 많이 오는 것 같다. 돈 들여 눈꺼풀 수술을 했는지는 내 눈에도 쉽게 표나는 판이니 할배도사야 그것을 모를 리 있겠는가? 또 다른 여자분은 귓불에 구멍을 두 개씩이나 뚫어 조금 부풀리자면 문고리만큼이나 큰 귀걸이를 덜렁덜렁 달았기에 할배도사가 치료하기 거북해서 당장 빼내라고 타이르면서 아예 자동차 타이어를 달고 다니라고 비아냥거린다.

부모로부터 받은 몸에 흠내지 않고 그대로 곱게 간직하며 사는 것이 좋은 것인데 왜들 째고, 뚫고, 옮겨 붙여 꿰매는 등 야단굿인지 모르겠단다. 얼굴 모습만 반드롬하고 겉모습만 날씬하면 뭘 하느냐다. 그런고로 생긴 꼴값도 못하는 주제라면 뱃속에 똥만 가득한 이쁜 똥자루에 불과하다는 데

뭇사람들의 마음을 홀리고, 더러는 침 흘리며 꽁무니를 따라다니게 하여
정신을 빼앗거나 눈물짓게 함으로써 죄짓고 있음에 눈여길 수 있다면, 굳이 지금 거울을
들여다보며 못났음을 탓하거나 낳아서 길러준 부모들 원망은 하지 않으리라.

동감이다.

제발 못생긴 자들이여! 생긴 대로 살자. 그게 다 내가 전생에 너무 예뻐서 그로 인해 죄를 많이 지은 탓에 지금 이승에서 변변치 못한 얼굴로 되돌림을 받고 있음을 알자.

지금 이승에서 비록 남보다 예쁜 것을 빌미로 꼴값을 하느라고 뭇사람들의 마음을 홀리고, 더러는 침 흘리며 꽁무니를 따라다니게 하여 정신을 빼앗거나 눈물짓게 함으로써 죄짓고 있음에 눈여길 수 있다면, 굳이 지금 거울을 들여다보며 못났음을 탓하거나 낳아서 길러준 부모들 원망은 하지 않으리라. 전생(前生)은 전생이고 지금이 문제라고 거울을 들여다보며 탓하는 자들이여! 이런 얘기는 어떨까?

이 글을 시작하면서 내 친구 S님의 얘기를 빌린 바 있는데, 그가 찾아간 세계적인 명성을 가진 H씨라는 컨설턴트의 얘기를 들어보자.

친구 S님이 그의 집에 초대를 받아 갔을 때 벽에 걸린 조그마한 두루마리 그림 속에 강태공처럼 한 노인이 낚시하는 모습을 보고, '저게 500년 전인 전생에서의 자기' 라고 해서 실소할 뻔했단다. 아니 그게 무슨 소린가? 보통 시중의 졸부가 하는 취중의 넋두리가 아니라서 어안이 벙벙해 있는데, 이번에는 예쁘장하게 생긴 60대 후반의 귀부인이 차를 내어왔을 때 자기 부인임을 소개하며 그녀도 전생에 일곱 번이나 만났고 지금 같이 사는 것이 여덟 번째의 인연이라는 이야기에 정신이 몽롱해지더라고 했다.

더욱 믿기지 않는 얘기는 자기도 공부를 많이 해서 지금은 도를 통해 심령세계를 넘나들 수 있지만 그러기 전에 긴가민가할 때는 자기도 일본에서

가장 유명한 점성가를 찾아가서 자기의 전생이 어떠했고 살았던 곳이 어디였었는가를 물어본 일이 있었다고 한다.

그래서 해답을 구하러 부인과 같이 가르쳐 준 곳으로 가 보았더니, 아니나 다를까? 자기가 어릴 때 뛰어놀던 그 시절의 고향처럼 아늑한 기분에 자기도 놀라고 말았다는 거짓말 같은 얘기를 전해 듣고 꿀 먹은 벙어리가 되어 잠시 또 다른 세계를 살다가 온 기분으로 착각한 바 있었다고 전해 들었다.

이처럼 우리처럼 평범한 사람들에게는 믿음의 한계가 있고 더 깊은 깨우침 없이는 함부로 근접할 수 없는 초능력의 세계가 있음을 알아야 한다. 이렇듯 저승을 믿는다면 이승에서 우리가 살며 해 나가야 할 일이 없지는 않을 것이다. 번지르르한 겉치레에 신경을 쓰다 보면 진실한 자기를 잃게 되어 본디의 자기를 망각하게 되고 만다.

우리 인간이 살다 가는 이승 생활은 잠시다. 50이나 60을 살아온 어른들로서는 내 얘기에 다소 솔깃해질 것이다. 사람도 개뿔 같은 양심일랑 아예 저만치 팽개치고 막무가내식의 헐렁하게 삶을 산 사람도, 꼬신 내가 물씬거리는 호사스러운 인생을 산 사람도, 이제 다 같이 고개 숙여 염라대왕 앞에 꿇리고 사죄할 시간이 임박했음을 알아야 한다. 머지않아 염라대왕이 우리에게 밥값을 계산하려고 할 것이다.

그런 말이 전해진다. 우리가 죽음을 앞두고 후회하는 일이 대체 무엇일까? 그 첫째가 베풀지 못한 것, 두 번째가 참지 못한 것, 그 다음은 더 행복하게 살지 못한 것이라 한다.

보라! 우리는 장차 어떻게 대처하려 하는가? 다만 얼마 남지 않은 시간이

그래도 더러는 옳게, 더러는 나쁘게 사용해 공덕도 얻고,
죄도 지으며 살아온 것뿐이라 여긴다.
이제 그런 것을 되새겨보며 조용한 마무리에 임하자.

라도 과거사에 구애받지 말고 너그러이 용서를 빌며 넙죽이 엎디어 반성하며 정리하는 것이 도리일 것 같다.

사람은 누구나 다 같이 한없이 크고 인자한 부처님 마음을 가지고 태어났으나 한편으로는 비좁고 옹졸하기 그지없는 치사한 용심도 내재하는 한갓 중생이기도 하다.

그런데 그것을 사용하는 사람이 어느 것을, 어떻게, 얼마나, 어디에다 써야 좋을지를 몰라서 허덕이다가 그래도 더러는 옳게, 더러는 나쁘게 사용해 공덕도 얻고, 죄도 지으며 살아온 것뿐이라 여긴다. 이제 그런 것을 되새겨보며 조용한 마무리에 임하자.

일흔 하루

명상수행을 일상화하라

자식도 구할 수 없고, 부모나 친척도 구할 수 없다.
일가친척이라 할지라도 한 번 죽음의 신에 붙잡히면 어쩔 수 없다.
-「法句經」 중에서

큰절 108배를 하고 나면 얼굴과 온몸에 땀이 쏟아진다. 절을 마친 후 가만히 앉아 명상에 잠겨 든다. 그러노라면 흥건히 배었던 땀방울도 어느새 다 마르게 되고 등줄기를 따라 러닝셔츠만 촉촉이 젖어들어 있다. 땀이 흠뻑 밴 채로 곧바로 찬 기운이 감도는 밖으로 나가는 것보다는 이런 방법이 건강에 좋다고 느끼기 때문이다.

요즘 들어 명상(瞑想)을 심리치료의 최고의 수행법이라 권하는 사람이 많다. 4차 산업시대에 접어들면서 컴퓨터가 세상을 검색하는 것이라면 명상은 자기 내면의 사고와 의식, 그리고 자신의 고통 전부를 구체적으로 검색하는 체계이다. 그래서 명상은 인간의 탐욕을 벗어나 넓고 평화로운 세상과 내가 하나임을, 그것이 영원한 자유임을 알게 해 주는 순수한 영혼을 바라보기 위한 과정으로 여겨지기 시작한다.

오랜만에 할배도사와 둘이서만 할배 앞에 오붓이 앉아 많은 얘기를 나눴다. 그간 여러 가지로 궁금했던 내용을 하나씩 물어보았다. 우선 그토록 열심이던 사람들이 발걸음질을 뚝 끊고 소원해진 사연에 대해서, 순전히 그 언제나 만인에게 변함없는 참된 공부방이 되고 어둠 속에서 헤매는 많은 중생이 진리의 눈을 뜨게 하여 죄짓는 속된 삶에서 한 사람이라도 더 구제받을 수 있도록 하는 사명감을 재확인한 계기가 되었다는 뜻으로 받아들여진다.

들 자신의 의지에서였는가? 아니면 할배의 의도적 지시에 따른 것이었는가를 문의해 보았다.

그런 사건이 일어난 것은 70% 정도는 할배의 뜻에 의한 것으로 그동안 이곳을 드나드는 사람들에게 너무나 많은 인정을 베풀었던 것이 이번 풍파의 주된 원인이라고 한다. 다시 말해 자기의 여린 인정이 할배의 길을 흐리게 하였고, 도인으로서의 길을 벗어나 잠시 한눈을 팔게 되었던 것이라고 후회를 덧붙인다.

더 쉽게 풀이하자면 그들은 어차피 한 사람의 중생이고 마는데 그들이 자기처럼 도인이나 될 수 있을 것처럼 열심히 가르치고 타이르며 그렇게 되기를 바랐던 것이 오산이었다는 결과적 해석이시다.

지금 그 대답을 듣고 보니 그 점에 대해서는 나도 공감으로 받아들여진다. 할배를 모신 공부방을 너무 많이 공개하여 마치 장터처럼 소란스럽게 함으로써 할배의 참된 진리를 베푸는 자리가 마치 병이나 치료하는 이교도처럼 되어 버린 데 이유가 있단다.

그런 차원에서 보면 할배의 텔레파시나 염력, 또는 도력(道力)을 상품화하는 결과로 전락시키는 곳이 되어 큰 죄를 지었다는 것을 깨달았기 때문이란다. 그러나 이번 경우를 전기로 삼고 도인으로서의 새로운 일깨움의 길을 가시겠단다. 언제나 만인에게 변함없는 참된 공부방이 되고 어둠 속에서 헤매는 많은 중생이 진리의 눈을 뜨게 하여 죄짓는 속된 삶에서 한 사람이라도 더 구제받을 수 있도록 하는 사명감을 재확인한 계기가 되었다는 뜻으로 받아들여진다.

실인즉 처음 내가 찾아와 치료를 받던 때와는 달리 최근에 와서는 나 자신도 할배도사가 너무 몇몇 사람만 싸고도는 것 같은 기분이 들어 못마땅해 했던 것이 솔직한 느낌이었다. 아무리 돈과 멀리하고 산다지만 가진 자들과 자리를 같이하는 횟수가 많으면 많을수록 완벽한 도의 경지에 닿지 못한 수행자로서는 인정에 어리고 물질에 이끌리어 편안을 도모하는 데에 물들게 됨으로써 할배 공부를 등한히 하게 마련이리라.

최근 들어 잘 어울리는 신도들에게 시간을 많이 할애하는 경향이 두드러졌고 그들의 사생활에 너무 깊이 관여하는 것으로 느껴졌다. 그래서 치료를 받으러 꼭두새벽부터 찾아와 기다리던 환자들이 실의에 빠져 되돌아가야 하는 때도 있었던 것은 부인 못할 일이다. 그들도 수삼 일씩 치료를 못 받고 되돌아설 때는 씁쓰레한 뒷맛을 남겼으리라.

할배 방이 청결해진 것은 좋으나 엄숙하지 못하고 호화로워 보인다면 그건 도장(道場)으로서의 위엄이 있다고 판단되기 이전에 분명히 탐욕스러움에 젖어 있는 게 아닐까 하고 의구심을 가져본 바도 있다. 그래서 할배도사가 앉는 자리가 울긋불긋 새 방석으로 바뀌고 늘 쓰는 의자가 갖가지 액세서리로 장식되어 갈 때 권위주의 냄새가 나는 것이 별로 좋아 보이지 않는다고 직언을 드린 일도 있었던 게 사실이다.

그래서 그 뜻을 알아차린 할배도사는 그가 도를 닦던 피나는 훈련 시절에 사용했던 의자를 그대로 쓰기로 했고 여자 신도들이 예쁘게 꾸민 안락의자는 손님용으로 밀쳐놓았다.

또 한편으로는 정신적인 면에서도 피로를 느끼는 때가 많았다. 할배도사

> 아무것도 모르고 재미있게 살다가 비록 그것이 매우 짧은 세월이더라도
> 운명이라 여기고 살다 죽는 편이 훨씬 낫겠다고 생각한 나머지
> 중도에서 치료를 포기하는 이가 많았던 것도 사실이다.

의 절대주의적 사고(思考)가 우리 중생들에게는 때때로 참고 견디기 힘든 지경으로 받아들여지기 때문이었다. 할배의 신통한 염력이라면 안 되는 일이 없다는 점에서 마음이 약한 많은 사람들은 삶 자체에 공포를 느끼는 감도 들었다.

만약에 치료가 끝난 후에도 보통 사람으로 돌아가 살면서 한정지어 준 많은 제약 속에서만 살아가야 한다면 차라리 이곳에 오기 전의 상태로 되돌아가고 싶은 심정이었으리라. 아무것도 모르고 재미있게 살다가 비록 그것이 매우 짧은 세월이더라도 운명이라 여기고 살다 죽는 편이 훨씬 낫겠다고 생각한 나머지 중도에서 치료를 포기하는 이가 많았던 것도 사실이다.

이제 그 점에 대해서 잠시 잊었던 바를 다시 깨우치게 되셨다니 가난하고 병든 이들을 위해 다행스럽다. 그래서 그들을 모두 가정으로 되돌려 보내어 정상적인 가정생활로 되돌아가서 가족과 더불어 행복을 창조하고 화평을 누리며 자신들 스스로가 공부하도록 돌려보낸 것임을 일러준다. 옳고 바른 가르침이시다.

그동안 몇몇 분들은 모든 사업이나 가정을 도외시하고 이곳에서 시간을 다 보내는 듯하여 나도 저렇게 된다면 어쩌나 하고 때로는 적이 성가신 걱정을 했었던 것이 사실이다. 인간이란 그것이 종교에 기인한 정신적이거나 빈부한 물질적인 면에서 연유된 것이건 간에 자기가 속박 받는 것을 싫어한다.

자기의 너무 많은 부분을 드러낸 할배도사의 인정스러움이 나쁘지는 않았지만 받아들이는 처지에 있는 분들이 할배의 참뜻을 모르는, 즉 불도(佛

道)에 약한 평범한 사람들이기 때문이리라. 어쩌면 무식할 때 믿음이 중요하다는 느낌이다. 믿지 않으면 어떤 씨앗도 꽃도 보지 못하지 않겠는가?

정말 도란 가까이 있고 알기 쉬운 것인데도 아무나 행할 수 있는 것이 아니라는 것을 절실히 느낀다. 부처님이 고행을 통해서 많은 중생의 아픔을 이해하고 그 아픔의 고통에서 벗어나는 갖가지 처방을 주셨는데도 믿음이 약해서 그 실천이 뒷받침하지 못한다.

많은 책에도 인간의 참된 도리가 적혀 있다. 그것을 읽고 깨우치며 바르게 살아가는 사람도 없지는 않다. 다만 그 깊이가 다를 뿐이다. 대다수의 사람은 양파 껍질이 몇 겹인가에 관심을 갖지 않는다. 평범한 일이기 때문이다.

그러나 하찮은 일이나 사물을 다르게 보는 사람도 많다. 우리 마음은 가변적이고 상대적이다. 물론 모두가 같은 길을 갈 수 없다. 때로는 바보가 무의식적으로 자기 집을 찾거나 밥을 챙겨 먹는 일에서는 인공지능의 알파고보다 잘하는 일도 있다. 이런 것들이 다 마음에 의한 오랜 학습을 통해서다.

누가 말했던가? 잘못 보낸 하루는 내일이 있고, 잘못 보낸 1년은 내년이 있지만, 잘못 보낸 평생은 다음이 없다고 톨스토이가 말한 것처럼 우리는 시시각각으로 다가드는 죽음에 대해 인식하며 사는 시한부 인생을 사는 일이 다른 동물과 다른 점이고 사람으로서 가치 있는 삶이 아니겠는가?

이제 치료를 마치는 처지에서 제자리에 돌아와 준 할배도사가 진정 고맙다. 최근 달포 동안 할배의 품을 아주 떠나버린 듯이 발걸음을 안 하는 옛 동료분들에 대한 연민과 그로 인해 빚어지는 공부방의 착잡스런 분위기에 씁쓰레한 뒷맛을 감출 수 없었음이 사실이었다.

이제 치료를 마치는 처지에서 제자리에 돌아와 준 할배도사가 진정 고맙다. 최근 달포 동안 할배의 품을 아주 떠나버린 듯이 발걸음을 안 하는 옛 동료분들에 대한 연민과 그로 인해 빚어지는 공부방의 착잡스런 분위기에 씁쓰레한 뒷맛을 감출 수 없었음이 사실이었다.

그런 이상스러운 입장을 두고 할배도사더러 막바로 대고 물어본다는 것이 다소 찜찜해서 지금까지 눈치만 보고 어떤 변화가 있기만을 기대하고 있었다. 그러나 오늘 그 점에 대해 딱 부러지게 명쾌한 대답을 얻어내고 보니 마음속 깊숙이 똬리를 틀고 있던 해묵은 체증이 내려가는 것처럼 속이 후련해진다.

아무렴, 그래야 한다고 다시 한 번 할배도사께 감사하는 마음이 인다. 그의 말대로라면 앞으로 7년 남은 기간의 자기 공부가 완벽해져서 이 세상 중생들을 한 사람이라도 더 제도할 수 있게 되기를 진심으로 기원한다. 잠시 방황했음을 자인하고 또다시 피나는 공부에 정진하며, 가난한 사람과 더불어 땀 흘린 대가로 살아가는 참 수행자의 길을 걸어가시겠다니 눈물이 나도록 고마울 뿐이다.

일흔 사흘

송곳이 살갗에 꽂힐 때라야 아픈 줄 알려나

내가 신의 존재를 인정하는 것은 불가능한 일이다.
내가 신의 존재를 인정할 때 나는 어떻게 되며, 어느 위치에 서게 되는가?
나는 아무것도 아닌 존재가 된다. 따라서 나는 신이 아니라 나 자신을 선택할 것이다.
– 니체

가는 빗발이 뿌리는 고속도로를 달려 Y컨트리클럽으로 향했다. 실로 오랜만에 만나보는 친구들이다. 매주 일요일이면 빠지지 않고 만나 같이 골프를 치던 벗들이었으니, 70여 일이라면 그렇게 짧은 시간이 아니지 않는가? 그동안 그들로부터 받은 전화만 해도 수월찮게 많았다.

그들 말마따나 영원히 못 만나고 마는 줄 알았다는 것이 실감 날 정도로 나를 걱정한 나머지, 안부를 묻거나 공치기를 할 수 있을 정도까지는 아직도 멀었느냐는 확인 전화들이었다. 그래서 한 번은 얼굴을 보여줘야겠다고 마음을 먹게 되었고, 오늘 처음으로 그들 앞에 나섰더니 아닌 게 아니라 나를 쳐다보는 순간에 다들 놀란다.

얼굴은 그렇게 야위어들지 않았기 때문에 눈여겨보지 않고서는 예전이나 별반 다를 게 없어 감탄사를 발할 정도는 아니지만, 허리와 배 부위는 치료받기 이전의 내 몸매를 본 일이 있는 사람이라면 한 번씩 입을 대지 않을 수 없을 정도로 변한 것이 사실이다. 말이 9kg이지 쇠고기로 치면 2관 반(15근)이나 내 몸뚱이에서 살점을 떼어낸 셈이니 더 말할 나위가 없지 않은가?

불안한 정국에 젊은 생명을 마치 길거리에 내팽개치거나 몸에 기름을 끼얹어
불에 타서 죽는 끔찍한 자살 행위로 시끄럽기 한량없는 현 시국 얘기와
나의 살빼기 작전에 관한 것이 주종을 이뤘는데 살찐 친구일수록 관심이 많아 보였다.

이처럼 자주 어울리는 일요 골퍼 짝지들 8명 중에서 5명이 의사들이니, 관심이야 다른 사람보다 더할 수밖에 없는 노릇이다.

오늘 나눈 대화의 주된 내용은 불안한 정국에 젊은 생명을 마치 길거리에 내팽개치거나 몸에 기름을 끼얹어 불에 타서 죽는 끔찍한 자살 행위로 시끄럽기 한량없는 현 시국 얘기와 나의 살빼기 작전에 관한 것이 주종을 이뤘는데 살찐 친구일수록 관심이 많아 보였다.

여하간 두어 달 조금 넘긴 이 시점에 체중을 그 정도나 줄이고서 다시금 마음 맞는 친구들과 어울려 운동을 할 수 있게 되었다는 사실 하나만으로도 반가운 사실이요 충분히 화제의 대상이 될 수 있는 일이리라. 아이러니하게도 이(齒牙) 치료를 받으면서 느낀 것이지만 할배도사가 제일 미워하는 사람 중에 속하는 부류가 의사들이 아니었던가?

언제인가 글로 적은 바 있지만 인간이 태어날 적에 부모로부터 받은 우리 육신을 대상으로 인간의 생명을 돌보기 위해 허가 낸 그들 나름대로는 타당한 병명을 짓고 약을 먹이거나 아픈 부위에 칼을 대거나 하여 정교하기 이를 데 없는 인체의 원형을 훼손함으로써 100% 복구로 가능하지 못하게 만든다는 것이 그가 칼잡이 의사들을 싫어하는 이유이다.

하긴 현대의학을 다스리는 일부 분야에서는 수술에 의한 극단적 치유 방법을 반대하는 시각에서 새로운 물리적, 정신적 치료방법을 강구하고 원상회복을 주장하는 의료기법이 급속도로 진전되고 있는 것으로 안다.

물론 피치 못할 사정으로 팔다리가 절단되었거나 신체 일부를 도려내어야 하는 외과적인 환자의 치료는 어쩔 수 없겠지만 내과적인 병에 대해서도

걸핏하면 배를 가르거나 헌 부위를 칼로 도려내는 의료행위는 심히 못마땅하다고 여러 차례 지적해 온 터이다. 그의 지론처럼 모든 병이라는 것이 어떠한 원인이 있어서 발병했다는 것은 극히 당연한 얘기이다. 이러한 상식을 두고 어느 쪽이든 간에 정확한 발병의 원인을 찾는 것이 병의 치료행위에 직간접적으로 중요한 것이 사실이기 때문이다. 물론 현대의학을 100% 부정하고서는 그것이 아무리 영특한 도사의 심령치료에 의한 것이라고 할지라도 병의 완치란 있을 수 없다고 본다.

그러나 그가 반대하는 것은 내과적인 병들은 차분히 그 원인을 살펴서 치료하게 된다면 십중팔구는 신체에 메스를 가하지 않고서도 충분히 치유할 수 있다는 데 근본적인 차이가 있다. 일단 몸에 칼을 가져다 댄다는 것은 마치 정밀하기 이를 데 없는 기계의 일정 부위를 적당히 잘라내어 다른 부품으로 갈거나 바꾸어서 새것으로의 역할을 기대하는 것과 같은 이치이지만, 근본적으로는 아무리 좋은 것이라고 할지라도 원래의 제 것을 잘 손질하고 기름칠을 해서 끝까지 제 기능을 유지하는 것보다는 못하다는 얘기다.

사실 요즘 세상은 인간의 숫자도 헤아리기 어려울 정도로 많아서 그런지는 몰라도 아직도 써먹어야 할 사람과 적당한 시점에서 그 육신을 버려야 할 사람도 많은 것은 사실이지만, 그것은 절대자인 하느님이나 조물주가 취사선택할 특권적 일이라 본다.

그런데 이름난 종합병원을 비롯한 각종 치료소에 들르면 마치 그런 업무를 대행이나 하는 양 인간의 생명을 파리 목숨 다루듯이 가볍게 보는, 왈 인명경시 풍조들에 놀라기도 하고 때로는 한심한 지경이라서 환자의 주위에

사실 요즘 세상은 인간의 숫자도 헤아리기 어려울 정도로 많아서 그런지는 몰라도
아직도 써먹어야 할 사람과 적당한 시점에서 그 육신을 버려야 할 사람도 많은 것은 사실이지만,
그것은 절대자인 하느님이나 조물주가 취사선택할 특권적 일이라 본다.

서 지켜보던 제삼자들로서는 입이 다물어지지 않는 때가 많다고들 말한다.

물론 의술을 다루는 의사라는 측면에서 보면 그 나름대로 최선을 다해서 이미 고장 나고 썩어 빠진 곳의 복구를 위한 선의적 인명 구제를 위한 행위이겠지만, 또 다른 종교적 차원의 관조하는 뜻에서 본다면 그 해석이 다를 수 있다는 것이다. 요즘처럼 혼탁하고 시끄러운 세상에 사람들이 제 몸에 기름을 끼얹어 불을 지르거나 높은 곳에서 투신해 제 생명을 아무렇게나 팽개쳐 버리는 행위나 남의 생명을 돌볼 목적으로 허가받은 업종에 종사하는 사람들이 인술을 외면한 직업적 행위에서 비롯하는 무성의와 부주의로 인명을 다룸에 있어 수많은 의료사고를 유발하고 있음을 보면서 다 같이 목숨의 가치를 쉽게 생각하는 것도 다 이런 맥락에 기인하지 않을까 생각해 본다.

여하간 지금 이 시각에도 병원은 부지기수로 붐비는 환자들로 만원이니 시시콜콜 이런 이야기로 따지고 자시고 할 게 없을 정도로 죽음을 향해 줄을 선 사람들이 많기 때문이다. 그래서 죽고 사는 것도 다 크신 하늘의 뜻에 의한 것이라서 나 역시도 예외일 수 없다고 믿는다면 그것이 마음을 비울 수 있는 첩경이라 본다. 염라대왕은 저승이 가까워져 오고 있음을 다음과 같이 무상의 소식으로 전해 주고 있음을 알자.

'너의 눈이 점점 침침해 가는 것이 첫 번째 소식이고, 귀가 점점 어두워지고 있음과 이가 점점 빠지는 것이 두 번째와 세 번째 소식이다.'

그리고 덧붙인다.

'40, 50대들이여! 지금 이 시각에도 네 이웃에 네 또래가 죽고 있음을 알라. 반드시 송곳이 살갗에 꽂힐 때라야 아픈 줄 알려나?'

일흔 나흘

건강은 건강할 때 지켜라

욕망의 숲을 베라. 나무를 베는 데에 그치지 말라.
욕망의 숲에서 두려움이 생기는 것이니, 수행자들아!
욕망의 숲과 애욕의 나무를 베어 욕망의 숲이 없는 몸이 되라.
–「부처님 말씀」 중에서

문화가 발달하면서 덩달아 생기는 문화병도 많다. 육체적 병에다 정신적인 병도 곁들인다면 병의 종류는 부지기수다. 요즘 와서는 옛날에 들어보지도 못한 새로운 병명들에 우리는 생소함을 느낀다. 인종에 따라 다르고 지역, 풍토에 따라 다른 양상을 보인다.

아마 이 시대의 불치병이라는 에이즈(AIDS)가 그 대표적인 병일 것이다. 그 밖에도 유행성 바이러스에 의한 새로운 병들이 꼬리를 물고 나타난다. 아무튼 세월 따라 병도 많고 병자도 많다. 특히 병원에 들러보면 환자는 인산인해를 이룬다.

아침으로 등산이나 목욕을 나서 보면 육신이 멀쩡한 사람만큼이나 거동면에서 몸놀림이 비정상인 사람들도 많음을 본다. 그런 사람 중에는 대개가 중풍환자가 많다. 평소 자기의 건강에 문제가 없는 사람들보다 건강에 이상이 생긴 사람들일수록 건강의 중요성을 인식하고 늦었지만 회복이나 더 이상의 악화를 막기 위해 안간힘을 쓰는 것으로 느껴진다.

중풍은 발생하는 부위에 따라 12가지 종류가 있다고 한다. 그런데 심령과 심령과학적 입장에서는 중풍이라는 병은 오늘날 암처럼 취급받는다고 들었다.
중풍에 걸린다는 것은 전생에 악행을 저지른 대가이거나
4대 봉창으로 대대로 이어지는 업보란다.

학적 입장에서는 중풍이라는 병은 오늘날 암(癌)처럼 취급받는다고 들었다. 중풍에 걸린다는 것은 전생에 악행을 저지른 대가이거나 4대 봉창으로 대대로 이어지는 업보란다.

그래서 할배도사가 중풍환자는 아예 치료를 사절하는 이유 중의 하나가 그런 데 기인한다. 중풍에 걸리면 온갖 약을 다 동원해도 고칠 수 없고 그동안 자기가 벌어놓은 돈을 죄다 까먹고 땡전 고리 한 닢도 없게 되면 다소 차도를 보이다가 종국에는 죽는 게 중풍이란 병이며, 만약 이 병이 남자는 왼쪽, 여자는 오른쪽 부위에 발병한다면 '꼼짝 마라' 는 식으로 돌이킬 방법이 없다는 것이다.

중풍의 시작은 주로 돼지, 닭, 오리 등 육류와 바다회를 과다하게 섭취한 후 남과 다툰다거나 격한 감정 상태에 이르게 될 때 많이 생긴다고 한다. 즉 감정을 주체치 못하는 순간에 기가 넘어 졸지에 쓰러지거나 넘어질 때 혈이 차고 돌지를 못해 일어나는 부분적 마비증이라 한다. 현대의학 용어로는 부분적 마비증 내지 뇌졸중이라고 한다.

오늘 저녁에 치료를 마치고 나가는 분은 40대의 모 중학교 교감선생님이라는데 오른쪽에 중풍이 찾아든 초기 증세라서 할배도사께서 어느 정도까지 조화를 부려보는 중이란다. 그의 설명에 따르면 학교에서 회식이 있어 평소에도 육류는 별로 탐내지 않는 식성인데 그날따라 오리고기를 잔뜩 먹고 집에 돌아와 자식놈의 못마땅한 행동을 꾸중하는 과정에서 순간적으로 감정을 주체치 못하고 고함치다 넘어지게 된 것이 발병의 원인이란다.

불법(佛法)에서 중생이 바르게 살려면 버려야 할 것 중에 세 가지가 있는

데 그것은 탐욕과 성냄과 어리석음이라는 것을 아침으로 기도할 때 자주 읽고 있다. 그런 것에 대해서 선각자들이 미리 내다보고 중생들의 참다운 삶을 위한 가르침으로 정했다고 하는 것을 깨닫고 보면 원천적 이유를 알 수 있다.

각설하고 중풍이라는 병이 찾아오는 것은 나이와 관계없이 자기의 다스림이 부족하거나 전생의 업보에 기인하는 것이지만, 환자 자신이 늘 기도하고 정진하면 그 난치의 병도 막아낼 수 있다는 것이다.

여하간 사람의 도리를 다하고 인격 수양의 정도가 극에 달할 때 전생의 업보도 면죄 받을 수 있고, 지금 얻은 병도 어느 정도까지 회복할 수 있다는 것이다. 결국 인간의 행위는 마음의 행위이다. 윤회를 부정한다손 치더라도 자연의 순환은 씨앗의 윤회에 의존하기 마련이고 중생의 윤회인 내 마음도 나의 마음먹기에 따라 조정이 가능하다는 점을 외면할 수 없다

할배도사가 아는 택시 운수 사업가 중에도 이 병에 걸려 고생을 한 분이 있는데 전생의 업에 관한 이야기를 듣고 난 후로 나도 마찬가지지만 당신들 모두가 업을 재정의하라는 운명개조론을 외치고 싶다. 그가 가진 모든 차량에 대해 3년 동안에 걸쳐 노인들에게는 무조건 무임승차로 모시게 하여 철저히 실행토록 하는 공덕을 쌓더니 어느 날 중풍의 병마가 말끔히 가시더라는 것이다.

알고 보니 무서운 병이다. 우리 주위에 그런 사람들이 너무 많다는 것은 잘못된 물질 사회에 만연되어 온 타락이 그 주된 원인이라는 데 귀착된다. 그래서 인간은 교화되어야 하고 중생들은 참다운 삶을 살아야 한다는 논리

> 시골 노인 한 분을 치료해 준 것이 좁은 촌바닥에 소문이 나 있던 판에 젊은 부부간에 사랑싸움을 벌이다가 부인이 덜렁 기가 넘어버려 염라대왕 앞에 잡혀가 영락없이 죽은 상태였는데 침으로 급소를 따서 치료해 준 것이 기적적으로 회복을 가져오더라면서 응급조치법을 가르쳐 준다.

이다. 중풍의 시작을 알리는 첫 장면이나 기가 센 사람들이 숨이 넘어가는 위급한 장면을 목격했을 때는 당황하지 말고 손쉬운 의술을 발휘해 보는 것도 해로울 필요가 없더라고 하신다.

그가 경험한 바로 개나리 단봇짐을 싸 짊어지고 강원도 땅에 들어가 어느 촌마을에 머물며 얼마간 도를 닦고 있을 때 있었던 이야기를 들려준다. 시골 노인 한 분을 치료해 준 것이 좁은 촌바닥에 소문이 나 있던 판에 젊은 부부간에 사랑싸움을 벌이다가 부인이 덜렁 기가 넘어버려 염라대왕 앞에 잡혀가 영락없이 죽은 상태였는데 침으로 급소를 따서 치료해 준 것이 기적적으로 회복을 가져오더라면서 응급조치법을 가르쳐 준다.

이 방법은 예전부터 민간요법으로 잘 알려져 온 사실이다. 당황하지 말고 우선 코밑의 인중과 양쪽 귓밥을 찔러 피를 내란다. 이 부분은 두꺼운 입술 윗자리이며 살찐 귓밥이라 외과적인 면에서도 문제가 될 곳은 아니란다. 그러고 나서 20개의 손발가락을 차례로 바늘로 따 주면 대개가 누웠던 자리에서 훨훨 털고 일어난다는 것이다. 마치 심장활동의 이상으로 심정지 상태인 환자에게 인공호흡이 때맞춰 이뤄진 것과 같음이다.

이는 병원을 찾기 이전에 취할 응급조처로 시간을 다투는 일이기도 하단다. 내가 잘 아는 친구 중에도 그런 일을 경험한 바 있다. 추운 겨울 골프를 치다가 갑자기 입이 돌아가고 마비증상이 와서 운동을 중단하고 집으로 돌아와 평소에 취미 삼아 배운 부인의 수지침 실력에 의존하다 치료에 중요한 황금률을 놓친 탓에 지금껏 반신불수 상태로 부자유스럽게 생활하고 있다. 병을 다스리는 데도 정도에 따라 한계가 있는 법이다.

아무렴, 인간의 생명을 이루는 신체(精), 기운(氣), 정신(神)의 세 가지 요소가 우주의 법칙에 따라 조화를 이루어 원활하게 운용되도록 부모로부터 받은 선천적인 생리기능과 그 생명활동의 에너지가 되는 후천적인 음식물의 선택에 최선을 다할 따름이다.

일흔 닷새

모든 것이 내 탓이다

젊었을 때 수행하지 않고, 재보를 얻어 놓지 못한 사람은
고기 없는 못가의 늙은 백로처럼 쓸쓸히 죽어갈 것이다.
-「부처님 말씀」 중에서

나라 안은 잡동사니 일들로 늘 소란하기 그지없다. 진정한 지도자가 없으므로 해서 모두가 저마다 훌륭하고 똑똑하니 선장 많은 배처럼 방향을 잃는다. 여러 가지 면에서 국력의 낭비가 아닐 수 없다. 학생들은 학생들대로, 노동자는 노동자들대로, 힘세고 고함 큰 자들의 무질서 천지로 느껴져 마치 파장 5분 전의 어수선한 시골장터 같다.

빨리 이 계절이 지나갔으면 하는 바람뿐이지만, 그러나 막상 잔잔한 바람이 숨을 죽인다고 하더라도, 그 다 타버리지 않은 불만이라는 모닥불은 소수의 불씨로 남아 영원히 꺼지는 것이 아니다. 민주주의라는 제도에 미처 길들지 못하고 너무도 짧은 세월에 그것도 억압의 굴레에서 겨우 벗어나자마자 맺힌 한도 다 풀지 못한 상태에서 왈칵 맛보게 된 제도라서 목청만 돋우어 자기의 주의 주장과 권리만 내세우고 의무와 책임을 깡그리 뭉개버리려 드는 악습의 연속이다.

그리고 위에 오르는 자는 사정없이 끌어내리고 헐뜯어 뭉개는 썩어 빠진 정신들 때문에 누가 말했듯이 민주주의의 장미꽃은 쓰레기통에서나 필까

말까다. 엄청나 대가를 치르고도 정신들을 못 차리는 자들을 위한 거국적 처방이 있을 수 없음을 한탄한다.

최근 수개월 동안 내가 몸담은 회사 내부에서도 노사문제를 포함해 주주들 간의 재산배분 문제 등으로 말 못할 시끄러운 와중 속에서도 나 자신에게는 많은 변화를 가져온 뜻 있는 계절이었다.

그 사이에 틈나는 대로 글로 적어 왔었지만 할배라는 믿음의 대상을 통해 내가 미처 상상하지 못했던 또 다른 삶의 의미를 깨닫게 되었고, 열심히 정진하면 거기에 도달할 가능성까지도 체험하게 되었으며, 그로 인해 결집한 정신적인 자세가 새로운 삶에 대한 참된 의미를 심어 주어 이제부터라도 남이야 무엇이라 하든지 사람다운 구실을 하며 살 수 있을 것 같은 심정이다.

최근 어느 대학 교수가 제자다운 제자 없음을 한탄하고 강단을 떠나면서 60여 살의 나이에 이르러서야 돈과 명예보다 사랑이 중요하다는 것을 알았다고 한 대목이 있었는데, 이 얘기 끝에 한 친구가 "나는 이미 20대에 그 뜻을 터득했는데, 그는 이제 알다니…" 하고 평하는 바람에 동석했던 친구들이 모두 웃었던 일이 있다.

나 자신이 둔치인지는 몰라도 이제 50의 나이가 되어서야 겨우 그 진의를 알게 되었으니 그나마라도 이 시점에서 깨닫게 된 것을 감사한다. 재삼 느끼고 아는 일이지만 마음을 비운다는 것은 실로 어려운 것이다. 그러기 위해서는 우선 마음의 여유를 갖는 데 노력하려 한다.

내 주변에서 일어나는 모든 현상에 대해서 그 원인을 내게로 돌려 생각해 보는 사고 방법에 익숙해졌다. 종전에는 과학적이고 조직적인 사고를 주로 나 자신이 둔치인지는 몰라도 이제 50의 나이가 되어서야 겨우 그 진의를 알게 되었으니 그나마라도 이 시점에서 깨닫게 된 것을 감사한다. 재삼 느끼고 아는 일이지만 마음을 비운다는 것은 실로 어려운 것이다. 그러기 위해서는 우선 마음의 여유를 갖는 데 노력하려 한다.

하여 그 원인을 찾아 해결하려 했으나 지금은 어떤 일이건 간에 일차적으로는 나로 인해서 일어날 수 있었다는 가정하에서 반성을 겸한 인과 응보적인 논리를 전개한다.

가령 차를 몰고 가다가도 남들이 갑자기 끼어들거나 서둘라치면, 종전처럼 '이것 봐라' 식으로 덩달아 덤벼들지를 않고 할배가 나더러 천천히 가라고 시키는구나 여기고, 그렇게 하겠노라며 한 박자씩 늦추고 줄여서 생활하는 자세로 임한다. 그러고 나니 만사가 편하고 여유가 생긴다.

나쁜 일이 생겨도 이것은 나에게 잘못된 점이 있어 그러하다고 여기고 다시 생각을 바꾸어 마음을 고쳐먹는다. 인간이란 감정이 앞서는 동물이고 보니 만사에 대해 그렇게 하기도 힘이 든다. 그러나 그렇게 하고 사는 것이 남에게 의심받지 않고 죄짓지 않는 생활방법이라 여긴다.

기도나 참선에 관해서도 여태까지 생각하기로는 위대한 힘을 가진 초능력자에게 내가 이룰 수 없음을 고하고 그 위대한 힘으로 나에게 얻음이 있기를 기원하는 것으로 여겨 왔지만 이제 나의 마음속에는 그런 식의 기도는 원치 않는다. 혼자서 해결할 수 있는 범주의 힘과 용기를 주십사 하고 기원할 뿐이다. 그리고 그것이 정도(正道)에 의한 방법이기를 바란다.

나(我)란 미물이 살아있음에 남에게 버겁지 않고 나로 인해 남이 괴롭지 않도록 최선을 다하고, 그리고 내가 주체가 되어 이뤄지는 모든 일에 책임과 노력을 다할 수 있는 자세로 살아가겠노라고 기도한다. 사람에 따라서는 신앙이 생활의 일부일 수도 있다.

그것이 진실한 것이라면 그러는 시간만이라도 그는 참다운 사고(思考)에 젖어 들 수 있기 때문이다. 참다운 나의 발견을 위해 기도하며 회개하고, 그리고 새로운 것을 찾는 데 시간을 할애하며 살려고 작정한다.

'이 세상 모든 것이 마음에서 비롯한다' 라는 심오한 가르침에 다시금 머리를 조아린다.

일흔 아흐레

죽어봐야 저승을 알려나

남의 외밭을 지날 때는 신을 고쳐 신지 말고,
남의 배나무 아래서는 모자를 고쳐 쓰지 말라.
-「姜太公」 중에서

오늘은 우리 회사의 창립 15주년 기념일이라서 해운대 송림공원으로 갔다. 오랜만에 전 사원이 한데 모여 체육 대회를 겸한 노사화합의 장을 펼쳐 보자는 취지에서 야외행사를 택한 것이다. 울주공장과 서울사무소 직원을 합해 240여 명이 한 데 어울리니 제법 대식구였다. 전 사원에게 똑같은 유니폼을 입혀 한 가족임을 표시했고, 풍족한 음식을 장만하여 하루를 즐기는 데 부족함이 없도록 주선했으며, 행사도 순조롭게 잘 진행되도록 모두 잘 협조해 주었다.

치료를 마친 후로 지난 일요일에 골프를 시작한 것이 가장 힘든 운동이었는데 오늘은 백팀에 들어가 축구를 하란다. 예전에 축구를 했기 때문에 싫지 않은 마음으로 K주임의 축구화를 빌려 신고 30분씩의 전후반을 다 뛰는 실로 내가 보아도 무리한 시도를 했다싶은데도 결과는 그렇지 않았다는 데 자신도 놀랐다.

치료를 받기 전에는 숨이 차고 심장의 맥박이 용서치 않아 단 5분도 뛰지 못하고 그 자리에 주저앉아 버릴 지경이었으나 오늘은 딴에는 그런대로 심하게 뛰어다녔어도 별로 된 줄을 모르겠으니 이것이 기적이 아니고 무엇인가?

우리 나이에 아직도 조기 축구의 멤버가 되어 아침마다 운동을 즐기는 건강한 사람도 많다. 그런 사람도 있는데 오늘 같은 날 축구 한 번 한 것이 그렇게 장한 짓이냐고 핀잔을 줄 사람도 있겠으나, 벌써 10여 년간 잘 먹어 돼지처럼 살찌우는 데에만 충실했던 탓에 제대로 움직일 수 없는 몸뚱이의 주인으로서는 가히 마음뿐이었음은 숨길 수 없는 사실이었다.

전반만 뛰고 말려고 했었는데 뛰어보니 후반전에도 더 뛰고 싶었고, 혹시나 다른 선수로 교체시킬까 은근히 걱정되어 뒷전에 서서 눈치를 보기도 했었다. 그런 데다 나중에는 릴레이 시합 때는 백팀의 최종주자로 내보낸다.

아무튼 G호텔에서 사우나를 끝내고 회사에 돌아와 컴퓨터에 달라붙어 못다 한 기록들을 옮기다 집으로 돌아와 한숨 늘어지게 자고 나니 심신이 가뿐하다.

돌이켜 보면 정말 감격스럽다. 우선 나 자신이 이렇게 변할 수 있었다는 데 대한 고마움이다. 할 수 있는 일을 두고 못하는 것은 마치 선반 위에 얹힌 감 홍시를 그대로 두고도 게을러서 내려다 먹지 않는 것과 다를 바 없는 간단한 논리이다. 그런데 사람 대부분은 그렇게 하지를 않는다. 지금 당장 배고프지 않기 때문에서리라. 만사가 다 그렇다는 간단한 공식이 성립한다.

죽을 지경에 이르지 않으면 꾀를 내지 않는다. 그리고 '설마 그러려고?' 하는 안일한 자세 속에 자신의 정신과 육체가 점차로 썩고 병들고 있음을 모른다. 정말 호들갑을 떠는 게 아니라 내 기분으로는 열 살은 젊어진 것

치료를 받기 전에는 숨이 차고 심장의 맥박이 용서치 않아 단 5분도 뛰지 못하고 그 자리에 주저앉아 버릴 지경이었으나 오늘은 딴에는 그런대로 심하게 뛰어다녔어도 별로 된 줄을 모르겠으니 이것이 기적이 아니고 무엇인가?

같다.

지난날의 나를 아는 직원들 모두가 대단하다고들 했다. 기름치고 손질만 더 한다면 아직도 가동할 수 있는 잠재력은 무한히 남아있음을 이제야 알겠건만 지난날 왜 일찍 몰랐던가? 정말 나를 회복시켜 새롭게, 그리고 거듭나게 해 주신 할배와 할배도사께 감사할 뿐이다.

여든 하루

늦기 전에 닦고, 기름 치고, 조이고

착한 일을 하는 자에게는 하늘이 복을 주고,
악한 일을 하는 사람에게는 하늘이 화를 주느리라.
-「孔子」 중에서

어떤 시각에서 볼 때 우리 인간도 어쩌면 주어진 한 시대를 살다가는 기계처럼 소모품이라 보는 의견에 대하여 별 이의가 없을 것 같은 생각이 든다. 기계를 처음 사들여 사용할 때는 기름 치고, 조이고, 닦아 가면서 그 성능이 100% 발휘되기를 빌며 아낀다.

또한 그와는 달리 새 기계랍시고 성하고 싱싱할 때 우선 본전을 뽑고 보자는 식으로 진탕 부려먹는 때도 있다. 그렇게 하다 보면 어느 날부터 그 성능이 차츰 떨어지게 되고 고장이 잦아드는 것을 알게 된다. 때에 따라서는 다른 것으로 부속을 갈아 끼우거나 나쁜 곳을 댕강 잘라 붙이는 등으로 보강을 해 가면서 최대로 사용한 뒤에는 수명이 다 된 것으로 판정을 내려 영원히 고물인 폐품으로 처리하고 만다.

그런데 기계의 성능과 수명이라는 것은 그 기계를 부리는 담당자나 그 관리자에 의하여 수명이 늘기도 하고 줄어들기도 하여 엄청나게 달라진다. 이와 마찬가지로 정밀하기 그지없는 우리 인체도 몸을 관리하는 주인의 성격이나 정성에 의해서 능력과 수명에 대단한 차이를 갖는다는 것에 주시해 볼

종국에는 펑크가 나거나 암에 걸려 더 이상의 인체에 영양공급을 못하게 될 것이며,
그와 더불어 아직도 활용 가치가 많은 인체의 다른 부분들마저도
자연히 동시에 폐기처분을 해야 되는 상황에 놓이는 게 아니겠는가?

필요가 있다.

대체로 그 집안의 내력을 보면 단명하는 가계(家系)도 없지는 않지만 그보다는 육신을 함부로 부리던 사람들이 다른 사람들보다 빨리 죽는 게 아닌가 보인다.

가령 우리들의 소화 기관을 한 예로 들어 설명하자면 다른 기관들과 마찬가지로 잘만 쓴다면 120여 년을 사용할 수 있다고 볼 때, 만약 시도 때도 없이 청탁을 불문하고 퍼마시거나 질기고 여문 음식의 소화는 위장의 몫으로 돌리고 실컷 먹어 오랫동안 위장에 한량없이 부담을 지웠다고 생각하자. 그런 경우에는 그 위장 계통의 수명은 50년이나 60년으로 감소하고 종국에는 펑크가 나거나 암에 걸려 더 이상의 인체에 영양공급을 못하게 될 것이며, 그와 더불어 아직도 활용 가치가 많은 인체의 다른 부분들마저도 자연히 동시에 폐기처분을 해야 되는 상황에 놓이는 게 아니겠는가?

내 주위에 40대 중반까지 정력 자랑으로 침이 마르지 않던 이가 있어 그게 사실이라면 너무 지나치다 싶더니만 어느 날 갑자기 중병을 얻게 되어 몸에 몇 차례 칼질하더니 50인 지금에 와서는 그 부분에서는 아마 강 건너 불 보듯 하고 사는 것으로 안다.

너무도 고된 노동으로 시달리던 사람도 환경이 나쁜 조건에서 숨을 쉬고 살던 사람도, 그리고 지나치게 운동을 하던 선수들도 같은 설명이 될 것이다. 단시간에 일정한 부위의 기관들을 혹사한 때문에 그것들의 기능이 다하여 비록 다른 부분은 아직도 얼마든지 사용이 가능할 정도로 생생하지만 몇 차례 손질해 보다가 안 되면 결국 흙 속에 파묻히는 신세가 되어야 한다.

또한 사람의 두뇌는 무한한 지식을 저장할 수 있는 큰 용량의 하드웨어(Hard Ware)로 그 주인의 활용 능력에 의해 얼마든지 소프트웨어(Soft Ware)를 개발하여 저장할 수 있지만 사람에 따라서는 엄청난 차이를 지니고 산다. 대다수 사람은 그토록 활용도가 많은 컴퓨터를 나처럼 몇 가지 기능에서만 이용하다가 그대로 녹슬게 하여 송두리째 버리고 만다.

이렇듯 육신의 각 부위마다 활용도가 나중에는 전신에 고장을 일으키는 요인이 되므로 평소의 전체적 조정이 중요함을 알아야 할 것 같다. 이러한 육체의 사용 빈도와 수명과의 유관성을 다르게 설명하자면 인간이 이 세상에 태어날 때 자기가 평생토록 사용할 정신적, 물질적 물량을 갖고 태어나서 그 양을 죄다 소모하는 기간이 되면 그의 생명은 끝난다는 주장이 어떨지?

다시 말해 평소에 음식을 소식하는 사람은 대식가보다는 제 몫을 아껴 먹은 결과로 장수하게 되고 젊은 나이에 청탁을 불문하고 많이 먹고 마셔버린 자는 아까운 청춘도 다하지 못하고 냉큼 돌아가야 하는 것이 아닐까?

그뿐만 아니라 평생에 지을 수 있는 크고 작은 죄도 적정한 한계치가 있어서 그 횟수나 가볍고 무거움의 범위를 벗어나면 염라국 사자가 불러들이는 것이라 보면 어떨까? 이런 측면에서 볼 때 앞에서 얘기한 기계로서의 인체가 갖추는 능력의 유한성과 거기에 드는 일감으로서의 식량을 섞어 본다면 한결 쉬운 해석이 되지 않을까?

그 밖에도 환경적 요건이 중요한 것인데 현재 한국 사람들의 경우 40대 후반과 50대 초반이 단명이라는 사실에도 눈여겨본다면 그들 세대가 살아온 역사적, 사회적 배경을 무시할 수 없다. 초근목피(草根木皮)도 없어서 허덕이던 시절과 어려운 시대적 배경 속에서, 그리고 70년대 들어 좀 잘 살게 되면서부터 갑자기 바뀐 식생활의 변화에서 생긴 소화기 계통의 질병을 비롯한 열악한 작업조건 속에서 밤낮없이 악착스레 일에만 매달렸던 세대들로서 갖가지 정신적 스트레스에 찌들어 단명의 세대가 된 것으로 본다.

이제 그때의 주인공들이 땀 흘린 보상들이 오늘의 젊은 후세들을 위한 삶의 터전이 되었고 국민 전체의 평균수명이 연장되고 예전과는 딴소리하며 살게 된 것 아닐까? 이렇듯 인간의 육신이 지닌 각 기관마다 제 나름대로 수명이 한정되어 있고, 총사용 빈도가 생명에 직결된다는 내 주장에 동의한다면 한 살이라도 젊었을 때 모든 생활에 절제하지 않을 수 없으리라.

이렇게 본다면 인간의 작고 짧은 생명의 유한성(有限性)이 대우주의 크고 넓고 긴 무한성 속에서 하나의 미진으로 영원한 반복현상을 계속하며 무궁조화를 이루고 있을 뿐이라 여긴다. 다시 말해 탄생하며 지녔던 인간의 형체가 흙이나 물, 또는 불이나 바람으로 변하여 자연 속의 또 다른 질량으로 변하여 든다고 보는 불교철학의 공(空)의 개념이다.

나 자신이 과학도이지만 우주의 많은 법칙이 다 무궁무진한 조화로 이뤄진다는 종교적 사고로 돌아가는 기분이다. 열역학과 질량불변(質量不變)의 법칙이 그렇고 양자이론(量子理論)이 다 그런 범주 속에 들기 때문이다.

이제까지 치료를 받아 오면서 도를 닦는 할배도사의 얘기로 봐서는 인간이 그 도리를 다하며 참답게 살아가야 한다는 면에서 불교나 그리스도교나 다 마찬가지로 사랑과 선(善)에 기본을 두고 있다. 불교란 거기다 보태어 진리를 바탕으로 한 참된 나(眞我)를 찾는 수행을 위한 가르침으로 본다.

그러나 다른 것이 있다면 미천한 중생의 정신세계를 지배하는 심령적인 견해가 가미된다는 점에서 사교(邪教)처럼 인식되어 그 해답이 무엇인지 많은 책을 찾아보았다. 일반적으로 중생은 점이나 신통술을 도(道)보다 더 믿으려 한다. 점, 관상, 해몽, 주술, 기적행, 신통술 등은 나쁜 것이 아니다. 이것은 어디까지나 능력이다.

성인들이 도를 성취하면 이런 능력은 자연히 뒤따르게 되어있다. 그러나 이것을 악용해서는 안 된다. 중생들 역시 이것들에 미혹되어서는 안 된다. 만일 이것들이 교(教)를 펴는 일, 진리를 펴는 일, 선을 펴는 일에 사용된다면 누가 이것을 금할 수 있겠는가? 부처님의 가셨던 길을 그대로 뒤따라가고 있는데….

어느 불서(佛書)에 그렇게 적혀 있었다.

여든 닷새

인생의 새봄을 노래하리

잠자는 영혼은 죽음이고 만물의 본체는 외양대로만은 아니란다.
인생은 실재, 인생은 진지한 것, 무덤이 그 목표는 아니다.
너는 본래 흙이라 흙으로 돌아가라. 이것은 영혼을 두고 한 말은 아니었다.
– H.W. 롱펠로우

밖에는 촉촉이 비가 내리고 있다. 누가 6월은 계절의 여왕이라 읊었는가? 7월의 무더위를 향해 달구어지기 시작하는 태양은 온 산하를 더 진한 초록빛으로 물들여 간다. 지금 나처럼 온 세상이 아름답다고 느끼는 사람은 행복한 사람이리라. 우리 집 마당가에 갖가지 영산홍이 한마당 어우러져 멋진 조화를 이룬다. 작년까지만 해도 북쪽 화단 가의 영산홍은 몇 년째 꽃을 피우는 일이 없어 깡그리 캐내어 버릴까 했었는데 올해는 그런 주인의 눈치라도 챈 듯 찬란한 꽃을 피웠다.

담장을 따라서 키가 큰 나무들은 그들대로 울창하고 작은 나무들은 꽃을 피워 마당의 파란 잔디와 어울려 한 폭의 그림이다. 술을 마실 때 같았으면 진작 술꾼이나 동료들을 청해서 마당의 잔디밭 위에 자리를 깔고 두어 차례 술잔치에 화투놀이를 벌였을 것이다. 아침으로 네 시 반이나 다섯 시쯤에 눈이 뜨여 일찍 일어나는 것이 버릇처럼 되어간다. 그렇게 하기를 벌써 3개월 정도가 되었으니 이제 몸에 밴 것 같다.

조용한 내 서재에 앉아 기도한 지가 두 달여 지난다. 그뿐만 아니라 108배의 절을 한 지도 40여 일이 된다. 절을 하면서도 복을 빌거나 행복을 기원하지는 않는다. 마음의 평화를 기원한다.

불경(佛經)에 '불보살은 어느 곳이고 안 계시는 데가 없다' 라고 하였다. 절간의 불상 앞이 아니더라도 부처님의 자비심만 마음에 새기고 아무 데서나 참선을 하면 된단다. 그리고 절하는 것이 설사 복 받는 일이 아니라 할지라도 앉았다 섰다 하는 그것만으로도 충분한 운동이 될 수 있다고 믿는다.

새벽잠에서 일어나 조용히 기도하며 절할 때 어제까지 결론을 못 내렸던 일이나 오늘 이 시간 이후에 해야 할 일들의 옳고 그릇됨을 비롯한 어떻게 해야 하겠다는 판단이 선다. 대선사가 쓴 글을 읽어 보니 이것을 일러 그동안 바쁘고 산란한 마음이 본체(本體)에 가려서 심성을 보지 못했기 때문이라고 했다. 마음이 고요하면 진실하여 성품의 물이 맑고, 마음의 구슬이 저절로 나타난다고 한 말이 실감이 난다.

절하고 기도하고 나면 최소한 40여 분이 흐른다. 그런 후에 온천장으로 목욕하러 간다. 108배를 하는 과정에서 몸에 밴 땀을 씻고, 사우나실에서 양껏 땀을 흘리고 난 후 뜨거운 물과 찬물을 번갈아 오가며 담금질을 한다.

뜨거운 한증막 속에서도 무던히 참는 버릇을 터득하게 되어 일반적인 범사에도 많은 도움이 된다. 사람이 참는 데도 한도가 있으며 특히 어려운 지경에 접하면 주위의 분위기에 쉽게 동요된다는 사실을 안다. 사우나실이나 탕속에서도 마찬가지로 한 사람이 못 견디고 빠져나가면 일시에 약속한 것처럼 모두가 따라 움직이는 것을 발견하기는 쉽다.

내 나름대로는 조용히 가부좌를 취하고 편히 눈감은 채로 앉아서 마음속

조용한 내 서재에 앉아 기도한 지가 두 달여 지난다.
그뿐만 아니라 108배의 절을 한 지도 40여 일이 된다.
절을 하면서도 복을 빌거나 행복을 기원하지는 않는다. 마음의 평화를 기원한다.

으로 조용히 '나무아미타불 관세음보살' 을 108번 내지 짧게는 그 절반을 왼다. 그러노라면 주위 사람들의 분주한 행동이나 몸가짐에 성가심도 없고 차분히 오래 견딜 수 있다. 이러한 자세는 어디서나 활용되는 자기 수련의 방법으로 굳혀져 간다.

개운한 마음으로 욕탕을 나와 체중을 달아 보는 게 버릇처럼 되었다. 저울눈은 언제나 65와 66의 사이에서 오간다. 74와 75의 사이를 넘나들던 80여 일 전과는 엄청난 수치의 차이를 보이지만 내 키가 165cm인데 비하면 아직도 4,5kg 정도는 더 내렸으면 하는 욕심이 인다. 설사 그렇게 되지 않고 현 상태로만 유지되어도 만족해야 하고 또 오감스러운 일이다.

그리고 집으로 돌아와 여섯 시 첫 뉴스를 본다. 아침식사를 거르지 않고 꼬박꼬박 챙겨 먹으려고 애쓰며 즐거운 마음으로 회사에 출근한다. 출근 성적은 언제나 열 손가락 안에 들 정도로 먼저고 싶다. 언제인가 우리 직원 중에서 똑똑한 친구 하나가, "부사장이 되었으면 느지막하게 출근해도 될 텐데" 하고 어쭙잖은 물음을 해 왔다.

'월급을 더 많이 받기 위해서' 라고 대답해 주고 싶었지만, '버릇이 되어' 그렇다고 일러 준 일이 있다.

그것은 가식 없는 나의 진심일 뿐이다. 직장에서도 산업 평화를 찾으려는 나의 노력에 관한 결과가 엿보이는 것 같아 더욱 진실하게 접근하고 싶다. 물론 그것은 몇 사람의 노력만으로 되는 것이 아니며, 특히 최근 들어서는 노사 간의 주고받는 배분의 질이나 양의 형평에 무게가 걸리는 일임을 오랜 경험으로 안다.

만나면 인사하고 반기는 데서부터 예전과는 다르게 진실함이 있다. 궁극적으로는 그들도 똑같은 사람들임을 한시라도 잊어서는 안 된다. 사람과 사람 사이에 사랑처럼 좋은 보약은 없다.

오늘의 일상이 내 인생의 전부이다. 사노라면 햇빛과 그늘을 피할 수 없듯 내 인생의 길에는 사랑과 고통의 연속이다. 생각은 항상 건강하고 밝게 한다. 허리를 펴고 살기를 권하고 가능하면 성내지 않으려 노력한다.

그리고 만사에 자신을 갖고 긍정적으로 생각해 본다. 많이 양보하며 숨죽이고 생긴 대로 살려고 노력하며 잘못된 일에 대해서는 빨리 뉘우치고 그 원인이 내게서 비롯됨을 인식하고 남을 의심하거나 탓하는 심보를 가지지 않고 살려 애쓴다.

이제 삶에 대한 정신적 지주가 분명해졌고 나의 본분이 무엇인가를 안다. 그러니 나 혼자만이 살아갈 수는 없는 더불어 사는 사회임을 강조한다. 그 속에 내가 있고 우리 가족과 더불어 형제와 일가친척이 있다. 그리고 나의 곁에는 나와 뜻을 같이하며 함께 일하는 동료가 있고, 또한 힘이 되는 이웃이 있다. 그래서 내 몸은 비록 내 것일는지 모르지만 나 혼자만의 내가 아니라는 것을 안다.

지금 나는 심신의 커다란 변화를 보았지만 내 근본은 잃지 않았다. 더불어 살아가기 위해 어울리는 옷으로 갈아입으려 노력하며 더욱더 따스한 사랑을 나누기 위해 거추장스러운 옷을 벗어 던졌을 뿐이다.

이제 남은 것은 가능하면 속세에 적게 물들도록 하고 참다운 사람의 도리(道理)를 다하는데 안간힘을 써야 할 것 같다. 모든 길은 멀리 있지 않다. 그

오늘의 일상이 내 인생의 전부이다. 사노라면 햇빛과 그늘을 피할 수 없듯
내 인생의 길에는 사랑과 고통의 연속이다. 생각은 항상 건강하고 밝게 한다.
허리를 펴고 살기를 권하고 가능하면 성내지 않으려 노력한다.

리고 비좁지도 않다. 다만 내 마음이 멀리 있고 비좁을 뿐이다. 그래도 할배 도사는 걱정이시다. 참다운 길인 줄 알면서도 그 길을 향해 걷기가 힘들어 3년을 넘기기에 다들 힘들어하더란다.

가버린 어제를 두고 오늘에 와서 걱정하는 바보가 되지 말라는 법정스님의 말씀과 함께 나는 그 말씀을 잊지 않으려고 이렇게 기록하여 두고 이따금 사악한 마음이 생길 즈음에 한 번씩 펼쳐보며 그런 마음을 달래고 옥죄며 살아갈 것이다.

이 글을 끝내면서

90여 일 남짓 치료를 받아오면서 초기에 할배도사가 말한 '죽는 연습' 이란 무엇인가에 대해서 어느 정도 깨달음이 있었다. '참다운 삶을 거역하는 모든 행위' 가 그 해답이라고 본다.

참되게 살아간다는 것이 무엇인가에 대해서는 인류의 역사와 더불어 많은 선각자에 의해 규명됐고, 또한 앞으로도 많은 사람에 의해 그 참뜻이 밝혀져 가겠지만 오늘의 복잡한 산업 사회에서 생명을 부지하고 살아가는 중생들에게는 실로 어려운 명제가 아닐 수 없다.

이처럼 사람의 도리라는 것이 무엇인가에 대해서는 어려운 의미가 부여되겠지만 그저 살아가고 있는 평범한 우리에게는 근본적으로 '죄 될 일을 하지 않고 산다' 라는 것으로 풀이하고 싶을 따름이다.

죄의 종류나 그 질에서도 인간의 원죄를 포함한 큰 의미의 것에서부터 우리 주변에서 흔히들 일어나는 자질구레한 죄 될 일들에 이르기까지 무한하다. 그래서 참다운 삶의 기준도 사람에 따라 다르게 매겨져야 하겠지만 여기서 말하는 바는 사람으로서의 기본적 도리를 지키고 살아가자는 데 그 참다운 의미를 부여하고 싶다.

그러나 그 기본 도리마저도 실제의 생활 속에서 온전히 지켜나가는 것이 어렵고, 때로는 그들이 하는 심신의 행위 자체가 죄가 되는 짓인지 아닌지 조차도 모르는 속에 그대로 우리네 생활 속의 일부가 되어 흥건히 젖어 있음을 쉽게 발견할 수 있다는 데 문제가 있다.

이런 관점에서 볼 때 이 세상에 사는 많은 사람은 그것이 인간의 윤리에 어긋나고 참된 도리가 아닌데도 불구하고 이미 생활 관습처럼 되어버려 죄의식을 못 느끼며 사는 예도 없지 않다. 그래서 참다운 사회 질서를 회복하기 위한 인간성 회복을 부르짖는 선각자들의 목소리가 높아지고 있는 것이리라.

각설하고, 이 사회 전체가 양적 질적 변화를 가져오리라는 기대는 낙타가 바늘구멍을 들어가기보다도 더 어려운 일이므로 비록 그 효과는 미미하다 할지언정 개체만의 변화라도 있어 주었으면 하는 것이 현실적인 바람이다. 그것은 마치 내일 지구의 종말이 온다 해도 오늘 한 그루의 사과나무를 심겠다는 이의 뜻과 맥을 같이하는 것이 아닐까?

사람들이여! 우리가 해야 할 일은 많다. 어차피 죽음으로 한 발짝씩 다가가고 있는 것이 인생이라는데, 이 바쁜 시간에 하릴없이 죽는 연습이 웬 말인가?

다시 한 번 내가 누구인가를 되돌아보고 내가 할 일이 무엇인가를 생각해 보자. 지금부터라도 나 스스로 하늘을 우르르 죄 없음에 가슴 펼 수 있고 더불어 사는 사회에 대하여 덕을 베풀고 살려는 마음가짐이라면 죽음의 연습은 이미 끝났음이리라.

그러면 내가 흙으로 되돌아가는 날, 아무런 심신의 부담 없이 홀가분하게 떠날 수 있으리라.

신미년(1991년) 6월

세월이 지난 후의 저자의 변

할배도사가 내 육신을 다스려 길을 터준 덕분으로 20년이 지난 지금까지 나름대로 건강하게 살아왔다. 그것이 계기가 되어 '나' 라는 것에 대한 원초적 의문이 생겨나기 시작했다. 나는 누구인가? 나는 무엇 때문에 살며, 한 번 밖에 주어지지 않는 지금의 생(生)을 어떻게 사는 그것이 잘 사는 것인가에 대한 의문의 똬리가 마음 깊숙이 자꾸만 큰 둥지를 틀어갔다.

우선 이런 질문들의 전제가 되는 것은 '나' 라는 인간의 정의가 먼저 있어야 왜 사는지, 무엇 때문에 사는지, 삶의 의의와 목적이 분명해진다는 점에서 체계적인 공부를 향해 걸음마를 시작했다. 그동안 들은풍월뿐만 아니라 많은 독서를 통해 얻은 결론은 할배(부처님)의 가르침 즉, 불교는 본디의 '나' 를 찾는 길을 가르친다는 점에서 마음을 갈고 닦는 믿음의 텃밭으로 정했다. 즉 바른 삶을 살기 위해 가장 기본적인 마음가짐이 바로 종교를 통한 자기성찰이란 점에서다. 그래서 우선 그 길을 알고 가는 사람과 어디로 가는지 모르는 사람과는 하늘과 땅 차이임을 알기에 기본적인 공부부터 하기로 작정했다.

수소문 끝에 불교재단의 D대학의 교수님들로 강사진을 이룬 천태종의 금강불교대학(불교학과 2년, 교법사 과정 1년)을 3년 동안 다니면서 다음과 같은 과목을 중심으로 부처님의 가르침을 익혀 나갔다.

불교학개론, 근본불교의 가르침과 윤리, 한국과 인도 및 중국의 불교사, 불교의 문화사, 소승과 대승불교, 반야사상, 관음경, 법화경, 금강경, 유마경, 천태학, 선학(禪學), 유식학, 정토사상, 대승기신론, 비교종교론 등 많은 강의를 들으면서 역시 삶을 보람 있게 살기 위한 완전한 행복 추구가 불교의 이상이라는 점에 눈 뜨게 되었다.

그와 동시에 인도, 중국, 미얀마 등의 불교 성지를 두루 돌아보면서 중생의 길을 새롭게 걷게 되었다. 현실을 직시한 결과로 부처님이 찾아낸 첫 번째 명제는 인생이 고통스럽다는 것이었다. 태어나 병에 시달리는 일도, 늙는 일도, 그리고 죽는 일도 모두 고통스러운 일이라는 사실이다. 왜냐면 죽음을 피해갈 수 없는 존재가 인간이기 때문이다. 영원히 살 수 없는 일이기에 죽음은 살아 있는 사람에게는 미지의 세계일 뿐이다.

또한 탐욕, 분노와 같은 번뇌를 일으켜 행동하고 있으면서도 인간은 교만하고 자기만이 옳다고 생각하면서 반성을 할 줄 모른다. 이것을 어리석음이라 했다. 부처님께서는 선을 행하고 악을 물리치며 올바른 지혜를 체득해 간다면 사람은 더는 고뇌를 하는 일은 없게 된다고 가르친다.(담마파다)

대부분 중생은 자기의 이익과 자신의 모든 것, 즉 육신의 애착과 돈, 성욕, 명예, 음식, 잠 등 오욕락만을 사랑하면서도 정작 자기 자신을 사랑하는 사람은 드물다. 곧 썩어 문드러질 그들 몸뚱이 심부름에만 충실히 하고 있음이다. 자신의 영혼과 마음을 사랑할 줄 모르고 자기 육신만을 아끼고 사랑하는 것이 인생을 잘 사는 것으로 착각하고 사는 것이다.

그러면 이런 경우에 어떤 가르침을 주셨는가? 닦아서 마음을 비우라고 가르치셨다. 내 마음이 부처님의 맑고 건강한 마음을 닮아가는 것이 수행이며 공부하는 목적이다.

부처님께 바치는 실행을 통해 즉, 하심(下心)하는 실행을 통해 비우고 또 비우는 것, 남에게 양보하고, 존중해 주고, 배려하는 데서 자신을 비우고, 자신을 낮추는 행위가 바로 닦는 것이라 했다. 게다가 자기의 업장, 고정관념, 결점을 닦는 것이 공부이다.

세상에는 성현들이 남긴 훌륭한 가르침과 좋은 말씀이 많지만 그것을 그대로 실천하기는 매우 어렵다는 데서 마음을 닦고 마음을 비우는 공부가 어렵다는 점이다. 그러나 어리석은 자는 자기 생각을 고집하며 살아간다. 지혜로운 사람은 부처님의 가르침, 성현의 가르침, 스승의 가르침을 따라 자기를 바꾸려고 부단히 노력한다.

"스님 어떤 것이 불법의 큰 뜻입니까?"

"모든 악을 멀리하고 모든 선을 힘써 행하는 것입니다."

"그건 삼척동자도 다 아는 얘기 아닙니까?"

"하긴, 세 살 먹는 아이도 아는 일이지만, 여든 먹는 노인도 그것을 행하기는 어렵지요."

불자라면 언젠가 한 번쯤 들어본 중국 당나라 때 도림선사와 백낙천 거사와의 문답임을 알 것이다.

그동안 나름대로는 선떡 가지고 친정 가는 격이지만 부처님의 가르침에 애살을 갖고 귀여겨듣고 눈여겨보며 굼뜬 생각과 행동이지만 죄를 적게 짓는 방향으로 인생의 가풀막진 곳까지 온 셈이다.

그러나 더러는 가랑비에 옷 젖는 줄 모르고 알게 모르게 탐진치의 3독에 빠지기도 했음을 부인할 수 없고, 이제 와서 쪽박 쓰고 비 피하는 양으로 뒷설거지를 할 수는 없는 노릇이다. 물은 트는 대로 흐른다는 속담처럼 중생은 지난 일의 결과를 무서워하고, 보살은 그 일이 일어날 원인을 무서워한다는데 이견이 없다.

또한 중생에게는 꾀가 있지만 보살에게는 지혜가 있어 꾀를 내는 사람은 날로 죄를 짓고, 지혜를 가진 사람은 날로 공덕을 짓는다는 가르침에 때늦은 후회만 오롯이 남는다.

지금까지 공부한 대로 보살심으로 보살행을 실천하는 것이 영원한 광명을 향하는 길임을 굳게 믿고 전하고 싶다.

관세음보살.

관세음보살.

관세음보살.

계사년(2013년), 꽃 피고 새우는 봄날

소토정에서

바른 삶을 위한 몸과 마음의 치유

•

지은이 / 박경기
발행인 / 김영란
발행처 / 한누리미디어
디자인 / 지선숙

•

08303, 서울시 구로구 구로중앙로18길 40, 2층(구로동)
전화 / (02)379-4514, 379-4519
Fax / (02)379-4516
E-mail/hannury2003@hanmail.net

•

신고번호 / 제 25100-2016-000025호
신고연월일 / 2016. 4. 11
등록일 / 1993. 11. 4

•

초판발행일 / 2022년 11월 10일

•

•

값 18,000원

•

•

ISBN 978-89-7969-862-6 03810